KB268949

漢代의 文學과 賦

한대의 문학과 부

金學主 著

明文堂

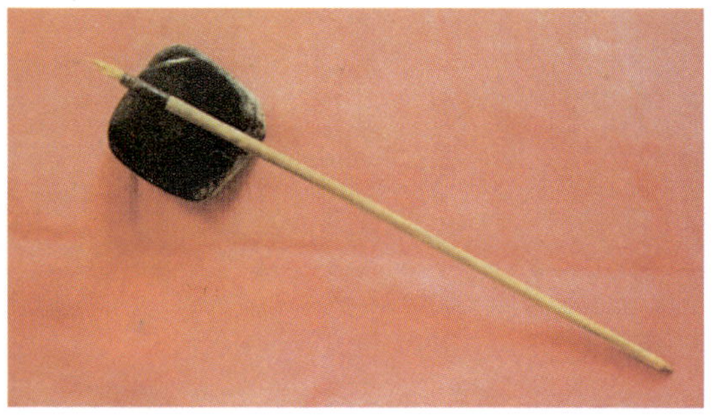

〔上左〕 **문회도**(文會圖) 구문파(丘文播) 그림. 견본담채(絹本淡彩) 축(軸) 부분. 오대(五代) 사람들의 문회도이다. 84.9×49.6cm.

〔上右〕 **돈황**(敦煌)**에서 발견한 붓과 벼루** 돈황에 있는 한대(漢代)의 유적지에서 발견한 붓과 벼루이다.

〔下〕 **강학도**(講學圖)**의 화상석**(畫像石) 한대(漢代)의 경서(經書) 강의정경(講義情景) 탁본(拓本). 우하(右下)에 앉아 있는 인물의 허리에 서도(書刀, 木簡이나 竹簡에 글씨를 새기는 칼)가 매달려 있는 것이 보인다.

〔上〕 **한대(漢代)의 서기관(書記官)** 한대의 서기관들은 이처럼 머리(귀)에 붓을 꽂고 다녔다. 그것은 언제라도 문자를 쓸 수 있도록 하기 위함이었다. 《중국 고대 복식연구(中國古代服飾研究)》에서.

〔下〕 **왕소군(王昭君)의 묘(墓)** 중국 내몽고 자치구(內蒙古自治區) 후어하오터(呼和浩特)에 있는 왕소군의 묘. 청초(靑草)가 우거진 반원구(半圓球)의 묘이므로 청총(靑冢)이라고도 한다.

〔上〕 **춤추는 배우** 가면을 쓰고 연기하는 배우의 상(像). 당(唐)나라 때의 풍속이다.

〔下〕 **금은상감수렵문경**(金銀象嵌狩獵文鏡) 전국시대 후기. 직경 17.6cm. 하남성 낙양시(洛陽市) 금촌(金村) 출토. 거울의 면(面)은 백동(白銅), 거울의 뒷면에는 금은의 장식이 있다. 말탄 사람과 호랑이와의 격투, 두 마리 괴수(怪獸)의 격투, 날개를 편 매를 각각 상감해 놓았다.

책머리에

이 책에 실린 글은 1968년부터 시작하여 1981년에 이르는 기간에 쓰여진 글을 모은 것이다. 필자는 1961년부터 1967년에 이르는 기간에는 대학원에 입학하면서 전공하기로 마음먹었던 희곡연구가 공부의 중심을 이루었다. 그 시절에는 희곡 중에서도 중국학자들은 희곡에서 도외시하고 있던 나희(儺戲)에서 시작하여 가무희(歌舞戲)·잡희(雜戲) 등의 연구에 관심이 기울어져 있었다. 중국학자들은 1980년대에 와서야 나희 연구에 착수했으므로 그 기간에 발표했던 그 방면의 논문들은 중국학자들로부터도 선구적인 업적이라 평가받고 있다.

그러나 우리의 60년대는 중국문학계가 거의 불모지에 가까운 상태였으므로, 필자에 대한 주위의 요구가 중국문학의 일반적인 분야에 대한 개척으로 집중되고 있음을 느꼈다. 이에 전공을 버리고 힘겹게도 중국문학사 전반을 부여잡고 씨름하는 한편 중국학 공부의 기초가 되는 《시경》과 《서경》을 비롯하여 선진(先秦)의 경전과 제자서(諸子書)의 번역에 몰두하기 시작하였다. 다행히 대만대학에 유학하여 그곳 중국문학과에서 굴만리(屈萬里) 교수의 《시경》·《서경》 강의와 대정농(臺靜農) 교수의 《초사》강의를 통해서 중국 고대문학에 대한 공부를 착실히 한 것이 큰 도움이 되었다.

그런 중에 중국문학사의 본격적인 전개는 한자(漢字)의 자체(字體)

4

가 완전히 통일을 이룬 한대(漢代)로부터 시작되고 있으므로, 중국 전통문학에 대한 올바른 이해를 위하여는 한대 문학에 대한 이해가 선행되어야 함을 절감하게 되었다. 1968년부터 필자의 관심은 한대 문학으로 기울어져, 1974년에는 필자의 박사학위 논문인 《한대시연구(漢代詩研究)》(光文出版社, 2002년에 개정판 《한대의 문인과 시》, 明文堂 刊)가 이루어졌다. 그러나 처음에는 여전히 희곡에 대한 미련을 버리지 못하여, 한대의 악부시(樂府詩)를 연구하면서도 그것을 희곡과 연관지어 〈악부시(樂府詩)와 가무희(歌舞戲)〉(1968년)·〈악부시와 무곡(舞曲)〉(1971년)을 발표하였다(모두 《한·중 두 나라의 가무와 잡희》 서울대출판부, 1994년에 수록).

그리고도 한대 문학에 관한 공부는 계속되어 《한대시연구》 속에 포함되지 못했던 성과들과 그 뒤로 1981년까지 이루어진 성과들을 모아 이 《한대의 문학과 부(賦)》가 이루어진 것이다. 한대 문학을 보다 깊이 이해하고 중국 전통문학의 바탕을 파악하기 위하여 어느 정도의 도움이 될 것으로 믿는다. 《악부시선(樂府詩選)》(明文堂, 2002)도 그 사이에 부산물로 이루어진 것이니 함께 읽으면 좋을 것이다.

끝으로 이 자리를 빌어 어려운 여건에도 이런 학술서의 출판을 맡아준 명문당 김동구 사장의 문화사업에 대한 열의에 경의를 표한다.

2002년 2월
김학주 인헌서실에서

차   례

4. 가의(賈誼)와 그의 문학

5. 사마상여(司馬相如)와 그의 부(賦)

6. 《한서(漢書)》 예문지(藝文志)의 문학의식

1. 한유(漢儒)와 한대(漢代)의 문학
-무제(武帝) 시대를 중심으로 하여-

1. 서 론

한(漢) 무제(武帝, B.C. 140~87 재위) 유철(劉徹)은 고조(高祖)를 비롯한 그의 앞 임금들이 이룩해 놓은 사회의 안정과 경제의 풍요를 바탕으로, 한(漢) 제국을 크게 흥성시킨 황제이다. 그로 말미암아 이후 2천 년에 걸친 황제를 중심으로 하는 중국 봉건전제(封建專制)의 정치체제가 확립되었고, 문화적으로나 지리적으로나 지금의 중국이란 개념이 확립되었다고 할 수 있을 것이다.

전국(戰國)시대 이전까지만 해도 한족(漢族)의 활동무대는 황하(黃河) 유역을 중심으로 한 이른바 중원(中原)이라 불리던 지역에 국한되어 있었다. 중국의 남부지역은 말할 것도 없고, 동북(東北)·몽고(蒙古)·신강(新疆)·서장(西藏) 등 변경을 포함하는 광대한 지역에 대하여 중국사람들이 자기네 영토로서 확신을 갖게 된 것은 한 무제의 영토개척 이후 한나라 왕조의 장기간에 걸친 안정된 통일국가 유지에서 출발한다고 보는 것이다.

그리고 무제는 동중서(董仲舒, B.C. 179?~B.C. 93?)의 유가 경전(특히 《春秋》)에 입각한 '대일통(大一統)' 이론을 중심으로 하여, 유학을 한나라 왕조의 정치이념의 근간으로 정립하였다. 여기에서 이후

2천 년의 중국의 문화적·정치적 전통의 바탕이 이루어지는 것이다.

따라서 중국의 문화적·정치적 전통을 올바로 이해하기 위하여는 한대(漢代) 유학(儒學)의 성격에 대한 올바른 이해가 선행되어야 할 것이다. 이미 한대 유학 자체에 대하여는 상당히 많은 연구업적들이 쌓여져 있다. 다만 여기에서 한대의 유학을 그 시대의 요구에 알맞게 새로운 해석을 하여 그 성격을 변질시킨 유자(儒者)들의 성격이나 활동에 대한 연구는 부족한 듯하다. 동중서(董仲舒)를 비롯한 무제 밑에서 그의 치정에 관여한 유자들의 성격과 활동은 중국의 문화전통을 특징지우는 데 큰 역할을 했을 것으로 생각된다.

무제를 섬긴 신하들에 대한 기술에 있어서는 반고(班固, 32~92년)의 《한서(漢書)》 권58 공손홍복식예관전(公孫弘卜式兒寬傳) 찬(贊)의 기록이 자세하다. 거기에 의하면 유아(儒雅)한 사람으로는 공손홍(公孫弘)·동중서(董仲舒)·예관(兒寬)이 있었고, 독행(篤行)의 사람으로는 석건(石建)·석경(石慶)이 있었고, 질직(質直)한 사람으로는 급암(汲黯)·복식(卜式)이 있었고, 추현(推賢)을 잘하는 사람으로는 한안국(韓安國)·정당시(鄭當時)가 있었고, 정령(定令)에 뛰어난 이로는 조우(趙禹)·장탕(張湯)이 있었고, 문장에 뛰어난 이로는 사마천(司馬遷)·사마상여(司馬相如)가 있었고, 골계(滑稽)를 잘하는 이로는 동방삭(東方朔)·매고(枚皐)가 있었고, 응대(應對)를 잘하는 이로는 엄조(嚴助)·주매신(朱買臣)이 있었고, 역수(曆數)에 있어서는 당도(唐都)·낙하굉(洛下閎)이 있었고, 협률(協律)에 있어서는 이연년(李延年)이 있었고, 운주(運籌)에는 상홍양(桑弘羊)이 있었고, 봉사(奉使)에는 장건(張騫)·소무(蘇武)가 있었고, 장솔(將率)에 있어서는 위청(衛青)·곽거병(霍去病)이 있었고, 수유(受遺)에 있어서는 곽광(霍光)·김일제(金日磾)가 있었는데, 그밖에도 이루 다 헤아릴 수 없을 만한 인재들이 있다 하였다.

다만 여기서는 유자들과 전통문화 전반에 걸친 관계보다도, 범위를 좁혀서 유자들과 전통문학, 특히 한대(漢代) 시문의 형성과 발전은 서로 어떤 관계를 지니고 있는가를 따져 보려는 것이다. 따라서 여기에서는 유자라 하더라도 한대(漢代) 시문과 비교적 관계가 많은 사람들만을 문제삼아야 할 것이다.

《한서(漢書)》 권64 엄조전(嚴助傳)을 보면 무제 주변에서 시부(詩賦)의 재능을 갖고 무제를 섬겼다고 생각되는 사람으로 엄조(嚴助) 이외에 주매신(朱買臣)·오구수왕(吾丘壽王)·사마상여(司馬相如)·주보언(主父偃)·서락(徐樂)·엄안(嚴安)·동방삭(東方朔)·매고(枚皋)·교창(膠倉)·종군(終軍)·엄총기(嚴葱奇) 등을 들고 있다. 따라서 이 논문에서는 동중서(董仲舒)를 중심으로 하여 이러한 시부(詩賦)와 관련이 많았던 유자들의 성격이나 의식이 주로 문제되어야 할 것이다.

중국 문학사상 한대(漢代)는 부(賦)가 성행하고 악부시(樂府詩)가 유행하면서 시가 5·7언으로 정형화하기 시작하고, 각종 산문도 발달하여 중국 전통문학의 기틀이 이룩된 시대이다. 따라서 이 소론은 한대(漢代) 시 자체의 올바른 이해뿐만 아니라, 중국 전통문학의 본질과 성격을 파악하는 데 있어서도 적지 않은 기여를 할 수 있을 것으로 믿는다.

2. 무제(武帝)시대 유자(儒者)의 특징

1) 동중서(董仲舒)의 일통(一統)정책의 의의

무제는 영명(英明)한 군주로서 20세가 못된 나이에 황위에 올랐으나 뛰어난 인재들을 등용하고 명당(明堂)을 세우며 예복을 제정하여

12

태평을 이룩하려 하였다. 그러나 마침 두(竇)태후가 황로(黃老)의 학(學)을 좋아해서 유술(儒術)을 반대하여 뜻을 이루지 못하고 있다가, 두태후가 돌아간 뒤에야 동중서(董仲舒)의 대책을 바탕으로 하여 유술(儒術)을 국가 통치의 기본 이념으로 정립하고 강력한 봉건 군주 체제의 제국을 이룩한다(《漢書》 권22 禮樂志 참조). 동중서는 젊어서 《춘추(春秋)》를 공부하여 경제(景帝) 때(B.C. 156~141) 박사가 된 당대의 존숭을 받던 유자이다. 그는 공자의 학문인 유학을 내세워 다른 백가들의 학설을 내쳤다고 하지만, 그의 유학이란 그 시대적인 요구에 알맞도록 조정된 독특한 성격으로 변질된 것이었다.

무엇보다도 동중서는 그의 대책에서 《춘추》를 바탕으로 한'대일통(大一統)'의 이론을 내세우고 있는데1) 이는 학술의 일통(一統)에서 시작하여 결국은 문화적 정치적 일통(一統)까지도 이룩하려는 것이었다. 그가 "대일통이란 것은 천지의 상경(常經)이요 고금의 통의(通誼)"라 말하고 있는 것은 유술(儒術)의 강조에 그치지 않고, '대일통(大一統)'을 모든 분야에 걸쳐 절대적으로 적용하려는 뜻을 전제로 하고 있음을 알려준다.

그의 유술(儒術)의 제창은 진(秦)대의 엄형(嚴刑)을 인덕(仁德)으로 대체하고 가혹한 법가 학설 대신 너그러운 유가 학설을 사용한다는 것이어서, 이전의 각박하고 참혹했던 엄형에 시달려 온 백성들을 생각할 때 시의에 적응한 것이라 하겠다.

이러한 절대적인 '대일통' 이론의 적용은 실제로 절대적인 황권이

---

1) 《漢書》卷56 董仲舒傳 對賢良策 ; '春秋大一統者, 天地之常經, 古今之道誼. 今師異道, 人異論, 百家殊方, 上無以持一統, 下不知所守. 臣愚以爲諸不在六藝之科者, 皆絶其道, 勿使竝進. 邪辟之說滅息., 然後統紀可一而法度可明, 民知所從矣.'

이루어지지 않으면 안된다. 따라서 진시황이 지엄지대(至嚴至大)한 통치자의 칭호로서 천자를 황제라 부르고 짐(朕)이라 자칭하던 호칭[2]이 한대에도 그대로 습용(襲用)된다.[3] 동중서도 '하나님의 아들' 또는 '천하의 절대권자'로서의 천자의 지위를 강조하였다.[4] 물론 그는 천자의 조건으로 유가에서 주장하는 덕을 내세우고 있기는 하지만,[5] 덕이란 추상적인 조건은 실제로 뚜렷한 구속력을 발휘할 수가 없는 것이다. 다만 '천하의 절대권자'로서의 천자의 개념은 공자 본래의 사상에 합치되지 못하므로, 그는 〈천인상응(天人相應)〉,[6] 〈음양오행(陰陽五

---

2) 《史記》 卷6 始皇本紀 ; '二十六年, 秦初幷天下, 令丞相·御史曰 ;……賴宗廟之靈, 六王咸伏其辜. 天下大定. 今名號不更, 無以稱成功, 傳後世, 其議帝號. 丞相綰·御史大夫劫·廷尉斯等皆曰 ;……臣等謹與博士議曰 ; 古有天皇, 有地皇, 有泰皇, 泰皇最貴. 臣等昧死上尊號, 王爲泰皇, 命爲制, 令爲詔, 天子自稱曰朕. 王曰 ; 去泰, 著皇, 采上古帝位號, 號曰皇帝. 他如議, 制曰, 可.'

3) 蔡邕 《獨斷》 卷上 ; '漢天子正號曰皇帝, 自稱曰朕, 臣民稱之曰陛下.'

4) 董仲舒 《春秋繁露》 郊語 第65 ; '天子者, 則天之子也.'

　　上同 王道通 第44 ; '古之造文者, 三畫而連其中, 謂之王. 三畫者, 天地人也 ; 而連其中者, 通其道也. 故天地與人之中, 以爲貫而參通之, 非王者孰能當是?'

5) 董仲舒 《春秋繁露》 順命 第70 ; '德侔天地者, 皇天右而子之, 是爲天子.'

6) 董仲舒 《春秋繁露》 爲人者天 弟41 ; '爲生不能爲人 ; 爲人者天也, 人之(爲)人本於天, 天亦人之曾祖父也. 此人之所以上類天也. 人之形體化天數而成 ; 人之血氣, 化天志而仁 ; 人之德行, 化天理而義 ; 人之好惡, 化天之暖淸 ; 人之喜怒, 化天之寒暑 ; 人之受命, 化天之四時……'

　　上同 人副天數 第56 '人有三百六十節, 佑天之數也 ; 形體骨肉, 佑地之厚也. 上有耳目聰明, 日月之象也 ; 體有空竅理脈, 川谷之象也 ; 心有哀樂喜怒, 神氣之類也……'

行)〉7) 같은 유학에는 없던 미신적인 이론을 도입하여 자기 학설을 합리화하였다. 그 이론 속에는 "국가가 도에 어긋나는 그릇된 정치를 하면 하늘은 곧 먼저 재해를 내리어 경고를 한다"(董仲舒 賢良對策)는 유가적인 덕에 의한 올바른 정치를 강조하려는 의도가 깃들어 있기도 하다. 그러나 실제로는 그보다도 유(劉)씨네 한실(漢室)의 지위를 사람의 힘으로서는 어찌할 수 없는 절대적이고도 신비한 것으로 인식케 하는 데 더 큰 작용을 하였다.

그 때문에 무제 이후 한나라는 인애(仁愛)를 내세우는 유학을 그들 정치의 기본 이념으로 삼았음에도 불구하고, 진나라의 엄형(嚴刑)을 내세우는 법가적인 정치 못지 않은 황권을 발휘할 수 있었다. 따라서 《논어(論語)》에서는 '충실함'을 뜻하던 '충(忠)'과 같은 덕목8)도 이 무렵부터는 신하의 황제에 대한 절대 의무로서의 "충성"이란 뜻으로 바뀌어지게 된다.9) 무제가 주보언(主父偃, ?~B.C. 127)의 제

---

7) 《漢書》 卷56 ; 董仲舒傳 賢良對策 ; '天道之大者, 在陰陽. 陽爲德, 陰爲刑…… 天使陽出布施於上而主歲功, 使陰入伏於下而時出佐陽 ; 陽不得陰之助, 亦不能獨成歲……'

　　董仲舒 《春秋繁露》 基義 第53 ; '君臣父子夫婦之義, 皆取諸陰陽之道. 君爲陽, 臣爲陰 ; 父爲陽, 子爲陰 ; 夫爲陽, 妻爲陰.'

　　上同 五行之義 第42 ; '常因其父, 以使其子, 天之道也. 是故木已生而火養之, 金已死而水藏之, 火樂木而養以陽, 水克金而喪以陰, 土之事天竭其忠, 故五行者, 乃孝子忠臣之行也.'

8) 《論語》 學而 ; '子曰 ; 主忠信, 無友不如己者.'

　　上同 ; '曾子曰 ; 吾日三省吾身, 爲人謀而不忠乎,……'

　　《論語》 衛靈公 ; '子張問行. 子曰 ; 言忠信, 行篤敬, 雖蠻貊之邦行矣.'

9) 孔安國傳 《古文孝經》 序 ; '君雖不君, 臣不可以不臣.'(又 《左傳》 文公十七年 杜預注)

　　《春秋公羊傳》 哀公三年 ; '不以家事辭王事, 以王事辭家事.'

의에 따라 제후들의 자제들에게 영토를 분봉케 하는 '추은법(推恩法)'10)과 '수금탈작(輸金奪爵)'11) 제도를 활용하여 열후(列侯)들의 세력을 완전히 눌러 버리고, 멋대로 온 천하를 피폐시키면서 외정(外征)을 일삼을 수 있었던 것도 그 때문이다. 온 세계는 한실 밑에 하나로 통일되어야 하고 그것을 유일한 황제 한 사람이 통치하여야 한다는 명제에 대하여는 아무도 반론할 수 없는 상황으로 변해 버린 것이다.

이 때문에 이 시대 지배계층으로 올라서서 황제 주변에 몰려 있던 유자(儒者)들과, 그들의 학문인 유학은 특수한 성격을 띠게 된다. 그리고 이들에 의하여 주도된 이 시대의 시부(詩賦)들도 이에 따른 성격상의 변화를 드러내면서 발전하게 되는 것이다.

2) 유자(儒者)들의 유형

《한서(漢書)》 권72 왕길전(王吉傳) 찬(贊)에,

한나라가 일어나자 장상(將相)과 명신들은 봉록을 좋아하고 왕총을 탐하여 그의 생애를 그르친 자들이 많았다. 그래서 청절한 선비들이 이에 희귀해진 것이다. 그러나 대체로 자신을 다스릴 수 있는 사람은 많았지만 남을 다스리지는 못하였다(漢興, 將相名臣, 懷祿耽寵, 以失其世者多矣. 是故, 清節之士于是爲貴. 然大率多能自治, 而不能治人).

---

10) 《漢書》 卷64 主父偃傳 ; '偃說上曰, 古者諸侯, 地不過百里, 彊弱之刑易制.……今諸侯子弟或十數, 而適嗣代立, 餘雖骨肉, 無尺地之封, 則仁孝之道不宣. 願陛下令諸侯, 得推恩, 分子弟以地, 侯之彼, 人人喜得所願, 上以德施, 實分其國, 必稍自銷弱矣. 於是上從其計.'

11) 《漢書》 卷6 武帝紀 ; '天鼎五年(B.C. 112) 九月, 列侯坐獻黃金, 酎祭宗廟, 不如法, 奪爵者百六人.'

라고 말하고 있다. 한대에는 황제들이 그들의 전권(專權)을 마음대로 휘두른 반면, 그 밑의 신하들 중에는 '청절지사(淸節之士)'가 거의 눈에 뜨이지 않는다는 것은, 의기와 정절을 중히 여겼던 중국의 사인(士人)들 기질을 생각할 때 이상하다고 여겨질 정도이다. 그것은 《한서(漢書)》에서 지적했듯이 한대 사인들이 지나치게 개인의 출세와 안일을 탐하며, 극대화된 군주의 전권에 붙어살려 들었기 때문일 것이다.

무제 밑에서 가난한 유자로서 승상이 되고 평진후(平津侯)에 봉해지기까지 하였던 공손홍(公孫弘, ?~B.C. 121)만 보더라도 유학을 시정(時政)에 편리하도록 곡해하여 황제의 환심을 사기에 힘쓰고 있고12) 사람됨도 음험하였던 것 같다.13) 다시 말하면 자신의 이익을 위하여는 수단과 방법을 가리지 않는 위인이었던 것이다.

무제 아래에서 벼슬했던 사람들의 전기를 보면 이른바 절의지인(節義之人)은 한 사람도 눈에 뜨이지 않고, 거의 모두 간교한 아부의 행적만을 남기고 있다. 한부(漢賦)의 대가인 사마상여(司馬相如, B.C. 179~118)의 경우는 부잣집 과부 딸 탁문군(卓文君)을 꾀어내어 부자가 되고, 황제에게 환심을 사기 위한 〈상림부(上林賦)〉 같은 작품만을 지었고, 무제의 그릇된 시정도 적극 추종하면서 개인의 영달만을 꾀한 인물이다.14)

---

12) 《漢書》 卷58 公孫弘傳 對策 ; '臣聞之, 仁者愛也, 義者宜也, 禮者所履也, 智者術之原也. 致利除害, 兼愛無私, 謂之仁 ; 明是非, 立可否, 謂之義 ; 進退有度, 尊卑有分, 謂之禮 ; 擅殺生之柄, 通壅塞之塗, 權輕重之數, 論得失之道, 使遠近情僞必見於上, 謂之術. 凡此四者, 治之本, 道之用也.'

13) 《漢書》 卷58 公孫弘傳 ; '然其性意忌, 外寬內深, 諸常與弘有隙, 無近遠, 雖陽與善, 後竟報其過. 殺主父偃, 徙董仲舒膠西, 皆弘力也.'

14) 《史記》 卷117 司馬相如傳, 《漢書》 卷57 司馬相如傳.

또 주보언(主父偃, ?~B.C. 127)은 사람이 악착같아 남들의 미움을 샀고 권좌에 오른 뒤에는 권세를 이용하여 많은 뇌물을 먹었고, 유명한 '추은분봉(推恩分封)'의 계책을 내어 제후들을 무력화시키고 황권을 절대화시킴으로써 무제에게 아부한 인물이다.15)

주매신(朱買臣, ?~B.C. 115)은 가난했을 때 자기를 버린 처를 회계(會稽) 태수(太守)가 된 다음 새 남편과 함께 데려가 자살하도록 만들고, 장탕(張湯)을 모함하여 자살케 만든 지독한 인물이다.16) 또 소리(小吏)에서 구경(九卿)의 벼슬에까지 올라 혹리(酷吏)로 이름을 떨쳤던 장탕(張湯) 자신도 사람들을 속으로는 싫어하면서도 겉으로만 좋아하는 체 잘 지내고, 수많은 사람들을 모함한 인물이다.17)

그밖에 동방삭(東方朔, B.C. 161?~87?) · 오구수왕(吾丘壽王, B.C. 156~110) · 엄조(嚴助, ?~B.C. 122) · 종군(終軍, B.C. 140~113) 등이 모두 황제에게 아부하면서 일신의 영달이나 꾀하던 사람들이다.18) 《한서(漢書)》 권64 엄조전(嚴助傳)에,

엄조(嚴助)가 중대부가 되어, 뒤에는 주매신(朱買臣) · 오구수왕(吾丘壽王) · 사마상여(司馬相如) · 주보언(主父偃) · 서락(徐樂) · 엄안(嚴安) · 동방삭(東方朔) · 매고(枚皐) · 교창(膠倉) · 종군(終軍) · 엄총기(嚴葱奇) 등과 함께 황제 좌우에 있게 되었다.

라고 하였는데, 이들 모두가 무제 밑에서 시녀들처럼 황제의 비위나

---

15) 《漢書》 卷64 主父偃傳.
16) 《漢書》 卷64 朱買臣傳.
17) 《漢書》 卷59 張湯傳.
18) 《漢書》 卷65 東方朔傳, 同 卷64 吾丘壽王傳, 同 卷64 嚴助傳, 同 卷64 終軍傳.

18

맞추는 짓을 하며 세월을 보냈다.

그 중에서도 문필로 이름이 알려졌던 신하들의 아첨은 더욱 심했던 것 같다. 앞에 든 엄조전(嚴助傳)에 보이는 인물들이 대부분 문필로 무제를 섬긴 사람들인데, 그 뒤에 "동방삭(東方朔)·매고(枚皐)는 더욱 지론에 근거가 없었고, 임금은 배우들처럼 그들을 길러 주었다."고 말하고 있다. 《한서(漢書)》 권65 동방삭전(東方朔傳)에서도 그는 태중대부(太中大夫) 벼슬에 이르렀고 뒤에도 늘 낭(郎)으로 있었는데 "매고(枚皐)·곽사인(郭舍人)과 함께 임금 좌우에 있으면서 농지거리나 할 따름이었다."고 말하고 있다.

그리고 또 같은 기록에 무제(武帝)가 동방삭(東方朔)에게 "지금 공손홍(公孫弘)·예관(兒寬)·동중서(董仲舒)·하후시창(夏侯始昌)·사마상여(司馬相如)·오구수왕(吾丘壽王)·주보언(主父偃)·주매신(朱買臣)·엄조(嚴助)·급암(汲黯)·교창(膠倉)·종군(終軍)·엄안(嚴安)·서락(徐樂)·사마천(司馬遷) 같은 무리들은 모두 언변과 지식이 뛰어나고 문사를 잘하는데 선생은 스스로를 이들과 비길 때 어떠하다고 생각하십니까?"하고 묻고 있는데, 무제는 이들을 모두 같은 종류의 사람들로 생각했던 것 같다.

무제는 이들은 모두 남보다 뛰어난 지식과 언변을 지닌 사람들로 배우들이나 마찬가지로 자신의 전제(專制)를 분식(粉飾)하는 데 유용한 사람들이라는 정도로 생각하고 있었던 것 같다. 《한서》 권64 왕포전(王褒傳)을 보면 어떤 신하가 왕포(王褒, ?~B.C. 61)를 비롯한 문장가들이란 음미불급(淫靡不急)한 존재들이라고 말하자 선제(宣帝, B.C. 73~B.C. 49 재위)는,

놀음이라는 것도 있지 않은가? 그것이라도 하는 것이 자기에게 현명한 일이다. 사부는 큰 것은 고시와 뜻이 같고 작은 것도 아름

다운 문사가 매우 좋다. 비유를 들면 여공(女工)에 수놓은 비단이 있고 음악에 정위(鄭衛)의 노래가 있는 거나 같다. 지금 세속에서는 이것으로써 이목을 즐겁게 하고 있다. 사부는 이에 비하면 그래도 인의와 풍유(風諭)의 뜻이 있고 조수초목(鳥獸草木)에 대하여 많이 들을 수가 있으니 창우(倡優)나 놀음보다는 훨씬 현명한 짓이다.(上曰 ; 不有博奕者乎? 爲之猶賢乎己. 辭賦, 大者與古詩同義, 小者辯麗可喜. 辟如女工有綺縠, 音樂有鄭衛. 今世俗猶皆以此虞說耳目. 辭賦比之, 尙有仁義諷諭, 鳥獸草木多聞之觀, 賢於倡優博奕遠矣.)

라고 말하고 있다. 무제 때부터 문장가들을 보는 제왕들의 눈이 이 정도였고, 또 그것은 그들의 처신이 그렇게 만들었던 것으로 생각된다.

문장가들뿐만 아니라 무제 시대의 대신들 중에는 절조가 있고 비판적인 안목을 가졌던 사람은 거의 없었던 것 같다. 심지어 무제가 온 국력을 허비하고 온 사회를 혼란과 궁핍으로 몰아넣으면서까지 외국 원정에 몰두해도 이를 합리화시켜 주는 사람들은 있어도 이를 적극적으로 반대한 사람은 하나도 없었다.[19]

《사기(史記)》 권12 무제본기(武帝本紀)를 보면 처음부터 끝까지 무제가 귀신을 제사지내고 방사(方士)들을 믿는 미신적인 행위로 엮어져 있다. 무제가 미신적이었던 것은 무제 자신이 용렬한 군주였기 때문이라기보다는 아첨을 일삼는 무비판적인 신하들 때문이었다고 보는 게 좋을 것 같다. 그는 미신적인 방법을 도입하여 황실과 황권을 절대화시켰던 것이다.

《한서(漢書)》 권6 무제본기(武帝本紀)를 보면 무제는 산천이나 천

---

19) 《史記》 卷30 平準書 등 참조.

신지기(天神地祇)를 제사지내러 나갔다가 백린(白麟)을 잡기도 하고 (元狩 元年, B.C. 122), 기주(冀州)·휴양(睢壤)에서 문정(文鼎)이 나오고, 악와수(渥洼水)에서 천마(天馬)가 나오기도 하고(元鼎 5년, B.C. 112), 감천궁(甘泉宮) 안에 구경연엽(九莖蓮葉)의 지초(芝草)가 나기도 하고(元封 2년, B.C. 109), 강중(江中)에서 친히 교(蛟)를 쏘아 잡기도 하고(元封 5년, B.C. 106), 이사장군(貳師將軍)은 대완왕 (大宛王)의 목을 자른 뒤 한혈마(汗血馬)를 잡아 바치기도 하고(大初 4년, B.C. 101), 동해(東海)에 나갔다 주안(朱雁)을 잡기도 하는데(太始 3년, B.C. 94), 모두 제왕의 절대적인 권위를 미신을 이용하여 백성들에게 확신시키려는 의도에서 꾸며낸 연극이었을 것이다.

무제는 천신지기(天神地祇)를 제사할 때마다 서광이 나타났다 하고, 또 신기한 동물 등이 잡힐 때마다 백린지가(白麟之歌)·서극천마지가(西極天馬之歌)·주안지가(朱雁之歌) 등을 지어 자기의 위덕(威德)과 권세 아래 모든 신하와 백성들로 하여금 무조건 무릎 꿇도록 만들었다. 이러한 경향은 무제 밑에서 벼슬했던 아첨 잘하고 무비판적이던 유자들의 성격도 크게 일조(一助)했던 것이라 할 수 있다.

3) 금문(今文)의 특징

서한(西漢) 초기에 유학이 부흥하면서부터 경학(經學)은 후세에 이른바 〈금문(今文)〉이 크게 성행하였다. 본시 〈금문〉이란 서한 때 통용되던 자체(字體)인 예서(隸書)로 베낀 경전을 가리키는 말로 별 문제가 될 수 없는 성질의 것이었다. 서한 말엽 유흠(劉歆, ?~23년)이 그의 아버지 유향(劉向)의 뒤를 이어 조정의 장서들을 교정하다가 수많은 옛날 자체로 쓰여진 경전들을 발견하면서 〈금문〉에 대한 〈고문(古文)〉이 문제되기 시작하였다.

그러므로 무제시대에는 〈금문〉이란 말조차도 있을 수가 없었다. 그러나 뒤에 가서는 경전의 자구(字句)에 〈금문〉과 〈고문〉이 약간의 차이가 있는 것도 있었지만, 〈금문〉에는 전혀 없는 〈고문〉도 생겨나서 학문상 큰 문제로 발전하여, 금고문의 다툼은 중국경학사상 일대 공안(公案)으로 발전하고 말았던 것이다.

그러나 여기서는 〈금문〉과 〈고문〉의 다툼이나 차이보다도 서한 초에 이룩된 〈금문〉의 학문방법과 특징이 어떤 시대적인 의의를 지니고 있는가를 밝히는 데 중점을 두려는 것이다. 이 시대의 학문을 지배한 〈금문〉의 학문방법과 학문 특징은 이 시대 문화발전, 특히 문학의 성격형성에 무엇보다도 결정적인 역할을 했을 것이기 때문이다.

한대로 들어와 문제(文帝) 때에 신배(申培)와 한영(韓嬰)이 《시경(詩經)》으로 박사(博士)가 되었고, 경제(景帝) 때에는 원고(轅固)가 또 《시경》으로 박사가 되었으니, 제(齊)·노(魯)·한(韓)의 〈삼가시(三家詩)〉는 무제 이전에 모두 학관(學官)에 올랐다. 《춘추(春秋)》에 있어서도 경제(景帝) 때에 동중서(董仲舒)와 호모생(胡母生)이 모두 《공양춘추(公羊春秋)》로 박사가 되었다.

그리고 무제의 건원(建元) 5년(B.C. 136)에는 오경박사(五經博士)를 학관에 세웠는데, 〈삼가시〉와 《공양춘추》 이외에도 《서경(書經)》에는 구양(歐陽)씨, 《예(禮)》에는 후(后)씨, 《역(易)》에는 전(田)씨 등이 있었다.

이들 오경(五經)은 뒤에 다시 가법(家法)의 차이로 말미암아 〈삼가시〉 이외에 《역(易)》은 시(施)·맹(孟)·양구(梁丘)·경(京)씨의 사가(四家)로 분립되고, 《서(書)》는 구양(歐陽)·대하후(大夏侯)·소하후(小夏侯)의 삼가로 분립되고, 《예(禮)》는 대대(大戴)·소대(小戴)의 이가가 있게 되고, 《춘추》는 《공양춘추》에 엄(嚴)·안(顔) 이가가 있게 되고, 선제(宣帝) 때에는 《곡량춘추(穀梁春秋)》도 학관에 올랐다. 이들은 모두가 뒤에 〈금문〉으로 지목되는 학파의 학문들이다.

그런데 선제(宣帝)시대를 전후한 이들 〈금문파〉의 경학이란 모두 순수한 학구(學究)보다도 시세에 영합하여 출세해 보자는 데 가장 큰 동기가 있었다.[20] 이 때문에 앞에서 얘기한 유자들의 시세에 아부하는 기풍이 조성되었다고도 할 수 있다. 그리고 후세까지도 중국인들 사이에 전송되는 "책 속에는 자연히 황금의 집이 있게 되고, 책 속에는 자연히 천 종(鍾)의 녹(祿)이 있게 된다(書中自有黃金屋, 書中自有千鍾粟)."고 하는 공리적인 학문목표가 사람들의 마음속에 깊이 자리를 차지하게 되었던 것이다.

금문가들의 유학은 '천인지학(天人之學)'이라는 말이 대표하듯 공자의 가르침과는 달리 천도(天道)를 인사(人事)에 끌어다 부합시키려는 데 가장 큰 특징이 있었다. 이것은 음양가(陰陽家)의 이론에 가까운 미신의 논리화였다. 《서경(書經)》에는 '오행설(五行說)'이 끼어들게 되었고,[21] 제시(齊詩)에는 '오제(五際)의 설'이 있게 되었고,[22] 《공양춘추

---

20) 《漢書》 卷88 儒林傳贊 ; '自武帝立五經博士, 設弟子員, 開科射策, 勸以官祿, 訖於元始, 百有餘年, 傳業者寖盛, 枝葉繁滋, 一經說至百餘萬言, 大師衆至千餘人, 蓋利祿之路然也.'

　　《史記》 卷121 儒林傳 ; '武安侯田蚡爲丞相, 絀黃老刑名百家之言, 延文學儒者數百人. 而公孫弘以春秋, 白衣爲天子三公, 封以平津侯, 天下之學士靡然嚮風矣.'

21) 《書經》 洪範 ; '五行, 一曰水, 二曰火, 三曰木, 四曰金, 五曰土 ; 水曰潤下, 火曰炎上, 木曰曲直, 金曰從革, 土爰稼穡. 潤下作鹹, 炎上作苦, 曲直作酸, 從革作辛, 稼穡作甘.'

　　同 甘誓篇에는 夏后 啓가 有扈氏를 정벌하면서 그의 罪狀으로 첫머리에 '威侮五行'을 들고 있다.

22) 見 《漢書》 翼奉傳. 應劭는 君臣·父子·兄弟·夫婦·朋友의 五倫이라 하였으나, 孟康의 註에는 《齊詩內傳》을 인용하여 '五際, 卯·酉·午·戌·亥也. 陰陽終始際會之歲, 於此則有變改之政.'이라 하였다. 그래서

(公羊春秋)》에선 재이(災異)에 관한 얘기를 많이 하게 되었고,《역경(易經)》에서는 상수(象數)와 점험(占驗)이 더욱 중시되게 되었고,《예(禮)》에는 명당음양(明堂陰陽)이 있게 되었다.23)

공자의 《춘추》에도 성변(星變)이나 일식(日蝕)에 대한 기록이 있기는 하다. 이것은 스스로 지존(至尊)이라 믿는 황제들에게 천도(天道)를 빌어 비뚤어진 짓을 못하게 하려는 데에 근본 의도가 있었다. 한대로 들어와서도 일식이나 지진을 만나면 반드시 하조(下詔)로써 자신의 죄책(罪責)을 밝히기도 하고 혹은 삼공(三公)을 책면(責免)하기도 하면서 재이(災異)를 하늘의 경고로 받아들이기도 하였다. 그러나 뒤에는 점점 미신적인 요소가 늘어갔다.

예를 들면 창읍왕(昌邑王) 하(賀)가 재위할 적(B.C. 74)에 하후승(夏侯勝)이 오랫동안 날이 흐리면서도 비가 안 오자 경전을 근거로 "신하 중에 윗자리를 빼앗으려고 모의하는 자가 있다." 하였는데, 과연 곽광(霍光)이 왕을 폐립(廢立)하였다 한다.

또 소제(昭帝) 때(B.C. 86~B.C. 74) 휴맹(眭孟)은 경전을 근거로 필부(匹夫)가 천자가 될 것이라 예언했는데, 과연 선제(宣帝)가 민간에서 나왔다 한다. 성제(成帝) 때(B.C. 32~B.C. 7) 하하량(夏賀良)은 한 왕실에 재수명(再受命)할 조짐이 있다고 예언했는데 과연 광무제(光武帝)의 중흥(中興)이 있었다 한다.

이밖에도 《한서(漢書)》 권27 오행지(五行志)만 보아도 이러한 미신적인 경전 해석과 그 응용의 예가 무수히 보인다. 동중서(董仲舒)가 《공양춘추》를 근거로 구우(求雨) 구청(求晴)을 했고, 또 《춘추》

皮錫瑞는 《詩經通論》에서 이것 역시 陰陽災異之類라 하였다.

23) 《漢書》 卷30 藝文志의 禮類에 〈明堂陰陽記〉가 있다. 以上 一段은 《漢書》 卷27 五行志를 함께 참고할 것.

로써 결옥(決獄)까지 했다는 것은 금문경학의 성격을 웅변으로 얘기해 준다.

유학도 이쯤 되면 방사(方士)들이나 도참(圖讖)의 예언과 다를 바가 없는 것이다. 《사기(史記)》무제본기가 거의 전부 미신적인 무제의 행동기록으로 차 있게 된 것도, 실은 이때 한제국의 정치강령으로 확정된 유학의 성격으로 말미암은 것일 것이다. 한대의 금문가들은 《서경(書經)》우공편(禹貢篇)으로써 치하(治河)를 하고, 홍범(洪範)편으로써 자연변화를 살피며, 《춘추》로써 결옥(決獄)을 하고, 《시경(詩經)》의 시들을 간서(諫書)의 일종으로 보았다. 이러한 얼토당토하지 않은 짓을 하자니 여기에 미신적인 논리가 도입되지 않을 수가 없었을 것이다.

유자들은 미신적인 이론으로 경전을 가지고 당시의 정치현상을 꾸며주고 설명해 줌으로써 황제에게 아부하였고, 황제는 이러한 미신적인 논리를 이용하여 자기의 권세와 지위를 하늘이 정해 준 신성불가침의 것으로 확정지었던 것이다. 뒤에 광무제가 동한(東漢)을 중흥시키고 망해 가는 한 왕실을 유지해 나가는 데에, 이때의 미신화된 유학이 사람들의 머리속에 심어준 유(劉)씨 왕조의 절대적인 지위가 얼마나 크게 작용하였는지 모른다.

4) 유자(儒者)와 문학가

한대에는 아직 문인이라 부를 만한 전문적인 작가가 존재하지 않았다. 그 시대에 시부(詩賦)와 문장을 쓴 사람들이란 그 사회에 지도적 계층이라 할 수 있는 넓은 뜻의 지식인들이었다. 따라서 앞에서 얘기한 유자들도 모두가 그 시대의 문인들이며 동시에 정치가들이기도 하였다. 이러한 경향은 한 말 건안(建安) 연간에 본격적인 문인들이 생겨나고 문단이 형성된 이후에도 그대로 계속된다.

전통적으로 중국에서의 이상적인 문학가라면 동시에 위대한 학자요, 존경받는 스승이요, 세상을 바로 다스리는 정치가일 것이 요구되었다. 한 무제 시대에 있어서는 무제 밑의 대신들과 유자들이 바로 문학의 작가들이었으며, 이들에 의하여 모든 학문이 이루어지고 문학작품들이 평가되고 정리되었다.

다시 말하면 무제의 신하나 그때의 유자들은 그 시대 문화활동의 주역들이었다. 그러기에 이들이 주도한 문학도 앞에서 얘기한 이들의 비굴하고 무비판적인 경향에 따라 그 성격이 형성되었을 것이다. 그런 경향은 그들이 의식적으로 지은 부(賦)에 가장 잘 드러난다.

한편 무제가 이룩해 놓은 유학을 바탕으로 하는 정치이념은 이후 2천 년의 중국역사를 통하여 변함없이 계승 발전되었다. 그것은 문학을 비롯한 중국의 문화전통의 형성에도 이 시기의 문학이나 문화가 큰 영향을 주었음을 뜻한다. 그러기에 이 시기의 문학의 이해는 중국 전통문학의 성격의 올바른 이해를 위하여 큰 도움이 될 것이다. 다음에는 앞에서 논한 유자들의 성향은 실제로 어떤 성격의 시부(詩賦)들을 낳고 있는가를 따져보기로 한다.

3. 무제(武帝)시대의 시문(詩文)과 그 특징

1) 악부(樂府)의 주기능

《한서(漢書)》 권22 예악지(禮樂志)에는 다음과 같이 악부(樂府) 설치에 관한 얘기를 적고 있다.

무제에 이르러 교사(郊祀)의 예를 정하고 태일(太一)을 감천(甘泉)에 제사지냈는데 건위(乾位)를 택한 것이었다. 후토(后土)를 분

26

음(汾陰)에 제사지냈는데 택중(澤中)의 방구(方丘)였다. 이에 악부를 세우고, 채시야송(采詩夜誦)하여 조(趙)·대(代)·진(秦)·초(楚)의 노래가 있게 되었다. 이연년(李延年)을 협률도위(協律都尉)에 임명하고 사마상여(司馬相如) 등 수십 명을 다거(多擧)하여 시부(詩賦)를 짓게 하고, 율려(律呂)를 약론(略論)하여 팔음(八音)의 가락에 맞추어 19장(章)의 노래를 지었다.

정월 상신(上辛)날 감천(甘泉) 환구(圜丘)에서 제사지낼 때 동남(童男) 동녀(童女) 70인으로 하여금 합창케 하였다. 저녁에 제사를 시작하여 날이 새도록 계속되었는데, 밤에는 계속 유성(流星)과 같은 신광(神光)이 사단(祀壇)에 머물러 있었다. 천자는 죽궁(竹宮)에서 망배(望拜)하였는데, 시사(侍祠)하는 수백 명의 백관(百官)들은 모두 숙연히 감동을 받았다.24)

또 《한서》 권 63 영행전(佞幸傳)에도 이런 기록이 있다.

이연년(李延年)은 노래를 잘하여 신변성(新變聲)을 만들었다. 이때 임금은 천지에 대한 여러 가지 제사를 일으키어 음악을 만들려 하고 있었으므로, 사마상여(司馬相如) 등으로 하여금 시송(詩頌)을 짓게 하고, 연년(延年)은 그때마다 뜻을 받들어 지은 시들을 현가(弦歌)하여 신성곡(新聲曲)으로 만들었다.25)

---

24) 《漢書》 卷22 禮樂志 ; '至武帝, 定郊祀之禮, 祠太一於甘泉, 就乾位也, 祭后土於汾陰, 澤中方丘也. 乃立樂府, 采詩夜誦, 有趙代秦楚之謳. 以李延年爲協律都尉, 多擧司馬相如等 數十人, 造爲詩賦, 略論律呂, 以合八音之調, 作十九章之歌. 以正月上辛用事甘泉圜丘, 使童男女七十人俱歌, 昏祠至明. 夜常有神光如流星, 止集于祠壇. 天子自竹宮而望拜. 百官侍祠者數百人, 皆肅然動心焉.'

이밖에도 악부(樂府)의 설치를 얘기하고 있는 곳이 《한서》에만도 몇 군데 더 있지만, 무엇보다도 주의를 요하는 것은 악부(樂府)가 천지의 제사와 밀접한 관계가 있다는 것이다. 무제가 지신(地神)인 후토(后土)를 산서성(山西省) 분음(汾陰)에 가서 제사지낸 것이 원정(元鼎) 4년(B.C. 113)이고,[26] 그 다음해에 태일신(太一神)을 장안(長安) 서북의 이궁(離宮)인 감천궁(甘泉宮)에서 제사지냈으니 이 무렵에 악부(樂府)가 설치되었던 듯하다.

이때엔 무제의 나이 40을 넘어서고 한(漢) 제국의 성세가 전성을 이루던 때라 무제는 독재(獨裁) 군주로서의 권위를 여러 가지 형식을 갖추어 발휘하고자 하였던 것 같다. 위의 기록만 보더라도 감천궁(甘泉宮)에서 제사를 지낼 때에는 동남(童男) 동녀(童女) 70명이 밤새도록 합창을 하고, 수백 명의 신하들이 시사자(侍祠者)로 참석하여 그 제사에 숙연히 감동을 하였다는 것이다. 이처럼 백관들을 숙연케 하는 의식을 갖추기 위하여 악부(樂府)가 필요하였던 것이다.

물론 무제가 내세운 악부(樂府) 설치의 형식적인 이상은 옛날의 '채시지관(採詩之官)'의 제도[27]를 부활시켜 민심을 올바로 파악하며 백성들을 잘 교화시키는 덕정(德政)을 베푼다는 것이었을 것이다. 무제는 동중서(董仲舒) 같은 유자(儒者)를 등용하여 유학을 그의 정치 이념으로 내세웠던 황제라 '채시(採詩)제도'의 도입은 지극히 당연한 일이었다고 할 수 있다. 그러나 그 이상과 실제는 전혀 차원이 달랐

---

25) 《漢書》 卷63 佞幸傳 ; '延年善歌, 爲新變聲. 是時上方興天地諸祀, 欲造樂, 令司馬相如等, 作詩頌, 延年輒承意弦歌所造詩, 爲之新聲曲.'

26) 《史記》 封禪書 所引 徐廣의 說 및 司馬光 《資治通鑑》.

27) 《漢書》 卷30 藝文志 ; '古有采詩之官, 王者所以觀風俗知得失, 自考正也.' 이밖에 《國語》 周語 上에는 '獻詩'에 관한 기록이 있고, 《禮記》 王制에는 '陳詩'의 制度가 있었다는 記錄이 있다.

28

던 것 같다.

악부에서도 채시(採詩)를 하여 악부에는 조(趙)·대(代)·진(秦)·초(楚)의 노래들이 있게 되었다. 《한서》 권30 예문지(藝文志) 시부략(詩賦略)에는 무제 때에 악부에서 채집한 민가라고 생각되는 가시(歌詩)로서 오초여남가시(吳楚汝南歌詩) 15편·연대구안문운중농서가시(燕代謳雁門雲中隴西歌詩) 9편·한단하간가시(邯鄲河間歌詩) 4편·제정가시(齊鄭歌詩) 4편·회남가시(淮南歌詩) 4편·좌풍익진가시(左馮翊秦歌詩) 3편·경조윤진가시(京兆尹秦歌詩) 5편·하동포반가시(河東蒲反歌詩) 1편·잡가시(雜歌詩) 9편·낙양가시(雒陽歌詩) 4편·하남주가시(河南周歌詩) 7편·하남주가시성곡절(河南周歌詩聲曲折) 75편·주요가시(周謠歌詩) 75편·주요가시성곡절(周謠歌詩聲曲折) 75편·주가시(周歌詩) 2편·남군가시(南郡歌詩) 5편 등 도합 16종이 실려 있다.

그리고 애제(哀帝) 때(B.C. 6~1 재위) 악부를 폐지할 때의 악부의 인원 가운데 여러 지방의 민요와 관계되는 악원(樂員)이라고 생각되는 것들로서 다음과 같은 악원들이 있었다. 한단고원(邯鄲鼓員) 2인·강남(江南)고원 2인·회남(淮南)고원 4인·파유(巴兪)고원 36인·임회(臨淮)고원 35인·정사회원(鄭四會員) 62인·패취(沛吹)고원 12인·진취(陳吹)고원 13인·동해(東海)고원 16인·초(楚)고원 6인·진창원(秦倡員) 29인·진창상인원(秦倡象人員) 3인·초사회원(楚四會員) 17인·파사(巴四)회원 12인·요사(銚四)회원 12인·제사(齊四)회원 19인·채구원(蔡謳員) 3인·제구원(齊謳員) 6인.[28]

이는 무제시대 악부의 인원 그대로는 아닐 것이다. 그러나 악부에서 각 지방의 민가들을 채집했음을 알기에는 충분할 것이다. 단 무제

---

28) 《漢書》 卷22 禮樂志.

가 '채시관(採詩官)'의 본뜻을 살려 이들 민요를 통하여 민심의 소재를 살피려 하거나 시가를 이용하여 백성들을 교화시키려는 노력을 한 흔적은 전혀 보이지 않는다.

《한서(漢書)》 권 25 교사지(郊祀志)에,

폐신(嬖臣) 이연년(李延年)은 음악을 잘하여 임금은 그것을 훌륭하게 여겼다. 공경(公卿)들에게 논의하라라고 명하여 말하기를 "민간의 제사에도 고무악(鼓舞樂)이 있는데 지금 교사(郊祀)에 음악이 없으니 어찌 어울리는 일인가?"고 하였다. 공경(公卿)들이 말하기를 "옛날엔 천지를 제사지낼 때 언제나 음악이 있어서, 천신지기(天神地祇)에게 예를 차릴 수가 있었습니다."고 대답하였다. 이에 태일(太一)과 후토(后土)를 제사지냄에 비로소 악무(樂舞)를 쓰게 되었다.[29]

라고 하였고, 앞에 인용한 《한서》 예악지(禮樂志)에도 무제가 교사(郊祀)의 예를 정하고 태일(太一)과 후토(后土)를 제사지내면서 악부를 세웠다 하였다. 이에 따르면 악부를 세운 직접적인 동기는 천지를 제사지내는 데 필요한 의식용 음악을 마련하자는 데 있었던 것 같다. 그것은 '채시(採詩)'조차도 민풍(民風)을 고찰한다는 본래의 목적과는 달리, 전국(戰國) 진한지제(秦漢之際)에 일실(佚失)된 음악들을 되찾아 의식용 음악을 마련하자는 데 주된 목적이 있었음을 뜻한다.

그것은 조정에서 쓰던 당시의 음악에 민가(民歌)풍의 곡조가 대부

---

29) 《漢書》 卷25 郊祀志 ; '嬖臣李延年以好音見, 上善之. 下公卿議曰 ; 民間祀有鼓舞樂, 今郊祀而無樂, 豈稱乎? 公卿曰 ; 古者祀天地皆有樂, 而神祇可得而禮. 於是禱祠太一后土, 始用樂舞.'(《史記》 封禪書 略同)

분이었던 것으로도 알 수 있다.30) 또 《사기(史記)》 악서(樂書)에는 급암(汲黯)의 다음과 같은 무제에의 진언(進言)이 기록되어 있다.

"왕자(王者)의 작악(作樂)은 위로는 조종(祖宗)을 받들고, 아래로는 조민(兆民)을 교화하기 위한 것입니다. 지금 폐하께서 신마(神馬)를 얻으시고, 시가를 지어 종묘에 바치고 계시는데, 선제들과 백성들이 어찌 그 음악을 알아듣겠습니까?"31)

이것은 무제 때 종묘나 교사(郊祀)에서 쓰던 악부의 노래들이 퍽 속화(俗化) 또는 민가화(民歌化)되었음을 뜻한다. 그러기에 민가 중에서도 음탕한 정성(鄭聲)은 날로 황실과 귀족들 사이에 성행되어 애제(哀帝) 때 이르러는 악부를 폐하기에 이르렀었다.32)

악부의 또다른 중요한 기능의 하나는 당시 필요한 음악의 작곡이다. 그 작곡은 악부의 협률도위(協律都尉)였던 이연년(李延年)을 중심으로 하여 이루어졌고, 그 가사는 사마상여(司馬相如)를 비롯한 무제 아래의 문신들에 의하여 지어졌다.33) 그런데 여기에서 이연년이 새로 작곡한 노래들을 〈신변성(新變聲)〉·〈신성곡(新聲曲)〉이라 부

---

30) 《漢書》 卷22 禮樂志 ; '今漢郊廟詩歌, 未有祖宗之事, 八音調均, 又不協
   於鐘律, 而內有掖庭材人, 外有上林樂府, 皆以鄭聲施於朝廷.'

31) 《史記》 樂書 ; '中尉汲黯進曰 ; 凡王者作樂, 上以承祖宗, 下以化兆民.
   今陛下得馬, 詩以爲歌, 協於宗廟, 先帝百姓豈能知其音邪? 上默然不說.'

32) 《漢書》 卷22 禮樂志 ; '是時鄭聲尤甚, 黃門名倡丙彊景武之屬, 富顯於
   世. 貴戚五侯, 定陵富平外戚之家, 淫侈過度, 至與人主爭女樂. 哀帝自爲
   定陶王時疾之. 又性不好音, 及卽位, 下詔曰 ; 惟世俗奢泰文巧, 以鄭衛
   之聲興.……其罷樂府官.'

33) 앞 註 24) 25) 참조.

르고 있으며, 또 〈변신성(變新聲)〉34)·〈신성변곡(新聲變曲)〉35)·〈신가변곡(新歌變曲)〉36)·〈신성(新聲)〉37)으로도 불렀다. 그것은 이연년의 노래들이 '새로운 형식의 가곡'임을 뜻할 것이다.

'새로운 형식'이란 이제껏 《시경(詩經)》의 사언(四言)이나 《초사(楚辭)》의 삼언(三言)이 주류를 이루어 온 중국시가와는 전혀 다른 리듬의 개발을 뜻할 것이다.38) 그리고 그것은 민가와 호악(胡樂)의 영향을 받은 것이라 생각되므로39) '정위지성(鄭衛之聲)'에 가까운 음악이었을 것이다. 그러나 그의 신성곡(新聲曲)은 교사가(郊祀歌) 19장(章)이 대표적인 것이다.40)

이것들은 무제가 원수(元狩) 원년(元年 : B.C. 122) 백린(白麟)을 잡은 뒤 지은 백린지가(白麟之歌, 郊祀歌 朝隴首 第十七), 원정(元鼎) 4년(B.C. 113) 후토(后土)를 제사지내던 분음(汾陰)에서 보정(寶鼎)을 얻고 지은 보정지가(寶鼎之歌, 后皇 第十四), 같은 해 악와수중(渥洼水中)에서 말이 나와 지은 천마지가(天馬之歌, 天馬 第十 其一), 원봉(元封) 2년(B.C. 109) 감천궁(甘泉宮) 제방에 지초(芝草)가 난 기념으로 만든 지방지가(芝房之歌, 齊房 第十三), 태초(太初) 4년(B.C. 101) 완왕(宛王)을 죽이고 한혈마(汗血馬)를 얻은 다음 지은

---

34) 《史記》 佞幸傳.

35) 《漢書》 外戚傳.

36) 徐陵 《王臺新詠》 卷一 李延年歌詩.

37) 晉 崔豹 《古今註》 卷中 및 《晉書》 樂志 下.

38) '전혀 다른 리듬'이란 《漢書》 外戚傳에 실린 李延年의 新聲變曲인 '北方有佳人, 絶世而獨立……'하는 노래를 통해 볼 때 五言의 발생을 뜻할 가능성이 많다.

39) 晉 崔豹 《古今註》 卷中 音樂 ; '橫吹, 胡樂也. 博望侯張騫入西域, 傳其法於西京, 唯得摩訶兜勒一曲, 李延年因胡曲, 更進新聲二十八解.'

40) 註 24) 참조.

서극천마지가(西極天馬之歌, 天馬 第十 其二), 태시(太始) 3년(B.C. 94) 동해에서 적안(赤雁)을 잡은 것을 기념하기 위해 지은 주안지가(朱雁之歌, 象載瑜 第十八) 등이 그것이다.[41] 또 화엽엽(華燁燁) 제15는 후토(后土)를 제사지낸 뒤에, 오신(五神) 제16은 태일(太一)을 제사지낸 뒤에 지은 것이라 한다.[42]

이를 보면 무제가 이연년(李延年)에게 작곡을 명한 것도 거의 모두 신비스런 사건들을 미화하고 의식화하여 황권의 위세를 드러내기 위한 뜻에서였다. 채시(採詩)가 악부 설립의 형식적인 이유였으니, 작곡이나 연주는 독재군주의 위의(威儀)를 위한 것이었음은 더 말할 나위도 없을 것이다.

따라서 지금 와서는 악부의 공로로서 채시(採詩)와 민가(民歌)의 보존이 크게 평가되고 있지만, 실상 그것은 악부의 부수적인 기능에 불과했다. 무제 밑에 모였던 작사가나 작곡가들의 성격으로 보아, 악부도 전제군주의 위세를 분식(粉飾)하는 것이 주기능이 될 수밖에 없었던 것이다.

2) 무제의 시가(詩歌)

풍유눌(馮惟訥)의 《고시기(古詩紀)》·정복보(丁福保)의 《전한삼국진남북조시(全漢三國晉南北朝詩)》 등에는 무제의 작품으로서 다음과 같은 여섯 종류의 시가가 실려있다.

1. 〈호자가(瓠子歌)〉 2수(二首)
《사기(史記)》 하량서(河梁書), 《한서(漢書)》 구혁지(溝洫志)에

---

41) 《漢書》 卷6 武帝紀 依據.
42) 王先謙 《漢書補註》 說.

원재(原載), 《악부시집(樂府詩集)》 권84 잡가요사(雜歌謠辭)에도 실림.

2. 〈추풍사(秋風辭)〉

《문선(文選)》 권45, 《악부시집(樂府詩集)》 권84에 실림. 《한무제고사(漢武帝故事)》 원재(原載)인 듯하다.

3. 〈포초천마가(蒲梢天馬歌)〉

《사기(史記)》 악서(樂書) 원재(原載). 《한서(漢書)》 예악지(禮樂志) 교사가(郊祀歌) 19장 천마(天馬) 제10엔 이와 약간 틀린 게 실림. 《전한삼국진남북조시(全漢三國晉南北朝詩)》엔 〈서극천마가(西極天馬歌)〉로 제(題)함.

4. 〈이부인가(李夫人歌)〉

《한서(漢書)》 외척전(外戚傳) 원재(原載). 《악부시집(樂府詩集)》 권84, 20권본 《수신기(搜神記)》 권2에도 실림.

5. 〈낙엽애선곡(落葉哀蟬曲)〉

전진(前秦) 왕가(王嘉, 子年)의 《습유기(拾遺記)》 권5 원재(原載)인 듯. 《고문원(古文苑)》 권8에도 실림.

6. 〈백량시(柏梁詩)〉

본시는 《수서(隋書)》 경적지(經籍志)에 보이는 《한무제집(漢武帝集)》에서 나온 듯. 《고문원(古文苑)》 권8, 《예문유취(藝文類聚)》 권56 잡문부(雜文部) 2, 송(宋) 송민구(宋敏求) 《장안지(長安志)》 권3 등에도 실림.

이중 〈백량시(柏梁詩)〉를 제외한 나머지 시가들은 모두 초가풍(楚歌風)의 노래이다. 〈백량시〉는 원봉(元封) 3년(B.C. 108) 무제가 백량대(柏梁臺)의 건조(建造)[43]를 기념하기 위해서 먼저 1구(句)인 칠

---

43) 《漢書》卷6 武帝紀에 의하면 元鼎 二年(B.C. 115) 봄에 柏梁臺를 세웠

언(七言)시를 읊고 이하 25명의 신하들로 하여금 1구씩 계속케 하여 이루어진 것이다. 따라서 이것은 무제가 지은 것이라 할 수는 없는 것이다.

그리고 나머지 시들도 의문은 모두 지니고 있다. 먼저 〈낙엽애선곡(落葉哀蟬曲)〉은 전진(前秦)의 방사(方士) 왕가(王嘉)가 쓴 《습유기(拾遺記)》에 실려있던 것인데, 《사고전서총목제요(四庫全書總目提要)》에서 "그 말이 황탄(荒誕)하여 사전(史傳)과 대조할 때 모두 맞지 않는다."고 평한 책이다.44) 따라서 명(明)대의 왕세정(王世貞)이 이미 《예원치언(藝苑巵言)》 권2에서 이 시를 가짜인 듯하다고 하였다.

그밖에 〈포초천마가(蒲梢天馬歌)〉는 무제 신하들의 작품일 것이며,45) 나머지 〈호자가(瓠子歌)〉 2수(二首)와 〈추풍사(秋風辭)〉에도 의문이 존재한다. 〈이부인가(李夫人歌)〉가 가장 무제가 지은 것일 가능성이 많지만 그것은 3구로 이루어진 너무나 간단한 것이어서 별것이 아니다. 여기에는 무제의 작품으로 〈추풍사〉와 〈이부인가〉를 보기로 인용한다.

추풍사(秋風辭)

가을바람 일고 흰 구름 날리니

고, 太初 元年(B.C. 104) 乙酉에 火災를 당하였다.

44) 《拾遺記》는 본시 古代로부터 晉代에 이르는 얘기를 19卷으로 220篇 모아놓은 것인데, 戰亂을 통하여 散失되어 梁 蕭綺가 補綴하여 지금 전하는 10本으로 만든 것이다. 〈落葉哀蟬曲〉은 그중 前漢 上에 실려있으나, 그 내용 모두가 事實이라고 믿기 어려운 얘기들이다.

45) 앞의 註 24)에 의하면 〈郊祀歌〉 19章은 司馬相如 등이 지은 것이라 하였다.

풀과 나무 시들어 잎새 떨어지고 기러기 남쪽으로 돌아가네.
난초에는 꽃대 솟았고 국화도 향내 발하니
고운 님 그리워 잊지 못하네.
큰 배 띄워 분하를 건너는데,
중류를 가로지르며 흰 물결 날리네.
퉁소와 북소리에 맞추어 뱃노래 부르니
기쁨과 즐거움 다하는 속에 슬픈 정도 솟아나니,
젊은 시절 얼마나 되며 늙는 것은 어이하리!

秋風起兮白雲飛, 草木黃落兮雁南歸.
蘭有秀兮菊有芳, 懷佳人兮不能忘.
汎樓船兮濟汾河, 橫中流兮揚素波.
簫鼓鳴兮發櫂歌, 歡樂極兮哀情多,
少壯幾時兮奈老何?
—《전한삼국진남북조시(全漢三國晉南北朝詩)》

이부인가(李夫人歌)

바로 그 사람인가 아닌가?
서서 바라보노라니
너풀너풀 끌리는 옷자락은 길고
오는 것은 느리기도 하네!

是耶非耶, 立而望之,
翩何姍姍, 其來遲!

이 작품들은 한초(漢初)의 초가(楚歌)와는 대단히 다른 풍격을 띠

고 있음을 알 수 있다. 같은 황제인 고조(高祖)의 〈대풍가(大風歌)〉
를 다음에 인용한다.

　　큰 바람 일어 구름 드날리는데,
　　위세를 온 세상에 가하고 고향에 돌아왔네.
　　어찌하면 용맹스런 사람들 구하여 이 나라를 지킬까?

　　大風起兮雲飛揚, 威加海內兮歸故鄕, 安得猛士兮守四方?

　항우(項羽)의 〈해하가(垓下歌)〉의 경우도 그렇지만 꾸밈없이 솔직
하고 간단하면서도 제왕의 시가다운 위세가 있다. 이러한 격월강개
(激越慷慨)한 감정이야말로 남쪽 초나라의 영웅의 시가로서 잘 어울
리는 것이다.
　앞의 〈추풍사〉는 후토(后土)를 제사지낸 뒤 분하(汾河)를 건너면서
배 위에서 잔치하다가 지은 시라 한다. '추풍기혜백운비(秋風起兮白
雲飛)'로 시작되는 〈추풍사〉의 첫 구절은 '대풍기혜운비양(大風起兮
雲飛揚)'으로 시작되는 고조의 노래의 위세를 살려보려고 흉내낸 것
인 듯하다. 그러나 무제의 작품에서는 그 위세는 죽고 곧 늙어감을
슬퍼하는 복잡한 정서가 이어지고 있다. 그리고 〈이부인가〉는 무제가
죽은 이부인을 잊지 못하고 그리워하자, 방사(方士)가 초혼술(招魂
術)을 써서 밤에 촛불이 켜진 장막에 이부인의 모습을 나타나게 하
였는데, 무제가 그때 희미한 이부인의 모습을 장막 위에 보면서 노
래한 시라 한다.
　어떻든 두 황제의 작품의 정조(情操)가 완전히 다르기는 하지만
수식적이고 형식적인 성격을 띤 점은 같다. 청(淸)의 심덕잠(沈德潛,
1673~1769년)은 《고시원(古詩源)》에서 〈추풍사〉 끝머리에 '이소유

향(離騷遺響)’이라 평하고 있지만, 수식적인 면에서 무제의 작품은 초가(楚歌)보다는 초사(楚辭)에 근접하고 있는 것이다.

이러한 시가의 변화는 황제들의 전제성격의 변화와 함께 이루어진 것으로 보인다. 고조(高祖)의 시가는 용호지쟁(龍虎之爭)을 통하여 한제국을 건설한 창업주의 기개가 서린 것이라면, 무제의 시가는 유학을 그의 통치이념으로 내세우면서 형식상의 위의(威儀)를 통해 자기의 전권(專權)을 절대화시키려던 전제군주의 풍취를 잘 나타낸 것이라는 것이다.

그리고 〈추풍가〉에도 황제의 기개가 앞에 나타나 있기는 하지만 곧 목표도 뚜렷하지 않은 그리움이 일고 계절의 추이를 따라 무상한 인생을 느끼는 서정이 화려하게 전개되고 있다. 온 천하가 자기에게 아부하는 전제군주다운 노래들이다.

이렇게 보면 많은 학자들이 의심하는 〈백량시(柏梁詩)〉도 실제로 무제 때에 지어진 것일 가능성이 많다. 칠언(七言)은 오언(五言)에 비하여 수식적이고도 형식적이며, 칠언이란 구의 형식은 무제의 다른 초가(楚歌)들의 형식과 아주 접근한 것이기 때문이다. ‘일월성신화사시(日月星辰和四時)’라는 무제의 시구를 받아 양효왕(梁孝王)의 ‘참가사마종량래(驂駕駟馬從梁來)’, 대사마(大司馬)의 ‘군국사마우림재(郡國士馬羽林材)’, 승상 석경(石慶)의 ‘총령천하성난치(總領天下誠難治)’ 등으로 계속되는 〈백량시〉는 전제군주 무제에게 잘 어울리는 형식과 내용의 것이다.

3) 사마상여(司馬相如, ?~B.C. 118)의 부(賦)

무제시대는 한대 문학을 대표하는 부(賦)가 완성된 시기이며, 그 부의 완성은 사마상여에 의하여 이룩되었다. 사마상여 이전에는 〈복조부(鵩鳥賦)〉·〈조굴원부(弔屈原賦)〉를 남긴 가의(賈誼, B.C. 200~B.C.

168)와 〈칠발(七發)〉을 쓴 매승(枚乘, ?~B.C. 141) 같은 작가가 있기는 하였다. 이들의 부도 초사(楚辭)에 비하여 훨씬 산문화하고 문답형식을 쓰고 있어 초사와는 완전히 다른 풍격의 부(賦)를 이루고 있기는 하다. 그러나 이것들은 한부(漢賦)의 대표적인 형식과 내용을 이루지는 못하고 있는 것이다. 한부는 사마상여에 의하여 형식과 내용이 완성된다.

《한서》 예문지(藝文志)에는 '사마부(司馬賦) 29편'이라 했으나, 대부분이 실전(失傳)되고, 자허부(子虛賦,《史記》·《漢書》·《文選》)·상림부(上林賦,《史記》·《漢書》·《文選》)·대인부(大人賦,《漢書》·《藝文類聚》)·애진이세부(哀秦二世賦,《史記》·《漢書》·《藝文類聚》)·미인부(美人賦,《古文苑》·《藝文類聚》 18·《初學記》 19)·장문부(長門賦,《文選》·《藝文類聚》 30)의 여섯 편이 전해지고 있을 따름이다. 이 중에서도 〈자허부(子虛賦)〉와 〈상림부(上林賦)〉는 사마상여의 대표작이며, 한부의 전형이라 할 만한 작품들이다.

사마상여에 이르러 한부는 가의(賈誼)나 매승(枚乘)에게 남아있던 초사(楚辭)의 작풍을 완전히 벗어난다. 무엇보다도 그의 부는 내용면에 있어 작가의 개성을 완전히 찾아보기 어렵게 된다. 그것은 작가의 사상이나 감정과 무관한 순 형식 위주의 작품을 뜻하는 것이다. 유협(劉勰, ?~473)이 《문심조룡(文心雕龍)》 전부편(詮賦篇)에서 "부란 포(鋪)의 뜻"이라고 설명했듯이, 그의 부는 일정한 사물을 수식의 기교를 다해 포장 서술하는 데 온 힘을 기울이고 있다. 그리고 어떤 사물을 포장 서술하려면 그 문장은 거의 산문화하지 않을 수가 없을 것이다. 예로 〈자허부〉에서 운몽(雲夢)을 묘사한 대목을 다음에 든다.

其山則盤紆弗鬱, 隆崇律崒, 岑崟參差 ; 日月蔽虧, 交錯糾紛. 上干青雲, 罷池陂陀 ; 下屬江河.

其土則丹青赭堊, 雌黄白坿, 錫碧金銀, 衆色炫耀, 照爛龍鱗.

其石則赤玉玫瑰, 琳珉昆吾, 瑊玏玄厲, 礝石碔砆.

其東則有蕙圃衡蘭, 芷若芎藭菖蒲, 茳蘺麋蕪, 諸柘芭苴.

其南則有平原廣澤, 登降陁靡, 案衍壇曼, 緣以大江, 限以巫山.

其高燥則生葴菥苞荔, 薛莎青薠;

其埤濕則生藏莨蒹葭, 東薔彫胡, 蓮藕菰盧, 菴䕡軒于. 衆物居之, 不可勝圖.

其西則有湧泉清池, 激水推移, 外發芙蓉, 菱華内隱, 鋸石白沙.

其中則有神龜蛟鼉, 瑇瑁鼈黿.

其北則有陰林, 其樹楩柟豫章, 桂椒木蘭, 蘗離朱楊, 櫨梨樗栗, 橘柚芬芳.

其上則有鵷鶵孔鸞, 騰遠射干;

其下則有白虎玄豹, 蟃蜒貙犴.……

이처럼 운몽(雲夢)이란 곳을 묘사하는 데 있어 그 산은 어떻고, 흙은 어떻고, 돌은 어떻고, 동쪽엔 무엇이 있고 남쪽엔 무엇이 있고 운운하면서 쓸데없는 미사여구를 늘어놓고 있는 것이다. 여기에 나오는 옥돌이나 풀 나무 및 동물은 어떤 것인지 알 수도 없는 것들이 많다. 이러한 경향은 그 뒤를 이은 양웅(揚雄, B.C. 53~A.D. 18)·반고(班固, 32~92)·장형(張衡, 78~139) 등으로 이어지면서 한부의 특징으로 확정된다.

그러면 사마상여는 어째서 이처럼 개성이나 내용 없는 문장의 형식적인 수식에만 기울어졌는가? 먼저 이 작품들의 저작 동기만 보아도 거기에 알찬 내용이 담겨지기 어려운 것이었음을 알 수 있다. 먼저 〈자허부〉는 그가 양효왕(梁孝王) 밑에 있으면서 제후로서의 임금의 위세를 송양(頌揚)하기 위하여 지은 것이고, 〈상림부〉는 다시 무제 앞에 나아가게 되자 천자의 위세를 드러냄으로써 그의 환심을 사려는 뜻에서 지은 것이다.[46] 〈장문부(長門賦)〉는 진(陳)황후에게서 황금 백근과 술대접을 받고서 무제의 흐려진 총애를 다시 진황후에게로 돌려주려고 지은 것이고,[47] 〈미인부(美人賦)〉는 양효왕에게 호색에 대한 자기의 입장을 밝히기 위해서 지은 작품이라 한다.[48]

다시 〈대인부(大人賦)〉는 무제가 신선을 좋아함을 알고 은근히 무제를 신선으로 형용함으로써 천자의 위대함을 노래한 작품이다.[49] 〈애진이세부(哀秦二世賦)〉도 두남(杜南) 선춘원(宣春苑) 안에 있는 진이세(秦二世)의 능(陵)을 보고 지은 것인데, 무제가 지나치게 곰이나 멧돼지를 직접 사냥하기 좋아하는 것을 보고 행동을 조심하라는 뜻에서 지은 것인 듯하다.[50] 곧 이 부도 진이세의 실정을 지탄하기보다는 귀하신 몸을 잘 보존해야 한다는 뜻을 나타냄으로써 아부하려는 것이 저작의 본심이었을 것 같다.

이렇게 보면 사마상여가 부를 지은 동기는 모두 야비하고 불성실하다. 아무리 그가 문필의 대가였다 하더라도 이런 불성실한 태도로써 훌륭한 내용이 담긴 개성있는 작품을 쓸 수 없었을 것이다. 내용 없는 미사여구나 늘어놓음으로써 형식이나 화려하게 치장하는 수밖엔 없을 것이다.

이러한 한부의 문학적인 성격은 그 대표적인 작가인 사마상여의 인간으로서의 성격에 비추어 보더라도 그렇게 될 수밖에 없었던 것 같다. 《사기》와 《한서》의 그의 전기를 읽어보아도 사마상여가 그런 작

<ol>
<li value="46">《史記》 卷117, 《漢書》 卷57 司馬相如傳.</li>
<li value="47">〈長門賦〉 序 참조.</li>
<li value="48">〈美人賦〉 참조.</li>
<li value="49">《史記》 卷117 司馬相如傳.</li>
<li value="50">《史記》 卷117 司馬相如傳.</li>
</ol>

품밖에 쓸 수 없는 위인임을 쉽게 알게 된다. 어렸을 적에 부모들이 그를 '견자(犬子)'라 불렀다 했고, 철이 나자 낭(郎)이란 벼슬을 재물로 사서 경제(景帝) 때에 무기상시(武騎常侍)란 벼슬을 지냈다. 양효왕(梁孝王)이 내조했을 때 그 밑에 추양(鄒陽)·매승(枚乘)·장기(莊忌) 같은 문사들이 따라다니는 것을 보고는, 병을 핑계로 벼슬을 내던지고 양(梁)나라로 가서 효왕 밑으로 들어갔다. 그리고는 〈자허부〉를 지어 임금에게 아부하였다.

양효왕이 죽은 뒤에는 임공령(臨邛令) 왕길(王吉) 밑에 가서 지내다가, 그곳의 거부 탁왕손(卓王孫) 집에 초대된 것을 기화로 하여, 금(琴)으로 그 집 과부 딸 탁문군(卓文君)을 꾀어내어 함께 야반도주를 한다. 탁왕손은 크게 노했으나, 뒤에 그들이 임공(臨邛)으로 돌아와 술장사하는 꼴을 볼 수가 없어 재물을 나누어 주어 그는 일시에 부자가 된다. 그 뒤 무제가 〈자허부〉를 읽고 그를 부르자 곧 〈상림부〉를 지어 바쳐 천자의 환심을 크게 산다.

부 덕분에 무제 아래 낭(郎)이 된 사마상여는, 특히 자기 고향 촉(蜀) 땅의 백성들이 무제의 잦은 원정(遠征)에 시달리어 불평하게 되자 〈유파촉격(喩巴蜀檄)〉이란 글을 지어 무제 원정의 대의를 드러냄으로써 파촉(巴蜀) 땅 백성들의 복종을 강요하였다. 다시 뒤에 그는 서남이(西南夷)와 길을 트기 위한 사자로서 중랑장(中郎將)이 되어 파촉 땅으로 가는데, 그는 파촉의 관리들을 시켜 서남이(西南夷)에게 재물을 써서 목적을 달성한다. 그리고 촉 땅 태수(太守) 이하 관원들로 하여금 교영(郊迎)을 하도록 하고, 장인 탁왕손 이하 수많은 사람들에게서 재물을 뜯었다.

이때 많은 대신들과 촉(蜀)의 장로들이 서남이(西南夷)와 통하는 게 무용한 짓이라 말하자, 그는 〈난촉부로(難蜀父老)〉란 글을 지어 온 세상의 생물은 한 천자의 은택을 입고 있으니 온 세계가 한제국의 지배하에 들어와야 한다고 역설하면서 백성들에게 고생을 참으라고 강요하고 있다. 그가 유서로 남겼다는 〈봉선문(封禪文)〉도 무제의 위덕과 제국의 위세를 크게 추켜세우는 내용이다.

이러한 성격의 작가라면 그러한 부가 나온 것이 오히려 당연하다 하겠다. 그런데 《한서(漢書)》권64 엄조전(嚴助傳)에 보면 무제 밑에는 주매신(朱買臣)·오구수왕(吾丘壽王)·주보언(主父偃)·서락(徐樂)·엄안(嚴安)·동방삭(東方朔)·매고(枚皋)·교창(膠倉)·종군(終軍)·엄총기(嚴葱奇)·엄조(嚴助) 등과 함께 사마상여가 문필로 좌우에 섬기고 있었는데, 사마상여만은 늘 병을 핑계로 일을 피하였다 하였다.

여기에서 '임금은 배우들처럼 이들을 길렀다' 했으니, 이들이 모두 문필과 학문으로 아부를 일삼은 사람들이며, 그래도 그 중에서는 사마상여가 가장 지조가 있는 편이었던 것 같기도 하다. 이런 사람들 손에 완성된 한부이므로 그것들이 제왕을 위하여 씌어지고 그 위세를 분식하는 뜻에서 지어진 불성실하고 형식적인 것일 수밖에 없었을 것이다.

그러나 한대의 문인들은 이런 형식적인 부를 지으면서, 비로소 그 수사(修辭)를 통하여 순수문학의 가능성을 깨우치게 된다. 이에 학문을 위시하여 글공부 전체를 가리키던 '문학(文學)'이란 말이 '문(文)'과 '학(學)'의 두 가지로 나뉘어져, 중국문학이 본격적으로 발전을 시작하는 계기가 되기도 한다.

4) 산문의 형식화

이러한 문학의 형식화는 산문의 경우만이 예외가 될 수는 없다. 산문도 부의 발달과 함께 주로 부가(賦家)들의 손에 의하여 뚜렷한 형식화 경향을 보여준다. 특히 부의 창작을 통하여 한대의 문인들은 비로소 문학의 가능성을 깨닫게 되었으므로, 산문에 있어서도 수사(修辭)의 추구는 불가피한 흐름이었다고 할 수 있다. 부의 발생이 무제에 앞서므로 산문의 형식화도 무제시대에 앞서 시작되었다고 볼 수 있다.

가의(賈誼, B.C. 200~B.C. 168)의 〈과진론(過秦論)〉 같은 글을 읽어보면 그 대우(對偶)의 사용이나 문장의 리듬이 변려문(騈儷文)의 기원을 생각케 한다. 그러다 무제시대로 들어오면 그 형식화의 경향이 더욱 뚜렷해진다.

소명태자(昭明太子)의 《문선(文選)》에 실린 글들로 무제의 조문(詔文)과 사마상여의 〈유파촉격(喩巴蜀檄)〉·〈난촉부로(難蜀父老)〉·〈봉선문(封禪文)〉, 동방삭(東方朔, B.C. 161?~B.C. 87?)의 〈답객난(答客難)〉·〈비유선생론(非有先生論)〉 등이 그러하다. 사마상여의 문장은 부체(賦體)라 하여도 과언이 아닌 성질의 것이며, 동방삭의 문장은 더욱 변려문(騈儷文)의 성격을 뚜렷이 띠고 있다. 예로 〈답객난(答客難)〉의 한 대목을 다음에 든다.

물이 지극히 맑으면 물고기가 없고, 사람이 지극히 잘 살피면 어울리는 사람이 없다. 면류관(冕旒冠)을 써서 앞에 구슬 꿴 줄을 늘어뜨리는 것은 밝음을 가리기 위한 방법이요, 귀막이 솜으로 귀막이를 만들어 쓰는 것은 잘 들리는 것을 막기 위한 방법이다. 눈이 밝다 하더라도 보지 않는 것이 있어야 하며, 귀가 밝다 하더라도 듣지 않는 것이 있어야 한다. 큰 덕은 드러내고 작은 잘못은 용서해야 하는 것이니, 한 사람이 모든 것을 갖추기를 바랄 수는 없는 것이기 때문이다.

굽었다 곧았다 하는 것을 스스로 터득케 해야 하며, 여유있고 부드럽도록 스스로 추구해야 하며, 따지고 헤아리어 스스로 찾도록

해야 한다. 성인의 교화는 이와 같이 스스로 터득케 하려 한다. 스스로 터득하기 때문에 곧 빠르고도 넓게 교화가 되는 것이다. 지금 세상의 처사(處士)들도 시세(時勢)가 그를 등용치 않고 있지만 우뚝히 어울리는 사람이 없고 썰렁하게 홀로 지내고 있다. 위로는 허유(許由)를 본뜨고 아래로는 접여(接輿)를 본받으며, 계책은 범려(范蠡)와 같고 충성심은 오자서(伍子胥)와 맞먹으려 하는 것이다. 천하가 화평하면 의로움으로 서로 돕는다. 짝하는 이가 적고 어울리는 사람이 적은 것은 진실로 합당한 일이 아니겠는가?

水至淸則無魚, 人至察則無徒. 冕而前旒, 所以蔽明 ; 黈纊充耳, 所以塞聰. 明有所不見, 聽有所不聞. 擧大德, 赦小過, 無求備於一人之義也.

枉而直之, 使自得之 ; 優而柔之, 使自求之 ; 揆而度之, 使自索之. 蓋聖人之敎化如此, 欲其自得之. 自得之, 則敏且廣矣. 今世之處士, 時雖不用, 塊然無徒, 廓然獨居. 上觀許由, 下察接輿 ; 計同范蠡, 忠合子胥. 天下和平, 與義上扶. 寡偶少徒, 固其宜也.

물론 사마천(司馬遷, B.C. 145~86?) 같은 사가(史家)나 동중서(董仲舒) 같은 순수한 유자들의 문장은 이처럼 형식화 경향이 심하지는 않다. 그러나 부의 수사(修辭)를 통한 문학의식의 각성과 함께, 무제의 일통(一統)정책은 산문의 발전도 변문(騈文)의 방향으로 밀고 갔다고 할 수 있다.

4. 맺는 말

무제시대 동중서(董仲舒)의 일통(一統)정책에 의한 황권의 극대화는 유학을 바탕으로 한 것이어서, 그 밑의 유자들로 하여금 무조건 황제의 의향을 추종하도록 만들었다. 그들의 행위에서는 후세 유자들이 존중한 의기나 절조는 발견할 수 없고 아부와 맹종만이 엿보인다. 거기에다 무제 자신이 태일신(太一神)과 후토(后土)를 제사지내면서 미신을 이용하여 실질적인 세계의 지배자로서의 위세를 뽐내려 하였고, 민생을 도탄에 빠뜨리고 국력을 소모하면서까지 전제(專制)를 온 세계에 실증하려 한 군주였다.

그 때문에 이 시대 유자들에 의하여 영위된 문학도 황제 위주의 것이 되지 않을 수가 없게 하였다. 문학뿐만 아니라 이 시대 모든 학술 문화가 황권의 분식(粉飾)을 위하여 발달하였으니 문학만이 예외가 될 수는 없는 것이다.

게다가 황제에 아부하기 위한 부를 짓는 동안 자신들도 모르게 수사를 통하여 순수문학의 가능성을 깨닫게 되었다. 따라서 무제시대에도 부를 짓는 행위 모두가 황제에 아부하기 위한 행위였다고만 말할 수는 없다. 여기에선 비열하게 보이는 지식인상을 보다 강조하였을 뿐이다. 어떻든 한대 부의 발전은 중국문학 발전의 새 전기를 마련해 준다.

그 때문에 시가와 산문이 모두 수사위주의 형식적인 것으로 변하고, 전문적으로 황제의 위세를 분식하는 역할을 하던 부는 그러한 문학의 중심을 이루었다. 그리고 황제의 여러 가지 의식에 음악으로 위의(威儀)를 더 보태기 위하여 '악부'라는 음악관청도 신설되었다. 그리고 이 음악관청은 한대의 새로운 시가의 발전에 크게 공헌하게 된다. 특히 이 '악부(樂府)'에서 부수적으로 채집했던 민가는 이 시대 음악에 많은 영향을 주어 의외로 시가(詩歌)의 다양한 발달을 가능케 하였다. 거기에는 외국원정을 통해서 따라들어온 외국 음악도 큰 작용을 하였을 것이다.

악부에서 이연년(李延年)의 〈신성곡(新聲曲)〉을 중심으로 새로 유행하게 된 민가와 외국음악의 영향을 받은 노래들은, 종래의 사언(四言)이 기저를 이루던 중국 시가의 리듬에 일대혁신을 일으켰다. 그것은 장중하고 규식(規式)적인 사언의 리듬으로부터 청신(淸新)하고 변화 많은 오언(五言)의 리듬으로의 발전을 뜻한다.

그러나 무제 때에 이미 오언시가 완성되어 크게 유행하였다고 생각되지는 않는다. 이연년의 〈신성곡〉은 오언시에 가까워진 다양한 양식의 가사를 지녔던 데 불과했으나, 무제시대에 확정된 형식주의적인 문학경향이 동한으로 계승발전되면서 한말 무렵에 이르러서야 완정한 오언시가 완성되어 유행하기 시작하였다.

한편 굴원(屈原, B.C. 343~290?)에 의하여 발굴되었다고 하는 남방 초(楚)나라의 노래는 한대에 부로 발전되기도 했지만, 한나라 초기에는 짧고도 가벼운 형식의 〈초가〉를 유행시키기도 하였다. 이 초가도 무제시대에 이르러 형식화하기 시작하면서, 조사(助辭)인 '혜(兮)'자를 없애버리고 실자(實字)만을 사용하는 경향이 생기어 새로운 칠언시(七言詩)를 탄생시켰다.

칠언시의 탄생은 초가뿐만 아니라 부의 영향도 크게 받았을 것이다. 칠언은 오언에 비하여 더욱 수식적이고 리듬이 무겁다. 그 때문에 칠언의 발생은 오언보다 오히려 빠른 듯하지만 그 유행은 완전한 문단이 형성된 건안(建安) 이후로 뒤처지게 된다.

이러한 문학의 형식주의는 작가의 불성실성을 뜻하기도 한다. 이 불성실성은 이 시대 문학을 특징지우는 몇 가지 성격을 형성케 하였다. 이 불성실성은 문학의 창작에 있어 '의고(擬古)'의 수법을 거침없이 쓰게 만드는 계기가 되었다. 무제의 〈추풍사(秋風辭)〉가 첫머리에서 고조(高祖)의 〈대풍가(大風歌)〉를 흉내내고 있고, 사마상여의 〈미인부(美人賦)〉가 송옥(宋玉)의 〈등도자호색부(登徒子好色

賦)〉를 흉내낸 것이고, 〈자허부(子虛賦)〉와 〈상림부(上林賦)〉도 송옥 (宋玉)의 〈고당부(高唐賦)〉·〈신녀부(神女賦)〉 등을 흉내낸 것이다.

이러한 의고주의는 이후로 특히 부에 있어서는 크게 두드러진다. 양웅(揚雄)의 〈감천부(甘泉賦)〉·〈우렵부(羽獵賦)〉가 모두 사마상여 를 본떴고, 반고(班固)의 〈양도부(兩都賦)〉는 다시 그것들을 본떴으 며, 장형(張衡)은 또다시 반고를 모방하여 〈이경부(二京賦)〉를 지었 다. 이처럼 한대의 부는 거의 모두가 모방에 모방을 거듭한 작품들이 다. 이런 태도의 창작에 알찬 내용이 담긴 작품이 나올 수 없음은 불 을 보듯 빤한 일이다.

이들의 불성실의 도는 '의고'에만 그치지 않고 심지어는 오락적 유 희적인 성격조차 띠게 하였다. 〈한부〉의 시가들은 황제의 고급오락을 위하여 존재하였고, 이 시대의 부들은 황제가 귀족들을 즐겁게 하기 위하여 유희적인 태도로 지어졌다. 그것은 앞에서 지적한 바와 같이 사마상여가 부를 짓는 동기들만을 보아도 알 수 있는 일이다.

그러기에 《한서》 권64 엄조전(嚴助傳)을 보면 무제는 동방삭(東方 朔)·매고(枚皐)·엄조(嚴助)·오구수왕(吾丘壽王)·사마상여 등 문 필가들을 가까이 두고 있었는데 "황제는 이들을 배우처럼 길렀다." 하였고, 《한서》 권51 매고전(枚皐傳)을 보면 매고(枚皐) 스스로 말하 기를 "부를 짓는 것은 창우(倡優)나 같은 짓이어서 부 작가들을 창우 처럼 본다." 하였고 "스스로 창우와 비슷함을 뉘우쳤다."고도 하였다. 무제 때에는 글을 짓는 사람들 자신이 황제에게 글로 아부함으로써 일신의 영화를 누리려 했을 뿐만 아니라, 황제 자신도 이들 문인들을 자기를 즐겁게 해주는 창우나 같은 종류의 인간으로 취급하고 있었던 것이다.

이런 불성실은 작품을 짓는 데뿐만 아니라 타인이 지은 작품을 전 하는 데에도 문제가 있었다. 그들은 어떤 작가의 작품을 성실한 태도로 대하지 않았기 때문에 타인의 작품도 멋대로 모작(模作) 또는 개작을 하였던 것 같다. 그 때문에 한대 초기의 모든 작품들, 예를 들면 황제들의 초가나 수많은 악부고사(樂府古辭)들, 또는 앞에서 얘기한 사마상여의 부들까지도 그때 그들의 작품이 아니거나, 적어도 원형 그대로 보존된 것이라고 보기 어려운 것들이다.

그것은 《사기》와 《한서》라는 객관적인 엄정한 기록을 한 역사서에 있어서도, 두 책에 똑같이 실린 시가나 부들을 보아도 기록상에 큰 차이가 있음으로써도 알 수 있는 일이다. 예로 《사기》의 악서(樂書)와 《한서》의 예악지(禮樂志)에 실려있는 무제 때에 지었다는 〈교사가(郊祀歌)〉 19장 중에서 〈천마가(天馬歌)〉를 비교해 본다.

《사기》

〈태일가(太一歌)〉

太一貢兮天馬下, 霑赤汗兮沫流赭.
騁容與兮跇萬里, 今安匹兮龍爲友.

〈천마가(天馬歌)〉

天馬來兮從西極, 經萬里兮歸有德.
承靈威兮降國外, 涉流沙兮四夷服.

《한서》

〈천마가(天馬歌)〉 其一

太一況, 天馬下, 霑赤汗, 沫流赭.
志俶儻, 精權奇, 籋浮雲, 晻上馳.

體容與, 迣萬里, 今安匹, 龍爲友.

〈천마가(天馬歌)〉 其二

天馬徠, 從西極, 涉流沙, 九夷服.
天馬徠, 出泉水, 虎脊兩, 化若鬼.
天馬徠, 歷無草, 徑千里, 循東道.
天馬徠, 執徐時, 將搖擧, 誰與期?
天馬徠, 開遠門, 竦予身, 逝昆侖.
天馬徠, 龍之媒, 游閶闔, 觀玉臺.

이것을 보면 《한서》의 것은 분명히 《사기》의 것을 개작한 것이다. 이로써 보면 무제시대의 사마천(司馬遷)이 쓴 《사기》의 기록조차도 본래의 〈태일가〉나 〈천마가〉의 모습을 그대로 지니고 있는 것이라 믿기 어렵다. 이러한 경향은 《악부시집(樂府詩集)》의 악부고사(樂府古辭)들과 위진(魏晉) 이후의 악부사(樂府辭) 및 《문선(文選)》이나 《옥대신영(玉臺新詠)》 등에 실려있는 고시(古詩)나 고사(古辭)들을 비교해 보더라도 쉽사리 이해되는 일이다.

이처럼 한 무제시대의 문학은 형식주의적인 방향으로만 기울어졌다. 그리고 이처럼 문학이 외각(外殼) 위주의 것으로 변한 것은 동중서의 일통정책을 바탕으로 한 황권의 극대화와 황제 밑에서 비굴하게 살아가던 유자들의 성격에 말미암는 것이다. 한대는 학문과 문학이 분별되기 시작하던 시대라, 아부를 일삼던 유자와 문학가들의 분별이 그다지 분명하지 않은 것도 사실이기는 하다.

불행히도 한대의 이러한 형식주의적인 문학은 중국 전통 문학형성에 가장 중요한 바탕이 되었다. 이후 중국역대의 문학가들이 대부분 문학창작을 지식인으로서의 필수요건을 충당하기 위한 요식행위 정도로 생각하고 작품을 쓰는 경향이 짙었던 것도 이 때문일 것이다. 중국문학사를 통하여 진지한 태도로 창작에 자신을 바친 작가란 손꼽을 수 있을 정도로 드물다.

다만 이러한 형식주의적인 문학이 유행한 시대에 부수적으로 얻어진 악부(樂府) 민가(民歌)들이 중국시의 내용과 형식을 다양하게 해주었다는 것은 무엇보다도 다행한 일이다. 이후 중국시는 이 악부의 부기능에 의하여 수집 보존된 민가를 바탕으로 눈부신 발전을 이룩하게 된다.

2. 문학을 통해 본 한대(漢代) 문화의 비한족적(非漢族的) 성격

1. 서 론

여기에서 말하는 '한대(漢代) 문화'란 양한(兩漢) 4백 년을 통하여 형성된 그 시대 특유한 문화를 가리킨다. 그리고 이 한대 문화는 한 이후 2천 년 중국역사를 통하여 발전한 중국 전통문화의 바탕이 되었다고 하여도 과언이 아니므로, 중국문화 사상 한대 문화가 지니는 의의는 막중하다고 하겠다. 그리고 '한족적 성격'이란 중원(中原)이라 불리우는 황하유역 하남(河南) 산동(山東) 지방을 중심으로 하는 지역에 하(夏)·은(殷)·주(周) 3대(三代)를 통하여 이룩되었던 중국문화의 주인공으로서의 한족의 성격을 뜻한다. 따라서 '한대'와 '한족'은 다같이 똑같은 왕조의 호칭인 '한(漢)'으로 대표되고 있지만, 여기에서는 그 함의를 달리하고 있는 것이다.

말할 것도 없이 '한대 문화'는 넓은 뜻에서는 '한족'의 문화라 말하여도 잘못이 될 수는 없다. 그런데도 구태여 이를 구별하려는 이유는 중원에서 발생한 '한족'의 한문화가 '한대'에 이르러 여러 면에서 큰 변혁을 일으키고 있다고 생각되기 때문이다. 곧 중국 전통사상의 근간이 되어온 유가(儒家)와 도가(道家)의 사상도 한대에 이르러 크게 변질되었고, 그밖의 정치·사회·학술 등 문화 전반에 걸쳐서도 이전의 한족문화와는 아주 다른 이질감을 느끼게 할 정도의 변혁이 있었던 것이다.

이러한 한대에 있어서의 한문화의 변질 또는 변혁은 한대가 중국전통문화의 형성과 발전에서 차지하는 중대한 의의로 보아 그 원인이나 성격이 여러 각도에서 철저히 구명되어야 할 줄로 생각된다. 그래야만 중국문화의 올바른 성격과 참된 가치를 파악할 수가 있을 것이다. 여기에서는 이러한 변혁의 인식의 중요성을 강조하기 위하여 한대의 문화를 일견 모순되는 표현인 듯 느껴지기 쉬운 '비한족적 성격'이란 말로 형용하고 있는 것이다.

이 한대 문화의 '비한족적 성격'의 규명은 앞에서도 잠깐 지적한 바와 같이 다각도에서 검토되어야 하겠지만, 여기에서는 문학을 위주로 한 검토를 시도하려는 것이다. 중국문학사상 한대에 있었던 시문(詩文)의 변혁과 한대 문학이 지니는 특성들은 한대 문화의 '비한족적 성격'을 무엇보다도 잘 대변해 줄 수 있으리라 생각되기 때문이다. 그리고 이 한대 문학의 성격 변화의 새로운 양상의 파악은 중국문학사의 발전과 중국 전통문학의 이해를 위하여도 불가결한 전제가 될 줄로 믿는다.

2. 한대 문학의 비한족적 성격

1) 초가(楚歌)와 초사(楚辭)

한대로 들어서면서 바로 이전의 한족들의 시가와는 다른 성격의 '초가'가 유행한다. '초가'란 중국 남방의 초(楚)나라의 노래란 뜻으로 흔히 '초성(楚聲)'이라고도 불렀다. 물론 초나라의 가요조의 노래들은 이미 주(周)나라 말엽부터 세상에 알려지기 시작했다.

《시경(詩經)》에도 초나라 노래라고 생각되는 삼언(三言)이 기저를 이룬 소남(召南)의 〈강유사(江有汜)〉1) 같은 시들이 섞여 있고, 《논어(論語)》 미자(微子)편에 보이는 〈접여가(接輿歌)〉2), 《맹자(孟子)》 이루(離婁)편에 보이는 〈유자가(孺子歌)〉3), 유향(劉向, B.C. 77~B.C. 6)의 《신서(新序)》 절사(節士)편에 보이는 〈서인가(徐人歌)〉4), 같은 사람의 《설원(說苑)》 선설(善說)편에 보이는 〈월인가(越人歌)〉5) 등이 모두 한나라 이전 B.C. 5~6세기 무렵의 초가조(楚歌調)의 노래들이다. 그리고 무엇보다도 굴원(屈原, B.C. 343~B.C. 290?)에 의하여 이루어졌다고 하는 《초사(楚辭)》가 있다.

어떻든 본격적으로 초사와 함께 초가가 유행한 것은 한대로 들어와서부터이다. 한 고조(高祖) 유방(劉邦, B.C. 247~B.C. 195)에게는 〈대풍가(大風歌)〉·〈홍혹가(鴻鵠歌)〉 등의 작품이 있고, 항우(項

---

1) 國風, 召南 江有汜 :

　‘江有汜, 之子歸, 不我以. 不我以, 其後也悔.

　江有渚, 之子歸, 不我與. 不我與, 其後也處.

　江有沱, 之子歸, 不我過. 不我過, 其嘯也歌.’

2) 《論語》 微子 : 楚狂接輿, 歌而過孔子曰 ;

　‘鳳兮, 鳳兮, 何德之衰! 往者不可諫, 來者猶可追. 已而, 已而, 今之從政者殆而!’

3) 《孟子》 離婁 :

　‘滄浪之水淸兮, 可以濯我纓. 滄浪之水濁兮, 可以濯我足.’

4) 《新序》 節士篇 :

　‘延陵季子兮不忘故, 脫千金之劍兮, 帶丘墓.’

5) 《說苑》 善說 :

　‘今夕何夕兮, 搴洲中流. 今日何日兮, 得與王子同舟. 蒙羞被好兮, 不訾詬恥. 心幾煩而不絶兮, 得知王子. 山有木兮木有枝, 心悅君兮君不知.’

羽, B.C. 232~B.C. 202)의 〈해하가(垓下歌)〉, 당산부인(唐山夫人, B.C. 206 전후)의 〈안세방중가(安世房中歌)〉, 무제(武帝) 유철(劉徹, B.C. 156~B.C. 87)의 〈호자가(瓠子歌)〉·〈추풍사(秋風辭)〉 등 제왕 귀족을 중심으로 한 초가 작품들이 다수 전해지고 있다. 이에 비하여 이전의 《시경》에 실린 시들과 같은 정감과 리듬을 지닌 작품들은 극히 적어졌으니, 한대에 이르러 중국시의 주류는 북방의 시경체의 시들로부터 남방의 초가체로 바뀌었다고 할 수가 있을 것이다.

《시경》의 작품들은 사언(四言)을 기저로 하는 형식으로 이루어져 있고, 그 내용에는 아정(雅正)한 것뿐만 아니라 음미(淫靡)한 것조차도 들어있지만 모두가 현실적인 문제나 정서들을 착실하게 노래하고 있는 것들이다. 반면 초가의 기본 리듬은 삼언(三言)이며, 그 정서는 보다 격정적인 강개(慷慨)와 비분(悲憤) 같은 것을 담고 있고 더욱 수사(修辭)에 주력하는 경향을 보여주고 있다.6) 사언이 착실한 중국어의 기본 리듬을 반영한 것이라면 삼언은 낭만적인 춤의 리듬을 살린 것이라 할 수 있다.

이처럼 한대에 들어오면서 성행한 초가는 이전 한문화의 건설자들인 한족과는 시의 형식이나 정서 또는 리듬에 대하여 판연히 다른 감각을 드러내 보여주고 있는 것이다.

《초사》도 굴원(屈原)과 송옥(宋玉, B.C 290?~B.C. 233?) 등에 의하여 지어진 것이라고는 하지만 실제로 《초사》라는 책이 이루어진 것은 한대이다. 지금 우리가 보는 《초사》는 동한(東漢) 왕일(王逸, 89?~158?)이 엮어놓은 《초사장구(楚辭章句)》본이다.

왕일은 그의 서문에서 무제 때 회남왕(淮南王) 유안(劉安, B.C.

---

6) 앞에 든 高祖·項羽·武帝의 작품들이 모두 그러한 특징을 뚜렷이 드러내고 있다.

178~B.C. 122)이 《이소경장구(離騷經章句)》를 지었다 하였고, 유향(劉向, B.C. 77~B.C. 6)은 경적들을 전교(典校)할 때 《초사》를 16권으로 편집 정리하였고, 다시 후한 장제(章帝, 76~88 재위) 때 반고(班固, 32~92)와 가규(賈逵, 30~101)가 각각 《이소경장구(離騷經章句)》를 지었다 하였다.[7] 그러나 이들은 모두 지금 전해지지 않고 있다. 왕일의 말이 사실이라 하더라도 지금 우리가 말하는 《초사》라는 책이 이루어진 것은 유향 때였다.

굴원의 생평에 관한 기록도 한대 사마천(司馬遷, B.C. 145~B.C. 86?)의 《사기(史記)》 굴원가생열전(屈原賈生列傳)과 유향의 《신서(新序)》 절사편(節士篇)에 있는 것이 가장 상세하고 오래된 것이다. 그러나 여기에 적혀 있는 굴원의 전기는 그를 칭송하는 말을 빼고 나면 아주 간략한 내용일 뿐만 아니라, 내용이 서로 모순되고 또 사실과도 다른 기록들이 있다.[8]

그 때문에 근래에는 굴원의 실재여부까지도 의심하는 학자들이 퍽 많다. 심지어 주동윤(朱東潤)은 '초사'란 말의 사용이 한 초의 초가보다 늦은 듯하다고 하면서, 〈이소(離騷)〉의 작자 굴원을 의심하였고,[9] 하천행(何天行)은 숫제 '초사'란 모두 한대에 와서 이루어진 것들이라는 논증을 시도하기까지 하였다.[10] 실제로 '초사'라는 말이 가장 처음

---

7) 王逸 《楚辭章句》 叙 ; '至於孝武帝, 恢廓道訓, 使淮南王安作離騷經章句, 則大義粲然.…… 逮至劉向, 典校經書, 分爲十六卷. 孝章卽位, 深弘道藝, 而班固賈逵, 復以所見, 改易前疑, 各作離騷經章句, 其餘十五卷, 闕而不說.'

8) 胡適 《胡適文存》 第二集 '讀楚辭'를 참고 바람.

9) 朱東潤 '楚歌及楚辭' ─楚辭探故之一(1951. 3. 17 光明日報 學術 第32期), '離騷底作者' ─楚辭探故之二(1951. 3. 31 上同 第33期). 뒤에는 모두 《楚辭硏究論文集》(作家出版社, 1957)에 轉載됨.

쓰인 것도 한 무제 중엽인 듯하다.[11]

어떻든 적어도 '초사'라는 새로운 시체가 널리 읽혀지고 존숭되기 시작한 것은 한대에 비롯된 일임에 틀림없다. 설사 '초사'가 전국(戰國)시대 작품이라 하더라도 이전의 중국인들은 그러한 작품에 주의하지도 않았거니와 그러한 작품들이 있는지조차도 알지 못했던 것이다. 따라서 굴원의 전설이 완성된 것도 한대이고, '초사'의 존숭으로 말미암아 별다른 공적도 없이 지금껏 중국인들에 의하여 굴원이 '위대한 애국시인'으로 숭앙되는[12] 기틀이 마련된 것도 한대인 것이다.

'초사'는 원칙적으로 초가나 같은 리듬의 시가이지만, 편폭이 더욱 길어지고 더욱 수식성을 띤 문장으로 개인의 환상과 열정을 노래하고 있다. 그리고 '초사'의 작품들은 노래의 가사로서의 성격을 벗어나 완전히 송독(誦讀)하는 시로 발전해 있다는 것을 아울러 생각할 때, 그 형식이나 내용이 《시경》의 시들로부터 초가보다도 더욱 멀어진 것이라고 할 수밖에 없다.

초(楚)나라는 춘추(春秋)시대만 하더라도 중원(中原)과는 다른 만이(蠻夷)의 나라로 생각되고 있었다.[13] 곧 초는 중원과는 다른 풍속

---

10) 何天行 《楚辭作於漢代考》(上海 中華書局, 1948)

11) 《漢書》 朱賈臣傳 ; '會邑子嚴助貴幸, 薦賈臣, 召見說春秋, 言楚辭, 帝甚悅之.'

    그러나 朱賈臣(?~B.C. 115)은 나이 50 무렵에야 出仕하였으니, 그가 武帝(B.C. 140~B.C. 88 在位)에게 《楚辭》를 얘기한 것은 B.C. 115년에 가까운 해였을 것이다.

12) 《楚辭研究論文集》(作家出版社, 1957, 北京)만 보아도 郭沫若의 '偉大한 愛國詩人—屈原'이란 論文을 匹頭로 하여 屈原의 愛國的이고 人民的인 성격을 강조하는 논문들이 10여편이나 실려 있다.

13) 《國語》 晉語八 ; '楚爲荊蠻', 同 鄭語 '南有荊蠻', 同 魯語下와 晉語六엔 '蠻夷'라는 말이 보이는데, 韋昭는 '蠻夷, 楚也.'라 註를 달고 있다. 이

과 언어 및 제도를 갖고 있던 오랑캐 지방이었던 것이다.14) 전국 이후로 초의 세력이 강대해졌고 또 많은 초지방 인사들이 지배층으로 진출했다 하더라도 그 문화는 중원 한족들의 그것에 비길 때 이질적인 것일 수밖에 없었을 것이다.

이러한 이질적인 초나라의 가요를 바탕으로 한 초가나 초사가 한대로 들어오면서 성행했다는 것은 한대 문화가 중원에 발달했던 한족의 것들과는 다른 성격의 것이었다는 사실을 증명한다고 할 수가 있을 것이다. 그리고 지금껏 전하는 초가의 작자들의 거의 전부가 왕공 귀족들이고, 또 초사를 드러내고 성행 발전시키는 일도 황실을 중심으로 하여 이루어졌다는 것도 이전과는 다른 문학적 분위기를 느끼게 한다.

2) 한부(漢賦)

한대에는 '초사'의 존숭을 바탕으로 하여 새로운 '부'라는 문체를 발달시켰다. 부는 초사로부터 발달한 것인데,15) '부'를 '초사'와 구별하기 위하여 초사체의 작품들은 서정적(抒情的)인데 비하여 부는 주로 사물(事物)의 묘사에 주력한 것이라고 주장하기도 한다. 그러나 《초사》에 실린 한대 사람들의 작품 이외에도 가의(賈誼, B.C.

밖에도 楚나라를 蠻夷라 부른 용례는 무수하다.

14) 《左傳》成公九年 ; '晉侯觀於軍府, 見鍾儀, 問之曰 ; 南冠而縶者誰也? 有司對曰 ; 鄭人所獻楚囚也.'

《戰國策》秦策五 ; '異人至, 不韋使楚服而見. 王后悅其狀, 高其知, 曰 ; 吾楚人也. 而自子之, 乃變其名曰楚.'

《孟子》滕文公上 ; '今也南蠻鴃舌之人, 非先王之道.'

이밖에도 中原과 楚의 상이한 언어풍속을 알려주는 기록은 무수히 많다.

15) 劉勰 《文心雕龍》詮賦篇 ; '賦也者, 受命於詩人, 拓宇於楚辭也.'

58

201~B.C. 169)의 〈조굴원부(弔屈原賦)〉, 사마상여(司馬相如, B.C. 179?~B.C. 118)의 〈장문부(長門賦)〉, 양웅(揚雄, B.C. 53~A.D. 18)의 〈태현부(太玄賦)〉 등 '초사'의 형식을 그대로 따른 한부들도 있다.

그 때문에 소부(騷賦) 또는 사부(辭賦)라는 말로 이들에 대한 명확한 구분 없이 이들을 통틀어 호칭하기도 한다. 그리고 한대에는《초사》에 실린 작품들까지도 모두 부라 불렀음이 분명하다(보기《漢書》藝文志). 그러나 자세히 따져보면 한대의 부는 초사 또는 초기의 한부와는 또 다른 독특한 형식과 특징을 지닌 문체로 발전하고 있음을 알 수가 있다.

흔히 한부를 크게 나누어 그 내용에서 보아 서정의 부와 서사의 부가 있고, 그 형식에서 보아 소체(騷體)의 부와 산체(散體)의 부가 있다고 한다. 그런데 초사와 전혀 달라진 서사적인 산체의 한부는 실제로 사마상여에게서 비로소 이루어지고 있다. 가의(賈誼)의 〈복조부(鵩鳥賦)〉나 매승(枚乘, ?~B.C. 141)의 〈칠발(七發)〉 같은 것은 초기의 한부여서 아직도 전형적이라고 할 수 있는 한부의 형식과 내용을 지니고 있지는 않다.

사마상여의 〈자허부(子虛賦)〉·〈상림부(上林賦)〉·〈대인부(大人賦)〉·〈장문부(長門賦)〉 등에서 비로소 초사와는 전혀 다른 문체의 일종으로서 한부를 발견하게 된다. 이 중 〈장문부〉 같은 것은 서정적인 작품이기는 하지만 무제(武帝)의 진황후(陳皇后)를 위해서 지은 초사의 풍격과는 전혀 달라진 것이다. 그의 부는 형식이 완전히 산문화하고 있을 뿐만이 아니라, 내용에 있어서도 제후 천자들의 위의(威儀)와 그 주변의 산천(山川) 궁관(宮觀)의 장관을 화려하게 묘사한 서사적인 것으로 변하고 있다.

이처럼 사마상여 이후 한부는 그 내용이 사물의 표현을 포진(布陳)하는 것으로 변하였기 때문에, 유협(劉勰, 464?~520)이《문심조룡

(文心雕龍)》에서 '부라는 것은 포(鋪)의 뜻'(詮賦篇)이라 하였고, 한대의 유희(劉熙)는 《석명(釋名)》에서 '부란 부(敷)의 뜻'이라 풀이하게 되었던 것이다.

이처럼 사마상여 이후 한부가 과장된 표현과 문장의 수식을 총동원하여 왕후(王侯) 주변의 사물을 자세히 묘사하기에만 힘씀으로써, 겉모양만 거창하고 알맹이는 없는 형식적인 문학으로 발전했다는 것은 그 부를 짓고 읽는 문학집단들의 성격도 말해준다고 할 수 있을 것이다. 반고(班固, 32~92)는 양도부서(兩都賦序)에서 "부라는 것은 고시(古詩)의 종류이다."라고 말하고 있지만, 여기에서 이전의 시와는 그 내용이나 형식은 물론 그 문학의 이념조차도 완전히 다른 부가 생겨났다는 것은 그때 문학활동을 하던 이들의 이질화 때문이라 하지 않을 수 없다.

특히 부가 문장 속에 깃들어 있는 사상이나 감정은 고사하고 화려한 수식어의 나열에만 힘썼다는 것은 이전 한족의 문장에 대한 한대인들의 생소성(生疎性)까지도 느끼게 한다. 곧 그들은 한자로 표현하는 문장의 미묘한 뉘앙스의 파악이 거의 불가능했기 때문에 그 문장의 내용은 버리고 사물의 과장된 수식적인 표현과 문장의 형식만을 중시할 수밖에 없었던 것으로 느껴진다는 것이다.

이것이 한대인들의 한문 문장에 대한 생소성을 뜻한다고 말하는 것은 지나친 표현이 될는지 모르지만, 적어도 한대 문화의 성격에 이전 한족의 그것과는 다른 비한족적 특성이 드러나고 있음을 뜻하는 것이라 할 수는 있을 것이다. 그들의 비한족적 성격이 창작으로서의 문학을 불가능케 했으므로 수사나 추구하는 부라는 형식적인 알맹이 없는 문장을 성행시켰다는 것이다.

한부가 작가의 개성을 부정하고 이전 문인들의 모의(模擬)를 일삼았던 것도 그들 창작능력의 결여에서 온 것인지도 모른다. 사물의 화려한 표현이나 수사나 추구하는 데에서는 개성을 운위할 수조차도 없는 것임은 말할 것도 없거니와, 거기에다 또 남이 지어놓은 글을 흉내내는 일을 일삼았다는 것은 한대인들의 중국문장에 대한 생소성도 그 이유의 하나가 되었을 것 같다.

한부의 전형(典型)이라 일컬어지는 사마상여의 〈자허부(子虛賦)〉와 〈상림부(上林賦)〉도 실은 송옥(宋玉)의 〈고당부(高唐賦)〉·〈신녀부(神女賦)〉를 모방한 것이고, 양웅(揚雄)의 〈감천부(甘泉賦)〉·〈우렵부(羽獵賦)〉는 다시 사마상여를 모방한 것이다.

반고(班固)의 〈양도부(兩都賦)〉는 또 그것을 모방했고, 장형(張衡)의 〈이경부(二京賦)〉는 다시 반고를 흉내낸 것이다. 특히 매승(枚乘)의 칠발(七發) 뒤에는 부의(傅毅)의 칠격(七激), 최인(崔駰)의 칠의(七依), 장형(張衡)의 칠변(七辯), 이우(李尤)의 칠관(七款), 최원(崔瑗)의 칠소(七蘇), 최기(崔琦)의 칠견(七蠲) 등등 무수한 모작이 나왔다.

또 동방삭(東方朔)이 답객난(答客難)을 지은 뒤에도 양웅(揚雄)의 해조(解嘲), 반고(班固)의 빈희(賓戲), 최인(崔駰)의 달지(達旨), 장형(張衡)의 응한(應閒) 등 연이어 이전 사람들의 모작이 나왔다. 곧 한부에는 모작품이 아닌 것이 거의 없는 형편인 것이다. 이처럼 한대인의 부에 모작이 유행했다는 것은 그들 스스로 창작에 있어서의 어떤 저해요소가 있었기 때문이라고 느껴진다.

한편 사마상여가 활약했던 무제시대(B.C. 140~B.C. 87)는 한부의 완성기인 동시에 성행기였는데, 이때는 초사의 숭앙과 함께 부의 제작도 철저히 황제를 중심으로 행하여졌다. 그리고 이때의 부 작가들은 모두가 황제에게 아부를 일삼았다.16) 이러한 기풍은 성제(成帝)시

---

16) 《漢書》 嚴助傳 : '武帝善助對, 繇是獨擢助爲中大夫. 復得朱買臣·吾丘

대(B.C. 32~B.C. 7)까지도 계속되었고, 후한(後漢)에 이르러도 이로 말미암은 부의 성격은 더욱 형식화하였다. 이 때문에 부는 황제의 위세나 분식(粉飾)하면서 황제에게 아부하기 위하여 지어졌고, 따라서 그 내용도 황제에게 관계되는 사물을 과장된 수식과 거창한 형식을 동원하여 화려한 표현으로 늘어놓는 것이었다.

그 때문에 황제도 이들 부의 작가들을 우스갯짓이나 하는 배우들과 마찬가지로 생각하며 먹여살려 주었고,17) 이들의 성격은 권력에의 아부나 일삼던 비열한 지식인들에 지나지 않았던 것이다.18) 하기는 이들 부 작가뿐만 아니라 거의 모든 한대의 지식인들을 모아놓고 보아도 후한 말엽 이전에는 절의지사(節義之士)를 찾아내기는 힘들다.

유학(儒學)을 정치사회의 기본원리로 확정시킨 한대에 이처럼 자부심 없는 비열한 지식인들이 황제 밑에 신하로서 일하고 있었다는 것도 매우 이상한 일이다. 유교에서는 의기(義氣)를 가장 중요한 덕목의 하나로 떠받들어 왔었고, 한대 이전의 중국인들은 무엇보다도 절의(節義)의 사람을 존경하였다는 것을 생각할 때, 한대 문화의 주인공들인 이들 지식인의 비열한 성격은 아무래도 이질적인 것으로 느껴진다.

이전의 시인들은 시에 있어서 풍유(諷諭)의 뜻을 중히 여기고, 그

壽王·司馬相如·主父偃·徐樂·嚴安·東方朔·枚皐·膠倉·終軍·嚴葱奇等, 并在左右.'

《漢書》 禮樂志 ; '至武帝, ……乃立樂府, ……多擧司馬相如等數十人, 造爲詩賦'

17) 《漢書》 嚴助傳 ; '其尤親幸者, 東方朔·枚皐·嚴助·吾丘壽王·司馬相如. 相如常稱疾避事, 朔·皐不根持論, 上頗俳優畜之.'

《漢書》 枚皐傳 ; '從行至甘泉·雍·河東, ……上有所感, 輒使賦之 ……·(皐)又言 ; 爲賦乃俳, 見視如倡. 自悔類倡也.'

18) 拙著 《漢代詩硏究》 第二章 第二節 賦와 賦作家들의 성격 참조.

62

들 스스로가 정치적·사회적 교화의 책임을 자부하는 사람들이었다. 한대의 부 작가 또는 지식인들에 이르러 그들이 갑자기 절의도 없고 사회에 대한 책임감도 없는 사람들로 변했다는 것은 곧 한대인들의 정통문화와의 괴리(乖離), 또는 그들의 비한족적 성격의 일단을 드러내 보이는 것이라고 생각된다.

이러한 초사와 부의 추숭(追崇)은 후한 반고(班固)의 《한서》 예문지(藝文志)의 편제(編制)에서도 느껴지는 일이다. 그의 예문지 시부략(詩賦略)을 보면 먼저 '굴원부(屈原賦) 20가(家)'로 굴원(屈原)·당륵(唐勒)·송옥(宋玉)·가의(賈誼)·매승(枚乘)·사마상여(司馬相如) 등의 부를 들고 있고, 다시 '육가부(陸賈賦) 21가(家)', '손경부(孫卿賦) 25가', '잡부(雜賦) 12가'를 든 다음 '고조가시(高祖歌詩) 2편'·'태일잡감천수궁가시(泰一雜甘泉壽宮歌詩) 14편'·'종묘가시(宗廟歌詩) 5편' 등 가시(歌詩) 28가(家) 340편을 들고 있다.

한편 육예략(六藝略) 쪽을 보면 춘추삼전(春秋三傳)에 이어 '의주(議奏) 39편'·'국어(國語) 21편'·'신국어(新國語) 54편'·'세본(世本) 15편'·'전국책(戰國策) 33편'·'주사(奏事) 20편'·'초한춘추(楚漢春秋) 9편'…… 등을 붙여 기록하고 있다. 이들은 후세의 예로서 보면 사부(史部)로 편입되어야만 할 것인데도 경(經) 속에 들어있는 것이다. 그것은 《춘추(春秋)》를 '경'으로써 존중한 나머지 이것들까지 같은 조목에 넣었을 것이다.

이러한 체례(體例)로서 본다면 시부(詩賦)는 반고 스스로 '고시지류(古詩之流)'라고 말한 바와 같이 《시경》과 같은 성질의 운문이니 육예략(六藝略)의 〈시(詩)〉 속에 포함되었어야 할 것이다. 그럼에도 불구하고 시부략(詩賦略)을 따로 독립시키고, 또 가시(歌詩)보다도 부를 앞에 놓았다는 것은 부를 크게 내세우려는 저의에서였을 것이다. 그리고 부 중에서도 특히 굴원부를 가장 첫머리에 내놓고 있는 것은 더욱 한대적인 특성을 잘 설명해 주는 것이다.

한대 이전의 시인들의 감각에서 본다면 고조가시(高祖歌詩)·종묘가시(宗廟歌詩) 등은 특히 아송류(雅頌類)에 속하는 것으로서 '경'인 '시' 속에 넣었어야 했음은 물론이며, 당연히 부보다도 존숭되었어야 했을 것이다. 반고가 유흠(劉歆, B.C. 77~B.C. 6)의 《칠략(七略)》을 따른 것이라 하더라도, 이러한 시부에 대한 의식은 동한에 있어서도 별다른 변화가 없었음을 뜻한다고 보아도 좋을 것이다. 어떻든 이러한 동서한을 통한 시부에 대한 의식 변혁은 한대 문화의 이전과는 다른 비한족적 성격을 설명해 주는 것이라 보아도 좋을 것 같다.

3) 오언시(五言詩)와 악부(樂府)

한대 문학의 최대의 성과 하나는 오언시(五言詩)를 생성 발전시켰다는 것이다. 시에 있어서의 오언(五言)은 이전의 사언(四言)에 비하여 리듬이 청신하고 경쾌하면서도 변화가 있다. 오언은 다시 2·3자로 나뉘어지고, 3자는 다시 2·1자로 나뉘어져 읽어보면 리듬이 아정(雅正)하면서도 변화가 있다. 이전에 또 초가체(楚歌體)의 시가 있었지만 그것은 변화만 많을 뿐 리듬이 판중(板重)하고 형식이 거추장스러운 느낌을 준다. 때문에 시어로서는 청신하고 경쾌하면서도 아정한 오언의 맛을 도저히 따를 수가 없다. 한대 이후 오언이 중국시의 대표적인 형식으로 발전한 것은 그 때문이다.

물론 한대 이전에는 오언으로 이루어진 운문이 전혀 없었다는 것은 아니다. 《시경》에도 정풍(鄭風) 여왈계명(女曰鷄鳴)의 제3장과 소남(召南) 행로(行露)의 제2·제3장, 위풍(魏風) 십묘지간(十畝之間)처럼 거의가 오언으로 이루어진 시들이 있다. 다음에 보기를 든다.

　　당신이 오시는 것을 알게 되면

여러 가지 패옥을 드리리이다.
당신이 제게 알뜰하심을 알게 되면
온갖 패옥으로 문안드리리이다.
당신이 저를 좋아하심을 알게 되면
온갖 패옥으로 보답하리이다.

知子之來之, 雜佩以贈之.
知子之順之, 雜佩以問之.
知子之好之, 雜佩以報之. (女曰鷄鳴 第三章)

누가 참새에 부리가 없다 했나?
무엇으로 우리집 지붕 뚫었겠나?
누가 그대에게 집이 없다 했나?
어떻게 나를 송사(訟事)로 끌어들였겠나?
비록 나를 송사로 끌어들인다 해도
당신 집안이 부족하오!
누가 쥐에 이빨이 없다 했나?
어떻게 우리 담을 뚫었겠나?
누가 그대에게 집이 없다 했나?
어떻게 나를 송사로 불러들였겠나?
나를 송사로 불러들인다 해도
역시 나는 그대 따르지 않으리라.

誰謂雀無角? 何以穿我屋?
誰謂女無家? 何以速我獄?
雖速我屋, 室家不足.

誰謂鼠無牙? 何以穿我墉?
誰謂女無家? 何以速我訟?
雖速我訟, 亦不女從. (行露 第二·三章)

십묘 넓이의 땅이지만
뽕따는 이들이 유유히 지내는 곳,
그대와 그리로 돌아갈까?
십묘의 땅 근처는
뽕따는 이들이 한가히 지내는 곳,
그대와 그리로 갈까?
十畝之間兮, 桑者閑閑兮, 行與子還兮.
十畝之外兮, 桑者泄泄兮, 行與子逝兮. (十畝之間)

그러나 이들을 읽어보면 한 구의 글자수가 다섯 자로 이루어졌다는 것뿐이지 한대에 발생한 오언시(五言詩)가 갖는 경쾌하고 청신한 리듬은 지니고 있지 않다. 따라서 이것들은 후세의 오언시와는 전혀 다른 성격의 오언구조라고 하여야만 할 것이다.

또 전적에 보이는 한나라 초기 이전의 요언(謠言) 중에도 오언으로 이루어진 것들이 있다. 예로 《사기》 진세가(陳世家)에는 초(楚)나라 대부(大夫) 신숙시(申叔時)의 말 중에 "속담에 이르기를(鄙語有之)" 하고 "소를 끌고 남의 밭을 가로질러 가면 밭 주인은 그 소를 빼앗는다(牽牛徑人田, 田主奪之牛)."는 말을 인용하고 있고, 같은 책 유후세가(留侯世家)에는 여후(呂后)가 "인생의 한평생은 마치 흰 망아지가 틈 사이를 지나가는 것과 같다(人生一世間, 如白駒過隙)."고 한 말을 인용하고 있다. 이 때문에 오언시의 발생을 민간의 요언(謠言)에서 찾으려고 한 이도 있다.

그러나 이 요언들의 리듬도 오언시와는 큰 차이가 있다. 더구나 《좌전(左傳)》 선공(宣公) 11년에 인용된 신숙시의 말에는 "소를 끌고 남의 밭을 짓밟으면 소를 뺏는다(牽牛以蹊人之田, 而奪之牛)."고 되어있고, 여후(呂后) 말의 인용은 《장자(莊子)》 지북유(知北遊)의 "사람이 하늘과 땅 사이에 사는 것은 흰 말이 틈 사이를 지나가는 거나 같다(人生天地之間, 若白駱之過郤)."고 한 말과 같은 내용인 것을 보면, 이들 요언들은 후세 사람들의 문장의식에 의하여 오언으로 개작된 것이라 보는 게 옳을 것이다. 따라서 한대 이전에는 민간에도 오언의 리듬과 형식을 지닌 가요나 요언 등이 유행했다고는 생각되지 않는다.

그렇다면 오언의 성립은 중국시가의 리듬의 혁명이었다고 말할 수도 있을 것이다. 이전의 한족들은 전혀 갖지 못했던 경쾌하고 청신한 리듬의 오언으로 된 시가가 한대에 이르러 갑자기 생겨났다는 것도 역시 한대 문화의 비한족적 성격의 일단을 드러내 보이는 것이라 할 것이다.

지금 서한(西漢)의 오언시(五言詩)라 하여 소통(蕭統, 501~531)의 《문선(文選)》 권29에 실려있는 고시19수(古詩十九首)와 이릉(李陵)의 여소무시(與蘇武詩) 3수(首), 서릉(徐陵, 507~583)의 《옥대신영(玉臺新詠)》 권1의 고시8수(古詩八首) 및 매승(枚乘)의 잡시(雜詩) 9수가 전한다. 이밖에도 이릉과 소무의 시들이 여러 유서(類書)들 속에 전하고 있으나[19] 이것들은 옛날 학자들도 이미 의작(擬作)으로 처리하고 있으니 문제 삼을 게 못된다.[20]

---

19) 宋 韓元吉의 《古文苑》 권8에 李陵의 錄別詩 八首와 蘇武의 詩 二首가 실려있고, 이밖에 《文選》 李善 注, 《太平御覽》·《藝文類聚》 등에는 고시와 李陵 蘇武 詩 斷句들이 여러 곳에 인용되어 있다.

20) 예를 들면 馮惟訥은 《古詩紀》에서 《古文苑》 所載 李陵과 蘇武詩를 擬

그러나 《문선》과 《옥대신영》에 실린 고시들에 대하여도 옛날부터 많은 사람들이 의심을 품어왔고,21) 근래에 와서는 그것들을 건안(建安) 이후의 의작이라 주장하는 학자들이 많다.22) 그러나 적지 않은 학자들이 고시들이 지니고 있는 동한의 것들과는 다른 분위기 때문에 그것들이 전부 완전히 동한에 이루어진 것이라는 주장에는 동조하지 않고 있다.23) 곧 서한에 지금 우리가 보는 것 같은 고시는 없었지만 그보다 세련이 덜 된 오언고시의 추형(雛形)은 적어도 존재했을 거라는 것이다. 그것은 오언시가 완성되지는 않았지만 그 발생만은 서한 시대라고 보는 것이다.

오언시의 발생은 무제가 설치했던 음악관서인 악부의 활동과 큰 연관이 있을 것 같다.24) 악부에서 채집했던 각 지방의 민요도 오언이란

蘇李詩 十首로서 따로 다루고 있다.

21) 劉勰 《文心雕龍》 明詩 : '古詩佳麗, 或稱枚叔. 孤竹一篇, 則傅毅之辭, 比采而推, 西漢之作乎?'

上同 ; '至成帝品錄三百餘篇, 朝章國采, 亦云周備. 而辭人遺翰, 莫見五言. 所以李陵班婕妤見疑於後代也.'

鐘嶸 《詩品》 ; '去者日以疎四十五首, 雖多哀怨, 頗爲總雜, 舊疑是建安中曹王所製.'

이밖에도 《文選》 李善注, 摯虞의 《文章流別》, 蘇軾의 答劉沔都曹書(《東坡全集》), 洪邁의 《容齋隨筆》 卷14, 顧炎武 《日知錄》 卷23, 錢大昕 《十駕齋養新錄》 卷16 등.

22) 梁啓超 《中國之美文及其歷史》, 馬茂元 《古詩十九首探索》 前言, 劉大杰 《中國文學發展史》 등.

23) 隋樹森 《古詩十九首集釋》, 逯欽立 《漢詩別錄》(中央研究院 歷史語言研究所集刊 第13本), 兪平伯 《古詩明月皎夜光辨》(淸華學報 第11卷 3期), 徐仁甫 《古詩明月皎夜光解》(志學月刊 第1卷 3期), 金克木 《古詩玉衡指孟冬試解》(開明 國文月刊 第63期) 등.

새로운 리듬의 형성에 큰 영향을 끼쳤겠지만 앞의 요언을 얘기할 때
언급한 바와 같이 한 이전 민간에 오언으로 된 민요가 유행했었다는
증거는 없다. 그보다도 악부의 책임관인 협률도위(協律都尉)로 있던
이연년(李延年)이 새로 지었다는 〈신성곡(新聲曲)〉과 서역(西域)에
서 새로 들어온 호악(胡樂)이 오언의 형성에 가장 뚜렷한 영향을 끼
친 것으로 생각된다.

〈신성곡〉은 '신변성(新變聲)' 또는 '신성변곡(新聲變曲)'이라고도
불렀다.[25] 이 '신성곡'이 확실히 어떤 종류의 악곡이었는지 지금 와서
는 알 길이 없으나, 그 신성(新聲) 또는 변성(變聲)·변성곡(變聲曲)
이라 한 말뜻으로 보아 이제껏 중국에 전해지던 악곡과는 판이한 성
격의 노래였음을 짐작할 수 있다. 앞 주25에 인용한 《한서(漢書)》의
기록을 근거로 할 때, 외척전(外戚傳)에 인용되어 있는 〈가인가(佳人
歌)〉가 유일한 이연년의 신성곡 가사인 것 같다. 그리고 지금 전하
는 〈교사가19장(郊祀歌十九章)〉도 신성곡에 의하여 노래 불리워졌을
가능성이 많다.

---

24) 《漢書》禮樂志 ; '至武帝定郊祀之禮, ……乃立樂府, 采詩夜誦, 有趙代
　　秦楚之謳.'

　　上同 藝文志 ; '自武帝立樂府而采歌謠, 於是有趙代之謳, 秦楚之風.'

25) 《漢書》禮樂志 ; '至武帝……乃立樂府, ……以李延年爲協律都尉, 多擧
　　司馬相如等數十人, 造爲詩賦, 略論律呂, 以合八音之調, 作十九章之歌.'

　　上同 佞幸傳 ; '李延年善歌, 爲新變聲. 是時上方興天地諸祀, 欲造樂, 令
　　　　司馬相如等作詩頌, 延年輒承意弦歌所造詩, 爲之新聲曲.'

　　上同 外戚傳 ; '孝武夫人, 本以倡進. 初夫人兄延年, 性知音, 善歌舞, 武
　　　　帝愛之. 每爲新聲變曲, 聞者莫不感動. 延年侍上, 起舞歌曰 ; 北方
　　　　有佳人, 絶世而獨立. 一顧傾人城, 再顧傾人國. 寧不知傾城與傾
　　　　國? 佳人難再得.'

그러나 〈교사가19장〉은 그 형식이 여러 가지라서 19장 모두가 한 가지 악곡에 속하는 가사라 보기 어렵다. 19장 중 7편은 정제(整齊)한 삼언으로 되어 있고, 다른 8편은 정제한 사언이며, 나머지 4편만이 3·4·5·6·7언 등이 두 가지 이상 섞여 이루어진 잡언(雜言)이다. 따라서 이것들은 모두 《시경》이나 《초사》체를 모방한 작품들이며 문장도 뛰어난 것이 없다. 따라서 이 〈교사가19장〉을 두고 새로운 노래란 뜻의 '신성곡'이란 칭호를 붙이기는 힘들 것 같다.

〈가인가〉는 끝머리 '영부지경성여경국(寧不知傾城與傾國)'의 한 구절만을 빼면 나머지는 모두가 완정(完整)한 오언이다(주25 참조). 그러나 《옥대신영(玉臺新詠)》을 비롯하여 여러 유서(類書)에 인용된 〈가인가〉를 보면, 이 끝머리 두 구절이 여러 가지로 다르다.26) 이를 보면 지금 전하는 〈가인가〉가 이를 전한 사람들의 의식에 따라 여러 가지로 고쳐져 기록되어 이연년의 본래의 것과는 많이 달라진 것일 가능성이 많다.

그리고 《한서》 외척전(外戚傳)의 기록에 의하면, 무제는 이연년의 이 노래를 듣고 감탄하여 그의 누이동생 이부인(李夫人)을 불러 만나보고 총애하게 된다. 그러나 《사기》 영행전(佞幸傳)에 의하면 이연년은 궁형(宮刑)을 받은 몸이었고, 평양공주(平陽公主)가 이연년의 누이동생이 무악(舞樂)에 능하다고 말하여 무제가 그를 불러보고 총애

---

26) 《玉臺新詠》 卷1 李延年歌詩 ; '傾城與傾國, 佳人難再得.'

　　《文選》 卷21 顔延年 秋胡詩 李善 注 ; '寧知傾城國, 佳人難再得.'

　　《藝文類聚》 卷18 美婦人 下 ; '寧不知傾城國, 佳人不可再得.'

　　《太平御覽》 卷136 孝武 李皇后 ; '寧知傾城傾國, 佳人不可再得.'

　　上同 卷381 美婦人 ; '豈不言傾城國, 佳人難再得.'

　　上同 卷517 姊妹 ; '不惜傾城傾國, 佳人難再得.'

하게 된다. 그리고 이연년은 반대로 누이동생 덕분에 무제를 가까이 섬기게 되는 것으로 기록되어 있다.27) 《사기》 외척세가(外戚世家)의 기록도 이부인이 무제의 총애를 받은 것이 이연년보다 앞섰던 것 같은 말투이다.28)

그리고 같은 《한서》 영행전(佞幸傳)에도 이부인이 창읍왕(昌邑王)을 낳아 총애를 받음으로써 이연년도 그 덕분에 존귀해져 협률도위가 되었다고 기록되어 있다.29) 따라서 이 〈가인가〉의 전설은 후세 사람들이 꾸며낸 것일 가능성이 많으며, 〈가인가〉 자체까지도 의심스런 눈으로 보는 이가 많게 되는 것이다. 그러나 이연년의 신성곡이 이전에는 없던 새로운 리듬, 사언(四言)이나 초가체(楚歌體)보다도 오언에 적합한 새로운 악곡의 개발을 뜻하는 것으로 생각한다. 그리고 그의 〈가인가〉는 적어도 신성곡이 지금 전하는 오언고시 같은 완정한 오언시를 이룩하지는 못하였다 하더라도 오언에 가까운 리듬의 시가였음을 암시하는 것으로 여겨진다.

한편 이연년의 신성곡은 호악(胡樂)과도 깊은 관련이 있다. 진(晉)나라 최표(崔豹)의 《고금주(古今注)》 권 중(中) 음악(音樂)조에는 다음과 같은 이에 관한 설명이 보인다.

횡취(橫吹)는 호악이다. 장건(張騫)이 서역(西域)에 들어갔다가

---

27) 《史記》佞幸傳 ; '李延年, 中山人也. 父母及身兄弟及女, 皆故倡也. 延年坐法腐, 給事狗中. 而平陽公主言, 延年女弟善舞, 上見, 心悅之. 及入永巷, 而召貴延年. 延年善歌, 爲新變聲, ……'

28) 《史記》外戚世家 ; '而中山李夫人有寵, 有男一人, 爲昌邑王, 李夫人蚤卒, 其兄李延年, 以音幸, 號協律. 協律者故倡也, 兄弟皆坐姦族……'

29) 《漢書》佞幸傳 ; '而李夫人産昌邑王, 延年綠是貴, 爲協律都尉, 佩二千石印綬.'

그 방법을 배워 서경(西京)에 전하였는데, 오직 마하두륵(摩訶兜勒) 한 곡(曲)을 얻었을 뿐이었다. 이연년은 호곡(胡曲)을 근거로 하여 다시 〈신성28해(新聲二十八解)〉를 지었다. 무제 때에는 그것을 무악(武樂)으로 썼고, 후한(後漢) 때에는 그것을 변경의 장군들에게 주었으며, 화제(和帝) 때에는 만인장군(萬人將軍)이면 그것을 연주할 수가 있었다. 위진(魏晉) 이래로 28해는 다 남아있지 않고, 지금 쓰여지고 있는 것으로는 황혹(黃鵠)·농두(隴頭)·출관(出關)·입관(入關)·출새(出塞)·입새(入塞)·절양류(折楊柳)·황담자(黃覃子)·적지양(赤之陽)·망행인(望行人)의 10곡(曲)이 있다.[30]

《진서(晉書)》 악지(樂志)에도 비슷한 내용의 기록이 있는데, 그것은 《고금주》의 기록을 인용한 것으로 생각된다. 이 기록에 의하면 이연년은 서역에서 수입한 호악을 본떠서 〈신성28해〉를 만든 것으로 되어 있다. 이 〈신성28해〉도 지금은 전하지 않으니 어떤 성격의 악곡이었는지는 알 길이 없다.

그러나 이연년의 신성곡이 서역에서 새로 들어온 호악의 영향을 크게 입고 있다는 것은 분명한 일이다. 곧 앞에서 얘기한 〈가인가〉도 호악의 영향 아래 이루어진 것이며, 호악을 바탕으로 한 이연년의 신성곡이 전에 없던 새로운 리듬에 의하여 오언을 이루게 했던 것으로 생각된다.

---

30) 崔豹《古今注》; '橫吹, 胡樂也. 博望侯張騫入西域, 傳其法於西京, 唯得摩訶兜勒一曲. 李延年因胡曲, 更進新聲二十八解, 乘輿以爲武樂, 後漢以給邊將軍. 和帝時, 萬人將軍得用之. 魏晉以來, 二十八解不復具存, 見世用者, 黃鵠·隴頭·出關·入關·出塞·入塞·折楊柳·黃覃子·赤之陽·望行人十曲.'

그리고 악부에서 채집한 민가로써 '조(趙)·대(代)·진(秦)·초(楚) 의 노래'가 있었다 하였으니, 신성곡은 호곡 뿐만 아니라 이러한 민가 의 영향도 틀림없이 받았을 것이다. 그러나 오언이라는 새로운 리듬 의 형성에는 중원(中原) 지방의 민요가 아닌《한서》예문지(藝文志) 에도 보이는 '오초여남가시(吳楚汝南歌詩) 15편', '연대구안문운중농 서가시(燕代謳雁門雲中隴西歌詩) 9편' 등 벽지(僻地)의 시가들이 크 게 작용했을 것이다.

그것은 후세 위진남북조(魏晉南北朝)의 악부들, 특히 남조(南朝)와 북조(北朝)의 악부들이 모두 정제한 오언이라는 것으로 보더라도 한 대 중원으로부터 멀리 떨어져 있던 지방의 가요들 중에는 오언에 가 까운 리듬을 지닌 가요들이 있었을 것이다.

어떻든 한대에 생겨난 오언이라는 새로운 리듬의 시체는 이전 중원 의 한족들의 가요와는 아주 다른 시체이며, 그것은 호악이나 또는 오 랑캐라 부르던 변경지방의 민요의 영향으로 말미암아 이루어진 것일 가능성이 많은 것이다. 이처럼 전한에 발생하여 중국의 대표적인 시 체로 발전한 오언시조차도 한대 문화의 비한족적 성격의 일단(一端) 을 증명한다고 할 수 있다.

《한서》예악지(禮樂志)에 무제시대에 조정(朝廷)과 교묘(郊廟)에서 쓰는 시가가 아성(雅聲)이 아닌 정성(鄭聲)임을 지적하고 있는 것을 보아도,31) 서한 때부터 교묘에서 쓰는 음악조차도 중원의 정통적인 아악(雅樂)과는 달라진 것이었음을 알 수가 있다. 무제시대의 악부

---

31)《漢書》禮樂志 ; '是時河間獻王有雅材, 亦以爲治道非禮樂不成, 因獻所 集雅樂. 天子下大樂官, 常存肄之, 歲時以備數. 然不常御, 常御及郊廟, 皆非雅聲……今漢郊廟詩歌, 未有祖宗之事, 八音調均, 又不協於鍾律, 而內有掖庭材人, 外有上林樂府, 皆以鄭聲施於朝廷.'

설치 이후 한대의 악가에는 일대혁신이 일어났음이 틀림없다.

이러한 정통의 음악이 아닌 정성은 무제 이후 황실을 비롯하여 한대 귀족사회에 널리 보편화되었다. 심지어 일부 귀족들은 제왕과 여악(女樂)을 다툴 지경에까지 이르렀었다.32) 그 때문에 애제(哀帝, B.C. 6~B.C. 1 재위)는 정성의 성행을 꺼린 나머지 악부를 파하고 조정에서 쓰던 음악들을 정리하기까지 한다.33)

여기에서 말하는 정성이란 곧 중원의 아악이 아닌 무제 이후 새로 유행하기 시작한 변두리 지방의 민가(民歌)와 호악(胡樂) 같은 것을 뜻할 것이다. 그리고 이연년의 신성곡도 틀림없이 이 정성 속에 포함되었을 것이다. 여기에서 우리는 또 다음과 같은 서한대 귀족과 지식인들에 관한 두 가지 사실을 발견하게 된다.

첫째는 한대의 귀족들이 그들 신분과 어울리지 않을 정도로 지나치게 이질적인 민가와 호악(鄭聲, 新聲曲 포함)을 좋아했다는 것이고, 둘째는 이처럼 무제시대에 오언의 리듬이 담긴 시가를 발생케 했으면서도 실제로 오언시의 성행은 훨씬 뒤인 동한 말 건안(建安, 196~219) 시대의 일이라는 것이다.

이처럼 한대의 귀족들이 이전의 시대와는 달리 지나치게 저속한 음악들을 좋아했다는 것은 한대 지도계층이 이전 시대의 지식인들과는 달라진 성격의 변화를 생각케 한다. 그리고 B.C. 100년 무렵에 오언

---

32) 《漢書》 禮樂志 ; ‘是時(成帝)鄭聲尤甚. 黃門名倡丙彊·景武之屬, 富顯於世. 貴戚五侯定陵·富平外戚之家, 淫侈過度, 至與人主爭女樂.’

33) 《漢書》 禮樂志 ; ‘是時酈聲尤甚, ……哀帝目爲定陶王時疾之, 又性不好音, 及卽位, 下詔曰 ; 惟世俗奢泰文巧, 而鄭衛之聲興. 夫奢泰則下不孫而國貧, 文巧則趨末背本者衆, 鄭衛之聲興則淫辟之化流.

……孔子不云乎 ? 放鄭聲. 鄭聲淫. 其罷樂府官. 郊祭樂及古兵法武樂在經, 非鄭衛之樂者, 條奏, 別屬他官.’

74

의 리듬을 이룩하였으면서도 그 성행이 2·3백 년이나 뒤에 이어졌다
는 것은, 한대 문인들에게 오언의 리듬은 아주 생소한 것이었기 때문
에 오언시의 성행이 그처럼 뒤질 수밖에 없었던 게 아닌가 하는 생각
도 든다.

어떻든 한대 귀족들이 새로운 속악을 무척 좋아했었다는 일이나,
오언이 서한에 이룩되었으면서도 그 성행은 동한 말로 미루어지지 않
으면 안되었다는 것도 모두 한대 문화의 주인공들이나 한대 문화 자
체의 비한족적 성격의 일단을 드러내는 것이라고 생각된다.

4) 산문(散文)

산문도 한대로 들어오면서 더욱 형식화한다. 문장의 수사를 중시하여
대구(對句)와 전고(典故)의 사용에 힘쓰는 한편 문장의 구형(句形)
이 정제(整齊)해지는 경향을 보여준다. 가의(賈誼, B.C. 201~B.C.
169)의 〈과진론(過秦論)〉이나 〈진정사소(陳政事疏)〉에 이미 그러한
경향은 뚜렷이 드러나고 있고, 사마상여(司馬相如, B.C. 179?~B.C.
117)·조착(晁錯, ?~B.C. 154)·사마천(司馬遷, B.C. 145~B.C.
86?) 같은 서한의 문학가들에게서 다같이 발견되는 현상이다.

이것은 형식 위주의 부라는 문체의 성행에도 영향을 입고 있을 것
이다. 심지어 사마상여의 〈유파촉격(喩巴蜀檄)〉·〈난촉부로문(難蜀父
老文)〉 같은 글은 완전히 부체(賦體)로 쓰여지기까지 하였다. 이러한
경향은 동한으로 갈수록 더욱 일반화하여 변려문(騈儷文)에 가까워진
문장이 흔히 눈에 띄게 된다.

이러한 문장의식의 발전은 《사기》와 《한서》에 다같이 수록되어 있
는 시가들의 기록 태도에도 뚜렷이 나타난다. 예를 들면 한 무제의 명
으로 지었다는 〈태일가(太一歌)〉나 〈천마가(天馬歌)〉등을 보면 《사
기》에는

　　“太一貢兮天馬下, 霑赤汗兮沫流赭.……”

　　“天馬來兮從西極, 經萬里兮歸有德.……”

식으로 기록되어 있는데,《한서》에서는 초가(楚歌)의 독특한 조사인 ‘혜(兮)’자를 빼고

　　“太一況, 天馬下, 霑赤汗, 沫流赭.……”

　　“天馬徠, 從西極, 涉流沙, 九夷服.……”

식으로 기록되어 있는 것이다. 이는 동한으로 갈수록 정제화를 추구하던 문장의식에 따라 동한인들은 ‘혜’라는 조사를 빼버리고 초가를 짓는 습성이 생기어 이전의 시가들조차도 그렇게 읽고 인용하게 되었기 때문일 것이다.

　　이러한 경향은 동한에 이르러 ‘난왈(亂曰)’의 대목에서 ‘혜’자를 빼버리고 칠언(七言)으로 부를 짓는 경향이 생겨났던 것과, 왕일(王逸, 89?~158?)의 〈금사초가(琴思楚歌)〉가 정연(整然)한 칠언시(七言詩)로 되어 있는 것 등으로도 증명할 수 있다. 그리고 한대에 오언시와 칠언시가 생겨나 모든 시들의 구식(句式)이 일정한 오언 또는 칠언의 방향으로 발전했던 것도 이러한 문장의식의 전개와 보조(步調)를 같이하는 것이다.

　　이러한 문장의 수사의 추구와 형식 중시의 추세는 한편 한대의 지식인들이 중원의 중국어를 바탕으로 하는 자연스런 문장의 묘미와 맛을 살릴 자신이 없었다는 데 큰 원인이 있었을 듯하다. 그들이 중국어의 자연스런 리듬을 버리고 인위적인 격식을 추구했다는 것은 적어도 그에 대한 그들의 생소성을 느끼게 한다. 이것도 한대 문화의 비한족적 성격의 일단을 드러내 보이는 것이라 하여도 과언이 아닐 것이다.

3. 맺음말

　이상 한대의 문학, 곧 1.초가(楚歌)과 초사(楚辭), 2.부(賦), 3.오언시(五言詩)와 악부(樂府), 4.산문(散文)의 경우를 하나하나 따져 본 바와 같이, 한대의 문학은 비한족적인 성격을 모두 뚜렷이 드러내고 있다. 여기의 '비한족적 성격'이란 용어는 표현이 과장적이라 할는지 모르지만, 적어도 한대에 와서는 이전 중원에 발전하고 있던 한문화(漢文化)로서의 문학과는 판연히 다른 성격의 것으로 변혁되고 있는 것이다. 다만 이 한대 문화의 비한족적 성격은 정치·사회·학술·사상 등 광범하게 한대 문화 전반에 걸친 자세한 검토가 함께 이루어져야만 할 것이다. 그것은 우리가 알고 있는 한 한대에 들어와서는 이러한 문화 전반에 걸쳐 비한족적 성격이란 표현을 원용할 정도의 성격변화가 있었기 때문이다.

　먼저 정치면을 보더라도 한대는 무제 이후로 유학을 그들 정치의 기본이념으로 확정시켰다. 그러나 이미 무제시대에 유가의 덕치주의와는 반대가 되는 방향으로 전제군주의 권력을 강화시키어 진시황(秦始皇) 못지 않은 강력한 전권(專權)을 휘두를 수 있었다. 그리고 무제는 국내의 경제와 사회질서를 무너뜨리면서까지 거듭 사방으로 외국원정을 일삼았다.

　표면상으로는 부드러운 유학을 표방하면서 안으로는 강력한 황권(皇權)을 확립하고 전제정치를 행하였다는 것은 신하나 인민에 대한 불신감 또는 이질감 때문이었는지도 모른다. 그리고 계속된 외국원정은 국민의 정신을 밖으로만 돌리는 한편, 나라의 강역(疆域)을 확장하여 많은 오랑캐들을 치하에 흡수함으로써 치자들의 문화적 이질성을 극복하려는 데 목적이 있었는지도 모른다.

사상면을 보더라도 한대에 와서는 유가사상에 신비스런 음양오행설(陰陽五行說)이 섞여들어 동중서(董仲舒, B.C. 187~B.C. 116)의 천인합일설(天人合一說) 등에서 볼 수 있는 것처럼,[34] 유학 자체가 황제의 권위를 절대화할 수 있는 이론으로 변하였다. 그리고 도학(道學)에는 신선사상(神仙思想)과 불로장생술(不老長生術)이 끼어들어 방사(方士)와 도사(道士)들의 도교(道敎)로 변하였다. 《사기》의 무제본기(武帝本紀)가 제사(祭祀)지내는 일과 방사(方士)들의 술법에 관련된 미신적인 행위로 시종(始終)하고 있는 것을 보면 도가의 도교화는 한대 지배계급의 이질적인 문화에서 오는 요구 때문이었던 것도 같다.

학술면에 있어서도 경학(經學)은 대체로 이른바 금문가(今文家)들에 의하여 지배되었는데, 그들은 경전의 객관적인 연구보다도 경문을 빌어 그 시대의 정치상황을 비호하고 설명하는 데에만 힘썼다. 곧 그들은 학문을 임금에게 아부하여 출세하는 수단으로 이용하였던 것이다. 이는 본래의 유학이념과는 거리가 멀어진 일이다.

사회의 윤리관도 크게 바뀌어졌다. 《논어(論語)》에서는 공자가 대체로 충실(忠實) 또는 성실(誠實)의 뜻으로 가르쳐지던 '충(忠)'이 한대에 와서는 황제에 대한 신하의 절대적인 복종을 뜻하는 충성(忠誠)으로 바뀌었다. 《논어》에서는 부모와 자식 사이의 자연스런 관계를 바탕으로 한 자식의 공경스런 행위로 가르쳐지던 '효(孝)'도 절대적이고 무조건의 부모에 대한 복종으로 경화(硬化)하였다.

---

34) 董仲舒 《春秋繁露》 深察名號 ; '受名之君, 天意之所予也' 上同 順命 ; '放德侔天地者, 皇天右而子之, 號稱天子.' 上同 爲人者天 ; '天地人主一也.' 上同 王道通三 ; '人主立於生殺之位, 與天共持變化之勢.' 上同 威계德所生 ; '爲人主者, 居至德之位, 操殺生之勢, 以變化民, 民之從主也, 如草木之應四時也.' 등등

이밖에도 남녀간의 윤리나 생활 습속 같은 데에도 적지 않은 변화가 있었던 것으로 여겨진다.35) 더욱 상세한 이에 관한 연구는 누군가에 의하여 곧 이루어지리라 믿으며, 이러한 대체적인 사실들만으로도 문학을 통해 본 한대 문화의 비한족적 성격에 큰 뒷받침이 될 수 있으리라 믿는다.

한편 문학은 지식인들의 전유물이었으므로 문학을 통해서 밝힌 한대 문화의 비한족적 성격은 주로 한대로 들어와서 생겨난 지식인, 또는 상류 지배계급의 변혁을 뜻하는 것으로 보여지기도 한다. 그러나 실제로 한대에 있었던 대변혁은 상류 지배층에만 국한되지 않고 한대 민중 전체에 걸쳐 있었던 성격상의 변화를 뜻하는 것으로 믿는다.

역사적으로 볼 때 한이라는 국호가 중국을 대표할만큼 한대는 중국의 전통문화 또는 전통문학의 발전에 가장 뚜렷하고 굵은 관절을 이루고 있다. 사실상 본격적인 중국의 전통문화사 또는 전통문학사의 기점은 한대라 하여도 과언이 아닐 것이다. 따라서 이러한 한대 문화의 비한족적 성격을 밝히고 이해한다는 것은, 중국의 전통문화 또는 전통문학의 진화와 발전 및 올바른 그 특징을 파악하는 데 큰 도움이 될 줄로 믿는다. 곧 후세의 경우처럼 주진(周秦)에서 한(漢)에 이르는 중국문화나 문학의 발전계승을 변화 없는 면면한 계승발전으로 본다면 그 문화 자체의 성격파악에도 큰 착오를 범하게 될 것이다. 그리고 이를 바탕으로 원(元)·청(淸) 등 이족(異族)의 왕조를 비롯한 각 시대의 문화상의 변혁을 올바로 이해하여야만 수천 년의 역사를 지닌 중국문화의 전통의 의의를 올바로 파악할 수 있게 될 것이다.

---

35) Han Social Structure, by T'ungtsu Chu, Edited by Jack L. Dull, Rainbow-Bridge Book Co., Taipei, 1972 참조 바람.

3. 송옥(宋玉)의 작품 검토

1. 서 론

보통 중국문학사상 왕일(王逸, 89?~158?)의 〈구변장구서(九辯章句序)〉에 의거하여, 송옥(宋玉, B.C. 290?~B.C. 223?)은 《초사(楚辭)》의 창시자인 굴원(屈原, B.C. 343?~B.C. 290?)의 수제자이며, 굴원의 부를 계승 발전시킨 작가로 알려져 있다. 그러나 많은 학자들에 의하여 굴원의 실존여부가 의심받고 있는 이상, 실제로 송옥이란 인물이 존재했었는가 하는 것은 당연히 문제가 되지 않을 수 없다. 사마천(司馬遷, B.C. 145~B.C. 86?)의 《사기(史記)》에는 〈굴원열전(屈原列傳)〉 끝머리에,

굴원이 죽은 뒤에 초(楚)나라에는 송옥(宋玉)·당륵(唐勒)·경차(景差)의 무리가 있어, 모두 사(辭)를 좋아하여 부(賦)로써 유명하였다.[1]

다시 반고(班固, 32~92)의 《한서(漢書)》 예문지(藝文志)에는 '송옥부(宋玉賦) 16편'을 수록한 다음 초나라 사람으로 당륵(唐勒)과 같은 시대이고, 굴원(屈原)에 뒤진다[2]고 자주(自注)하고 있다. 그에

---

1) 屈原旣死之後, 楚有宋玉唐勒景差之徒者, 皆好辭而以賦見稱.
2) 楚人, 與唐勒並時, 在屈原後也.

관한 기록은 이런 정도의 것이 있을 뿐이다. 이밖에 유향(劉向, B.C. 77~B.C. 6)의 《신서(新序)》 잡사(雜事) 1, 및 잡사 5, 《한시외전(韓詩外傳)》 권7, 진(晉) 습착치(習鑿齒, ?~A.D. 383?)의 《양양기구전(襄陽耆舊傳)》 권1 등에는 내용상 서로 약간의 차이가 있는 송옥에 대한 짧은 전설이 기록되어 있다. 따라서 그 이상의 자료가 없어 그의 생애를 고증하기란 매우 어렵다. 이 문제는 굴원의 실존 여부에 부수하여 해결하는 것이 가장 온당할 것이므로 여기에서는 더 이상 문제 삼지 않기로 한다.

필자는 굴원을 한부(漢賦)의 창시자 정도로 보고 있다. 《초사》도 형식이나 내용에 있어 한대의 부와 조금도 다를 것이 없는 작품이며, 한대 이전에는 굴원이나 《초사》에 대하여 아무도 전연 몰랐던 것이므로, 굴원의 이름 아래 전해지는 작품도 한부에 붙여서 이해하여야만 할 것이다. 그러니 송옥의 작품은 그것들이 실제로 송옥에 의하여 지어졌다 하더라도 한부의 범주를 벗어날 수가 없는 것이다.

지금 우리에게는 송옥(宋玉)이란 이름 아래 전해지는 작품이 도합 13편(또는 14편)이 있다. 동한의 왕일(王逸, 89?~158?)이 편찬한 《초사장구(楚辭章句)》에는 〈구변(九辯)〉 〈초혼(招魂)〉[3]의   두

---

3) 明나라 초횡(焦竑, 1541~1620)은 〈이소〉에 '啓九辯與九歌兮'라 했고, 〈直齋書錄解題〉에 실린 〈離騷釋文〉에 의하면 舊本 《초사》의 편차는 이소 바로 뒤에 九辯이 놓여 있었다는 등의 이유를 들어 구변을 굴원의 작품이라 주장하였다(〈筆乘〉 권3·4, 청말 양계초는 〈要籍解題及其讀法〉에서, 吳摯甫는 〈古文辭類纂校勘記〉에서 그의 설에 가담함). 그리고 초혼(招魂)은 《史記》 굴원전의 논찬에서 사마천 자신이 굴원이 지은 "離騷·天問·招魂·哀郢을 읽고 그 뜻을 슬퍼하였다."고 한 말을 근거로 많은 학자들이 굴원의 작품이라 주장하고 있다 (明 黃文煥 〈楚辭聽直〉, 淸 林雲銘 〈楚辭燈〉, 蔣驥 〈山臺閣註楚辭〉, 屈復 〈楚辭新註〉, 梁啓超

편, 양(梁) 소통(蕭統, 501~521)이 편찬한 《문선(文選)》에는 〈풍부(風賦)〉〈고당부(高唐賦)〉〈신녀부(神女賦)〉〈등도자호색부(登徒子好色賦)〉〈대초왕문(對楚王問)〉의 다섯 편, 당(唐)나라 시대에 편찬된 《고문원(古文苑)》에는 〈적부(笛賦)〉〈대언부(大言賦)〉〈소언부(小言賦)〉〈풍부(諷賦)〉〈조부(釣賦)〉〈무부(舞賦)〉의 여섯 편이 송옥의 이름 아래 실려 있다. 엄가균(嚴可均)의 《전상고문(全上古文)》 권10에서는 무부(舞賦)를 떼어 버리고 고당대(高唐對) 한 편을 넣고 있다.

그러나 〈고당대〉는 〈고당부서(高唐賦序)〉의 이문(異文)이어서, 그것을 한 편으로 칠 수는 없는 것이다. 그밖에 《태평어람(太平御覽)》 399에서는 《양양기구기(襄陽耆舊記)》를 인용하고, 《북당서초(北堂書鈔)》 33에서는 〈송옥집서(宋玉集序)〉를 인용하여, 송옥의 작품의 한 대목을 싣고 있다. 그리고 《수서(隋書)》 경적지(經籍志)에는 《송옥집(宋玉集)》 3권이 수록되어 있다.

그런데 《한서(漢書)》〈예문지(藝文志)〉 시부략(詩賦略)에는 '〈송옥부(宋玉賦)〉 16편'이라 기록되어 있으나, 송옥의 존재를 긍정적으로 받아들이는 학자라 하더라도 이상의 작품들이 모두 '16편' 속에 들어가는 것이라고 보는 이는 극히 드물다. 《초사》에 실린 〈구변(九辯)〉과 〈초혼(招魂)〉까지도 송옥의 작품임을 의심하는 학자들이 있으니,4) 더욱이 그밖의 작품들에 대하여는 정도의 차이가 있을 뿐 거의 모든

〈屈原硏究〉 등).

4) 明 焦竑은 《焦氏筆乘》에서 〈九辯〉이 宋玉 작품임을 의심하였고, 明 黃文煥의 《楚辭聽直》, 淸 林雲銘의 《楚辭燈》, 蔣驥의 《山臺閣註楚辭》, 馬其昶의 《屈賦微》, 梁啓超의 《屈原研究》, 游國恩의 《楚辭槪論》, 林庚의 《詩人屈原及其作品研究》의 〈招魂解〉에서 모두 〈招魂〉이 屈原의 작품이 아닐 거라고 하였다.

학자들이 그 중 일부 또는 전부가 후인이 위탁한 것일 거라고 의심하고 있다.

그것은 모두 확실한 증거는 없지만 송옥의 이름 아래 전해지고 있는 부 작품들은 《초사》는 말할 것도 없고, 초기의 한부보다도 더 뒤의 문장 성격과 형식을 지닌 작품들이라 여겨지기 때문이다.

그러나 중국문학사상 송옥이란 인물의 실재 여부와는 상관없이, 그 이름 아래 전해지는 작품들이 중국문학 발전에 끼친 영향은 작다고 할 수는 없다. 다만 이들 작품이 서로 성격이 다르고 후세 사람들이 위탁한 것인지도 모른다고 생각된다면, 우리는 그것들의 문학사적 가치를 규명하기 위해서도 이들에 대한 상세한 분석 검토가 필요하게 된다. 그래야만 송옥의 작품과 굴원의 작품과의 관계 및 한부와의 관계 등도 명확해질 것이기 때문이다.

이 소론(小論)은 송옥의 작품들의 내용과 형식 및 문장을 분석하여 그 문학사적 위치를 좀 더 분명히 해보려는 뜻에서 쓴 것이다. 다만 이 작업도 어떤 단안을 내리는 데 있어서는 주관적인 판단을 피할 길이 없다는 한계를 면할 수 없음이 안타깝다.

2. 송옥(宋玉) 작품의 분석

1) 내용에 따른 분석

송옥의 작품들을 보면 우선 《초사》에 실린 〈구변〉〈초혼〉과 여타의 작품들로 그 성격이 크게 구분된다. 〈구변〉이 그의 스승 굴원을 추모하는 작품이고 〈초혼〉은 산택(山澤)에 방황하는 굴원의 넋을 불러들이려는 작품이어서5) 《초사》 본래의 무가(巫歌)적인 성격을 지닌

---

5) 모두 王逸의 《장구》의 해설을 근거로 한 것임. 왕일의 설이 옳지 않다 하

상당히 진지한 내용이 담긴 것들임에 비하여, 다른 11편(또는 12편)의 작품들은 모두가 유희적인 성격을 띠고 있다는 것이다. 다시 여타의 작품은 모두가 초(楚) 양왕(襄王)과 관계되는 내용임에 비하여 유독 〈적부(笛賦)〉만은 그렇지 않으며, 제명이 보여주듯 본격적으로 한 부처럼 수사를 위주로 하며 사물을 서술하고 있다.

양왕과 관계되는 작품들 중에서도 〈대초왕문(對楚王問)〉은 《신서(新序)》〈잡사(雜事)〉 제일(第一)에 보이는 송옥의 음악에 대한 조예를 애기하는 전설과 거의 같은 내용이며, 〈적부〉에서 아악을 내세운 것도 이 전설을 바탕으로 한 것이다. 그리고 나머지 10편(또는 9편)의 작품들은 황제 밑에서 배우처럼 글재주로 아부하던 한대 부 작가들의 성격과6) 같은 내용의 것들인데, 그 중에서도 〈풍부(風賦)〉는 특히 바람에는 '대왕(大王)의 웅풍(雄風)'과 '서인(庶人)의 자풍(雌風)'이 있다고 하면서 노골적으로 임금에게 아부한 작품이다. 나머지는 모두 초 양왕을 따라다니며 글재주로 임금을 즐겁게 하기 위하여 지은 성격의 것들이다.

이것들을 다시 보면 여색(女色)과 관계되는 것이 5편(또는 4편)이고 나머지 4편은 순전히 말재간 또는 글재간을 발휘하여 임금을 즐겁게 하는 내용이다. 여색과 관계되는 것들도 〈고당부(高唐賦)〉〈신녀

더라도 이 두 작품이 다른 작품들에 비하여 진지하다는 점에는 변함이 없을 것임.

6) 《漢書》 嚴助傳에 武帝는 東方朔·枚皐·嚴助·吾丘壽王·司馬相如 등을 가까이 했는데 '임금은 이들을 俳優처럼 데리고 있었다' 하였고, 同書 〈枚皐傳〉에는 枚皐 스스로가 '賦를 짓는 것은 배우짓과 같아서 작가들을 倡優처럼 본다'라고 '스스로 倡優와 비슷함을 뉘우쳤다'고 씌어 있으며, 同書 〈揚雄傳〉에도 賦作家는 '淳于髡·優孟의 무리 같은 배우와 아주 비슷하다'고 말하고 있다. 拙著 《漢代詩硏究》 第二章 참조.

84

부(神女賦)〉와 〈고당대(高唐對)〉는 모두 무산(巫山)의 신녀(神女) 전설을 바탕으로 한 것들이며, 〈등도자호색부(登徒子好色賦)〉와 〈풍부(風賦)〉는 주로 송옥의 호색론(好色論)을 주제로 한 것들이다.

다시 말재간 또는 글재간을 발휘한 4편의 작품도 〈대언부(大言賦)〉와 〈소언부(小言賦)〉는 말재간을 그대로 옮겨 쓴 것이고, 〈조부(釣賦)〉와 〈무부(舞賦)〉는 낚시와 춤을 빌어 말재간 또는 글재간을 발휘한 것이다. 물론 〈무부〉는 운몽(雲夢)에서의 춤을 노래한 것이니 〈고당부〉〈신녀부〉와 관계가 있는 것이라 할 수도 있고, 송옥의 호색론을 주제로 한 〈등도자호색부〉와 〈풍부〉도 여색을 빌어 말재간 또는 글재간을 발휘한 것으로 볼 수도 있다.

이상을 종합해 보면 송옥의 이름 아래 전해지고 있는 작품들의 내용은 대체로 그것들이 실린 책에 따라 성격을 달리하고 있음을 알 수 있다. 《초사》에 실린 두 작품이 가장 진지하고 성실하며,《문선》과 《고문원》의 것들은 유희적인데 특히 《고문원》 쪽이 더 뜻없는 말재간과 글재간의 발휘에만 그친 듯한 느낌이 있다.

2) 형식에 따른 분석

다시 이 작품들의 형식을 보면 《초사》에 실린 〈구변〉과 〈초혼〉만이 이른바 소체(騷體)이고, 나머지는 모두 부체(賦體)이다. 부체로 이루어진 작품들 중에서는 다시 〈적부〉만이 적(笛)의 내력에서 성능에 이르기까지를 직서(直敍)하고 있고 끝머리에는 '난왈(亂曰)'이 붙어 있으나, 나머지 것들은 모두가 문답체(問答體)로 이루어져 있다. 작품이 문답체로 이루어져 있다는 것은 곧 그 글에 많은 산문체(散文體)가 섞여 있음을 뜻하는 말도 된다.

그 중에서도 〈대초왕문〉〈조부〉〈고당대〉는 전편이 산문체의 문답으로 이루어져 있으며, 〈등도자호색부〉와 〈풍부〉는 '시왈(詩曰)' 또는

'가왈(歌曰)'하고 인용한 두 대목만이 완전한 운문일 뿐이다. 반산반운체(半散半韻體)의 나머지 작품들을 보면, 〈고당부〉 〈신녀부〉 〈무부〉는 서(序)라고 볼 수 있는 부분만이 산문으로 된 문답체인데 비하여, 〈대언부〉와 〈소언부〉는 전체가 문답으로 이루어져 있는데, 대체로 문(問)은 산문이고 답(答)은 운문이다.

작품의 길이를 보면 〈구변〉과 〈초혼〉은 장편(長篇)이고 〈고당부〉와 〈신녀부〉는 중편(中篇)이라면, 나머지 작품들은 모두 길이가 짧은 단편(短篇)이다. 그 중에서도 〈대언부〉 〈대초왕문〉 〈고당대〉는 그 길이가 매우 짧다. 대체로 송옥 작품의 형식을 분석한 결과를 보더라도 그것들이 실려 있는 책에 따라 어느 정도 성격상의 차이가 드러나고 있다고 할 수 있다.

그리고 이들 부가 본시 민간의 희곡(戲曲)이나 설서(說書)에서 나온 것이라 한다면[7] 송옥의 작품은 특히 민간에서 연출되던 본래의 모습을 사마상여 등 본격적인 한부의 작가들보다도 보다 많이 간직하고 있다고 할 수도 있다.

3) 문장과 수사(修辭)에 대한 검토

《초사》에 실린 〈구변〉과 〈초혼〉은 내용과는 상관없이 문장이 아름답고 빼어나며, 중국문장으로서의 수사의 극치를 추구하려 한 듯하다. 〈구변〉의 첫머리 30구(句)에 이르는 비추(悲秋)를 읊은 부분은 한자가 이루어 놓은 아름다움의 극치를 보는 듯하여, 〈구변〉의 주제와는 상관없이 애상과 시름을 공감케 한다. 비추(悲秋)에 대한 노래가 끝나고 주제를 노래한 부분도 작가가 추모하려는 대상이 스승인지

---

7) 拙著 《中國文學史論》 3.西漢, 《詩經》 해설에 대한 새로운 理解(서울대출판부, 2001) 및 이 책의 8.漢魏晉南北朝 樂府古詩와 故事 참조 바람.

임금인지도 분명치 않지만 계속 문장의 밑바닥에 깔리는 슬픔과 아름다운 표현은 내용과는 상관없이 한자로 씌어지는 글은 글을 짓는다는 그 자체가 예술이 될 수도 있을 듯한 느낌을 갖게 한다.

그 구식(句式)을 보더라도 혜(兮)자를 중심으로 하여 쌍을 이루는 구절은 굴원의 〈이소(離騷)〉보다도 그 형식이 훨씬 다양하다. 첫 구의 ‘혜’자 앞 자수는 2자에서 8자에 이르기까지 여러 가지 양식이 있고, 또 허자(虛字)를 중간에 두고 2자와 2자(5자) 또는 3자와 2자, 4자와 2자, 5자와 2자 등 여러 가지 형식으로 결합되어 있다. ‘혜’자 앞에 5자 이상이 붙어 있으면서 중간에 허자를 쓰지 않은 형식은 없다. ‘혜’자 뒤의 구도 2자에서 9자에 이르는 여러 가지 구식이 있고, 중간에 허자를 두고 2자와 2자 또는 3자와 2자, 4자와 2자, 5자와 2자, 6자와 2자 등이 결합된 여러 가지 양식이 있다.

다만 뒤의 구는 5자 이상 8자에 이르는 경우에도 중간에 허자를 끼우지 않고 실자(實字)만을 쓴 것들도 있다. 이런 여러 가지 형식의 구(句)들이 다양하게 결합되어 있어 문장에 변화가 많다.

압운(押韻)에 있어서도 〈이소〉에서 많이 쓴 사구양운(四句兩韻)의 형식을 벗어나 훨씬 자유로운 변화를 시도하고 있다. 거기에다 소슬(蕭瑟)·요률(憭慄)·참처(慘悽)·창황(愴怳)·감름(坎廩)·곽락(廓落)·추창(惆悵)·편편(翩翩)·적막(寂漠)·옹옹(癰癰)·주찰(啁哳)·미미(霏霏) 등 쌍성(雙聲)·첩운(疊韻)·첩자(疊字)로 이루어진 문장의 수사는 기교의 묘를 다하고 있다. 후세 부(賦)에 있어서의 ‘포채이문(鋪采摛文)’[8]의 경향과 무병신음(無病呻吟)하는 남조(濫調)의 추구는 여기에 뿌리를 박고 있다해도 좋을 것이다.

〈초혼〉은 앞 서(序)에 해당하는 6구와 뒤 ‘난왈(亂曰)’ 부분만

---

8) 劉勰 《文心雕龍》 銓賦篇의 말.

이 〈구변〉과 비슷한 대표적인 초가체(楚歌體)이고, 중간의 본문은 끝머리에 사(些)라는 독특한 조자(助字)를 쓰고는 있지만 대체로 사언으로 이루어져 있다. 다만 사(些)자가 붙은 구는 앞에 4자가 붙어 있는 것이 대부분이기는 하지만 5자·6자 등으로 변화를 꾀하고 있기도 하다. '난왈' 부분도 초가체라고는 하지만 〈구변〉에서는 드물게 보이는 '○○○○兮, ○○○'의 형식이 대부분인 것도 본문의 영향인 듯하다. '사'자 바로 앞 글자를 압운하고 있는데, 〈구변〉이나 마찬가지로 환운(換韻)이 상당히 자유로운 편이다.

〈초혼〉의 가장 두드러진 특징은 문장의 구성과 세밀한 묘사에 있다 할 것이다. 본문을 보면 방황하는 죽은 사람의 혼을 부름에 있어, 동방에서 시작하여 사방과 상천(上天)·유도(幽都)의 위해(危害)를 자세히 묘사하며 혼을 부른 뒤, 다시 초(楚)나라 수문(修門) 안과 옛날 살던 곳의 안정되고 화미(華美)함을 묘사하고 거기의 음식·여악(女樂) 등의 아름다움을 극진히 늘어놓으며 혼을 부르고 있다. 한부(漢賦)에서 어느 곳의 산수는 어떻고 초목은 어떠하며 토석(土石)은 어떠하고, 동서남북에는 무엇이 있고 위아래에는 무엇이 있다고 늘어놓는 수법이 바로 여기에서 나온 듯하다.

〈구변〉이나 〈초혼〉의 문장이 전체적으로 〈이소〉에 비하여 산문화(散文化)한 경향을 보여주고 있지만, 특히 〈초혼〉의 앞부분에 산문화한 상제(上帝)와 무양(巫陽)의 대화를 삽입하고 있는 것도 주목할 만한 일이다.

《문선》에 실린 작품들 중 비교적 짜임새가 있는 것이 〈고당부(高唐賦)〉와 〈신녀부(神女賦)〉이다. 여색(女色)을 주제로 한 작품들은 사마상여(司馬相如 : B.C. 179~B.C. 118)의 〈장문부〉〈미인부〉와 통하는 내용이며, 그 체재도 한부 못지 않게 발달한 것이다. 앞머리는 거의 산문체로 된 초(楚)나라 양왕(襄王)과 송옥(宋玉)의 대화가 붙어 있어 서(序)의 역할을 하고 있고, 고당(高唐)에 관한 일과 신녀(神女)를 묘사한 부분도 초가체에다 사언·삼언을 적절히 혼용하며 변화를 꾀하고 있다.

앞의 대화 부분도 산문에 운문체를 교묘히 섞어 음영(吟詠)의 효과를 높이고 있다. 수사에 있어서도 《초사》의 어느 정도 판에 박은 듯한 방식을 벗어나 더욱 다양하고 발전된 수법을 구사하고 있다. 한부의 대표작이라 할 사마상여의 〈상림부〉나 〈자허부〉에 비하더라도 그 규모와 전체적인 조화에서 약간 떨어질 뿐, 그 형식에 있어서는 아무런 고하의 차이가 없다.

〈풍부(風賦)〉와 〈등도자호색부(登徒子好色賦)〉는 전체가 거의 산문화한 대화로 이루어진 작품으로, 초가체의 구형은 〈등도자호색부〉의 제2절의 인시부분(引詩部分)을 제외하고는 전혀 발견되지 않는다. 그밖의 주제는 4언을 위주로 하고 3언으로 변화를 일으키며, 5·6·7언 등을 간간이 섞어 써서 문장 형식을 다양화하고 있다. 특히 〈등도자호색부〉는 사마상여의 〈미인부〉와 아주 흡사한 내용과 형식을 지니고 있다.

《고문원(古文苑)》에 실린 〈적부(笛賦)〉는 처음부터 한부의 수법대로 대[竹]가 자라나던 여러 고장에 대한 묘사에서 시작하여 적(笛)이 만들어지기까지의 과정을 서술한 다음 끝머리에선 정성(鄭聲)을 경계함으로써 풍간(諷諫)의 뜻을 발휘하고, 끝에 붙은 '난왈'은 혜(兮)자가 붙어있는 것을 빼면 완전한 칠언 형식으로 이루어져 있다. 〈무부〉는 앞에 대화가 있고 뒤에 춤추는 모습을 묘사한 부분에서는 4언·6언·3언과 초가체를 엇섞으며 아름다운 표현을 다하려 하고 있으나 그 성취는 보잘것없다.

이밖에 〈대언부(大言賦)〉〈소언부(小言賦)〉〈풍부(諷賦)〉〈조부(釣賦)〉는 전체가 대화로 이루어져 있고, 다양한 문장형식을 써서 형식상으로는 굴원의 작품이라는 것들보다 크게 발전하고 있지만 내용은 보잘것없다. 〈풍부〉는 〈등도자호색부〉와 비슷한 형식과 내용이며, 그 나머지 것들도 유희적인 작품에 불과하다.

《전상고삼대문(全上古三代文)》의 〈고당대(高唐對)〉는 《태평어람(太平御覽)》 399에 인용된 《양양기구기(襄陽耆舊記)》와 《문선》 강엄(江淹)의 〈잡체의반악술애시(雜體擬潘岳述哀詩)〉의 주(注)에 인용된 《송옥집(宋玉集)》에 보이는 고당에 관한 비슷한 내용의 전설 두 조목을 수록한 것이어서, 부라고 하기조차 어려운 것이다. 따라서 이것들은 문장과 수사를 더 이상 자세히 분석 검토할 가치조차 없는 것들이다.

3. 결 론

이상 송옥의 작품들의 내용·형식·문장을 검토해 볼 때, 가장 두드러지게 나타나는 사실은 《초사》에 실린 〈구변〉과 〈초혼〉은 여타의 작품들과는 판연히 다른 성격 또는 차원의 작품이라는 것이다. 그것은 곧 〈구변〉과 〈초혼〉이 송옥의 작품이라면 여타의 것들은 송옥의 작품이라 믿기 어려운 처지의 것들임을 뜻한다. 그리고 송옥이 실제 인물이고 그가 부(賦)라는 형식의 작품을 지었다면 진짜 송옥의 작품일 가능성이 가장 많은 것이 이 두 작품이다.

특히 〈고당대〉란 제명 아래 인용된 두 조목은 초 양왕과 송옥이 운몽(雲夢)에 놀러 나가 고당(高唐)의 전설을 얘기했던 사실을 제삼자가 기록한 글이어서 송옥의 작품이랄 수도 없거니와 부라고 하기도 어려운 것이다. 《문선》의 〈대초왕문〉도 《신서(新序)》〈잡사편(雜事篇)〉에 보이는 양왕과 송옥의 음악에 과한 대화와 거의 비슷한 내용이어서, 송옥의 작품이 아님이 거의 분명하다. 형식이나 문장도 부라기보다는 보통 산문에 훨씬 가깝다. 〈적부〉는 후세 부의 형식과 기교를 갖추고는 있지만 문장이나 전체적인 구성이 졸렬하니, 대체로 후세의 사람이 〈대초왕문〉에 보이는 송옥의 음악관(音樂觀)을 근거로 위탁(僞託)한 것일 게이다.

《문선》의 〈풍부〉는 굴원의 제자라는 송옥과 경차(景差)가 양왕을 시종하다가 '바람에는 대왕의 웅풍(雄風)과 서인의 자풍(雌風)이 있다'고 하면서 글을 지어 아첨하는 내용이다. 선진(先秦)시대 지식인들의 행위가 그러했다고 여겨지지는 않는다. 한 무제 때에 수많은 문인들이 황제를 시종하면서 특히 부로써 임금을 즐겁게 하며 배우(俳優) 같은 짓을 일삼았던 것을 생각할 때,9) 이 〈풍부〉는 적어도 무제 이후의 사람들이 위탁한 것일 가능성이 많다.

《문선》의 〈고당부〉〈신녀부〉〈무부〉는 송옥이 양왕을 시종하면서 지은 것이고, 〈등도자호색부〉〈조부〉는 송옥과 등도자(登徒子)가 왕을 시종하고, 〈풍부(諷賦)〉는 송옥과 당륵(唐勒)이 왕을 시종하고 있고, 〈대언부〉〈소언부〉는 송옥과 당륵·경차가 왕을 시종하면서 지은 것이며, 또 모두가 유희적인 성격의 것임을 생각할 때, 역시 한 무제 이후의 사람들이 위탁한 것일 가능성이 많다.

특히 〈등도자호색부〉와 〈풍부(諷賦)〉는 각각 사마상여의 〈미인부〉의 호색론(好色論)과 그 형식을 그대로 빌어 후인이 유희적으로 위작한 것인 듯하다. 〈미인부〉의 사마상여·양왕(梁王)·추양(鄒陽)이 이른바 송옥의 두 부(賦)에서는 송옥·양왕·등도자(〈풍부〉에선 당륵)로 바뀐 것이리라. 추양이 사마상여는 "옷을 아름답게 차려입고, 요망하게도 충성스럽지 않게 아첨하는 말로 환심을 사려 하면서 임금님의

---

9) 앞 註 3) 참조.

후궁에 노닐고 있는데, 임금님께서는 그것을 모르셨습니까?(服色容冶,
妖麗不忠, 將欲媚辭取說, 遊王後宮, 王不察乎?)"라며 참소(讒訴)하
고 있는데 비하여, 등도자는 송옥이 "생긴 모양 멋지고 입으로는 미묘
한 말을 많이 하며, 또 그의 본성이 호색하니, 임금님께서는 후궁에
출입을 못하도록 하시기 바랍니다(體貌閑麗, 口多微詞, 又性好色, 願
王勿與出入後宮)."라 말하고 있고, 당륵은 송옥에 대하여, "몸매는 잘
생겼고 입으로는 미묘한 말을 많이 하며, 나가서는 주인의 딸을 사랑
하면서 들어와 대왕을 섬기고 있으니, 임금님께서는 그를 멀리하시기
바랍니다(身體容冶, 口多微詞, 出愛主人之女, 入事大王, 願王疏之)."
라 말하고 있다.

그리고 모두 말로는 '불호색(不好色)'이라 하면서 고답적인 호색론
(好色論)을 펴는 내용이다. 〈미인부〉에선 미인으로 동린지녀(東隣之
女)가 먼저 나오고, 뒤에 정(鄭)나라와 위(衛)나라 사이를 여행하다
상궁(上宮)에서 미녀를 만나는데, 〈등도자호색부〉에서는 미인으로 동
가지자(東家之子)가 먼저 나오고, 뒤에 정·위 나라를 여행하다가 교
외에서 미녀를 만난다. 〈풍부(諷賦)〉에서는 앞에 미녀의 등장 없이 여
행하다 객사에서 곧장 홀로 있는 아름다운 주인의 딸을 만난다.

그리고 여인들은 똑같이 노래로 자기의 감정을 호소하는데, 〈미인
부〉에선 남자가 금(琴)으로 유란백설지곡(幽蘭白雪之曲)을 타는데 비
하여 〈풍부〉에선 추죽적설지곡(秋竹積雪之曲)을 탄다. 여인들의 노래
에도 비슷한 구절들이 있고, 아름다운 여인이 노골적으로 유혹하는데
도 이를 즐기기만 하고 도를 넘지는 않는다는 얘기 줄거리도 모두 비
슷하다.

다만 서로 비슷한 내용이나 문장이지만 〈풍부〉는 가장 늦게 〈미인
부〉와 〈등도자호색부〉 두 가지를 다 보고 지어낸 것인 듯하다. 〈대언
부〉 〈소언부〉 〈조부〉는 특히 임금 앞에서의 배우나 같은 말장난이어

서 송옥의 작이라고 볼 수가 없다. 전국시대에 이미 이런 문답체의 산문에 가까운 문장으로 이루어진 부가 있었다는 것은 믿어지지 않는 일이다.

이들 중 가장 문장도 세련되고 내용도 짜임새가 있는 것은 〈고당부〉와 〈신녀부〉이다. 그러나 한나라 초기에도 이러한 산문으로 된 부체(賦體)는 아직 완성되지 않았음을 생각할 때 이것 역시 한나라 이전의 산물이라 보기 힘들다. 후세 사람이 고당(高唐)의 전설을 바탕으로 하여 송옥의 이름을 빌어, 앞에서는 고당의 기특한 경관을 노래하고 뒤에서는 무산 신녀의 아름다움을 노래한 문장유희이다.

특히 첩자(疊字)를 많이 쓴 수사기교는 한부의 수련을 거친 문장 솜씨인 듯하며, 〈고당부〉 끝머리에서 '온 세상 생각하고, 나라의 해가 되는 것 걱정하며, 성현의 길을 열어 부족함을 보충해야 한다(思萬方, 憂國害, 開賢聖, 輔不逮)'하며 갑자기 풍간(諷諫)의 뜻을 드러내고 있는 것도 사마천(司馬遷) 이후10) 한대의 학자들이11) 부의 의의를 풍간에서 찾으려 했던 경향을 그대로 반영한 것이라 여겨진다.

굴원의 이름 아래 전해오고 있는 작품들이 모두 무가적(巫歌的)인 성격을 띠고 있듯이,12) 〈구변(九辯)〉과 〈초혼(招魂)〉도 정도의 차이는 있으나 모두 무가의 색채를 지니고 있다. 따라서 이것은 모두《초사》란 제명(題名) 아래 〈이소(離騷)〉 〈구장(九章)〉 〈천문(天問)〉 〈구가(九歌)〉 등과 함께 묶어 놓아도 이상할 것이 조금도 없는 작품들이다. 다만 〈구변〉은 굴원의 작품들보다도 수사에 치중하여 문장 기교에 있어서는 한층 발달한 양상을 보여주고 있다. 그리고 육간여(陸

---

10) 《史記》 司馬相如傳에서 〈上林賦〉를 평하여 '其卒章歸之於節儉, 因以 風諫'이라 하고 있다.

11) 班固의 《漢書》, 王逸의 《楚辭章句》 등.

12) 〈離騷의 性格〉 金學主(東亞文化 16輯 1979. 6) 참조.

侃如)의 《중국시사(中國詩史)》13) 등에서 지적하고 있는 것처럼 〈이소〉를 모방했다고 여겨지는 부분이 있는가 하면 〈애영(哀郢)〉을 모방한 부분도 들어 있다.

따라서 전국(戰國)시대에서 한 초에 이르는 사이에 굴원이란 작가가 존재하였다면, 〈구변〉은 그의 제자 송옥(宋玉)이 지은 것이라 보아도 좋을 것이다. 무당들이 귀신을 제사지내는 악무(樂舞)를 보고 굴원이 비속(卑俗)한 그 가사를 세련되게 개작한 것이 〈구가〉이듯, 〈초혼〉은 초무(楚巫)가 죽은 이의 넋을 부르는 초혼의 악무를 보고 송옥(宋玉)이 세련된 문장으로 개작한 것이라 볼 수도 있다.

〈초혼〉은 송옥(宋玉)의 작이 아니라고 주장하는 학자들도 적지 않으나14) 사물의 묘사 기교가 〈이소〉보다 뛰어나고, 동서남북 사방과 상하의 위해(危害)를 열거하며 혼을 부르고 다시 수문(修門) 안과 고거(故居)의 안정함과 먹는 음식과 여악(女樂)의 아름답고 화사함을 두루 서술하며 혼을 부르는 한부(漢賦)에 가까운 포장(鋪張) 수법도 〈이소〉보다 훨씬 발전한 것이라 할 수 있다. 따라서 이것도 상당히 후세에 이루어진 한부에 가까운 작품이라 보는 편이 타당할 것이다.

굴원의 실존 여부조차 의심하는 학자가 적지 않으니, 송옥 자신이나 그의 작품이 더욱 많은 의심을 받는 것은 당연하다. 실제로 송옥이란 작가가 존재했었다 해도, 그의 이름 아래 전해지는 13개(또는 14개) 작품 중 틀림없이 그의 작품이라 할 수 있는 것은 〈구변〉과 〈초혼〉 정도인데, 그것도 상당히 보다 후세에 나온 것임이 틀림없다는 것이다.

---

13) 《古代詩史》 篇三 楚辭 p.140. 胡念胎의 〈宋玉和他的作品〉(《文學遺産》第一輯 p.86, 作家出版社) 등.

14) 앞 註 1) 참조.

이처럼 그의 작품들은 의심의 여지가 많지만 그렇다고 그것들이 중국문학사에 끼친 영향이 적다는 것은 아니다. 굴원의 부들이 나온데 이어 〈구변〉〈초혼〉 같은 작품들이 나와 수사에 주력하는 아름다운 부가 이루어졌기 때문에 한부가 발전할 수 있었을 것이다.

그리고 후인의 위탁이라 보여지는 여타의 작품들도 한대 이후 위진남북조에 이르는 시기의 미문주의적(美文主義的) 풍조에 적지 않은 영향을 끼쳤을 것이다. 다시 말하면 중국의 문장은 송옥의 〈구변〉〈초혼〉에 이르러 표현기교가 한 단계 더 제고되었고, 여타의 그의 이름 아래 전해지는 작품들도 그 문장기교를 더욱 확정시키는 역할을 한 것만은 부인할 수 없을 것이다.

다시 말하면 〈구변〉〈초혼〉은 굴원부와 한부 사이에 위치하는 작품이고, 〈고당부〉와 〈신녀부〉는 한 무제시대를 전후한 시기의 한부의 풍격과 들어맞는 작품이며, 그 나머지들은 무제 이후의 작품들이라 보여지는 성격의 것들이다.

4. 가의(賈誼)와 그의 문학

1. 서 론

가의(賈誼, B.C. 200~B.C. 168)는 한나라 초기의 부(賦) 작가로서 한부(漢賦) 형성에 커다란 역할을 수행한 중요 작가로 알려져 있다. 한부가 한대의 문학을 대표하는 중국문학사상 새로운 문체라면, 크게 가의를 한대 문학의 시발점이란 관점에서 평가할 수도 있을 것이다.

한대는 중국문학사상 문학의 형식과 내용을 막론하고 전면적으로 일대 변혁이 있었던 시대이다. 시에 있어서는 《시경(詩經)》에 담겨있는 것들과 같은 사언(四言)의 리듬을 기저로 한 시가로부터 전혀 새로운 리듬의 오언시(五言詩)로 변화하였고, 주(周) 말에 생겨난 남방적인 낭만과 환상 및 개성이 담긴 굴원(屈原, B.C. 343~B.C. 285?)이 짓기 시작하였다는 《초사(楚辭)》는 훨씬 산문화하고 형식화한 부(賦)로 발전하였고, 일반 산문조차도 날이 갈수록(곧 東漢으로 오면서) 구법이 훨씬 형식화하는 경향을 뚜렷이 드러내고 있다.

그 위에 이후 2천여 년간의 역사를 통하여 중국의 전통문학은 한대에 일어났던 개혁을 바탕으로 하여 발전 계승되고 있는 것이다. 따라서 한대에 일어났던 문학의 변혁의 성격을 파악하고 그 문학의 특징을 이해한다는 것은 중국의 전통문학을 올바로 이해하는 바탕이 되는 것이다. 선진(先秦)시대에도 이미 문학이 존재하였지만 본격적인 중국문학사는 한대에 비롯된다 하여도 큰 과오는 안될 정도이기 때문이다.

문학은 다원적인 성격의 것이기 때문에 이러한 한대 문학의 성격의 연구는 정치·경제·사회·문화 등 여러 가지 다른 각도에서 착수될 수가 있을 것이다. 여기에서는 한대 문학의 형성에 중요한 계기가 된 가의(賈誼)의 부와 산문을 중심으로 하는 문학작품과 그의 생애와 사상의 특징을 규명하고, 그의 문학이 한대 문학 형성에 어떻게 영향을 끼쳤는가를 다각도로 규명해 보고자 한다. 여기에서는 물론 가의 이전의 《초사》 작가들과 함께 그를 전후한 한 초 작가들의 성격도 아울러 고구(考究)되어야만 할 것이다.

다만 가의는 많은 작품을 남기고 있지 않을 뿐더러, 《신서(新書)》를 비롯한 그의 작품들의 일부는 진위 문제까지도 완전히 해결되지 않은 채로 있음은 그를 연구하는 데 있어 큰 장애요소가 되고 있는 것이 사실이다. 그러나 가의의 작품이라고 전해지는 것들은 비록 그가 직접 쓴 것이 아니거나 후인의 손에 의하여 변모된 부분이 있다 하더라도 모두가 한 초의 문학적 분위기로부터 완전히 벗어난 내용의 것은 아니다. 따라서 가의를 통하여 한 초의 문학성격의 형성을 연구하는 데 있어서는 그의 작품에 대한 본격적 고증이 없어도 큰 지장은 없을 것으로 생각한다.

2. 가의(賈誼) 생애의 특징

가의의 전기는 사마천(司馬遷, B.C. 145~B.C. 86?)의 《사기(史記)》 권 84 굴원가생열전(屈原賈生列傳)과 반고(班固, 32~92)의 《한서(漢書)》 권 48 가의전(賈誼傳)에 자세하다. 이 두 가지 전기를 근거로 그의 생애의 특징을 더듬어 찾아보기로 한다. 그것은 가의라는 작가의 사람됨과 성격을 알아보는 지름길이 되기 때문이다.

가의는 낙양(洛陽) 사람인데 나이 18세 때 시서(詩書)를 잘 외우고 글을 잘 지어 고을 안에 명성이 자자하였다. 그는 머리가 좋고 총명한 사람이다. 하남수(河南守) 오공(吳公)은 그가 수재라는 말을 듣고 그를 문하(門下)로 불러들이어 매우 사랑해 준다.[1]

하남수 오공은 본시 진(秦)나라 승상(丞相)이었던 이사(李斯)와 같은 고을 사람이어서, 이사를 섬기며 공부한 일이 있었다. 문제(文帝, B.C. 179~B.C. 157 재위)는 즉위하자 곧 하남수 오공이 고을을 잘 다스린다는 말을 듣고 바로 그에게 정위(廷尉) 벼슬을 내렸다. 그러자 오공은 또 가의가 나이는 적지만 제가(諸家)의 글에 통달했다고 추천하여 문제는 그를 박사에 임명하였다. 그때 가의는 20세를 갓 넘은 젊은 나이였다.[2] 이에 따르면 가의는 젊은 나이에 출세를 하였고, 법가(法家)인 이사에게 배운 오공 문하에서 공부하였으며, 제가의 글에 통달했다고 했으니 그의 학문은 유가(儒家)뿐만 아니라 법가를 비롯한 제자(諸子)의 학설에도 널리 걸쳐 있었음에 틀림없다.

조정에서 대신들이 조령(詔令)을 의논할 때, 여러 노대신(老大臣)들도 애기하기 어려운 문제에 부닥치면 언제나 가의가 모든 사람의 뜻에 맞는 적절한 의견을 제시하였다 한다. 이 때문에 모든 사람들이 그의 능력을 인정하게 되었고, 황제인 문제도 그를 좋아하여 1년도 못 되어 태중대부(太中大夫)로 승진하였다. 가의는 곧 한나라가 일어난 지 20년이 되었고, 천하가 평화스러워졌으니 마땅히 역법(曆法)을 바

---

1) 《漢書》 賈誼傳 ; '賈誼, 洛陽人也. 年十八. 以能誦詩書屬文, 稱於郡中. 河南守吳公, 聞其秀材, 召置門下, 甚幸愛.'

2) 《漢書》 賈誼傳 ; '文帝初立, 聞河南守吳公治平爲天下第一, 故與李斯同邑, 而嘗學事焉, 徵以爲廷尉. 廷尉迺言誼年少, 頗通諸家之書, 文帝召以爲博士. 是時誼年二十餘.'

98

꾸고 복색(服色)과 제도를 바꾸며 관명(官名)을 개정하고 예악(禮樂)을 일으켜야만 한다고 주장하였다. 그리고는 그 의법(儀法)을 모두 제정하였는데, 빛깔은 황색을 숭상하고 숫자는 오(五)를 사용하며3) 관명 등을 모두 바꾸어 그것을 상주하였다.

문제는 겸양하는 성격인데다가 겨를이 없어 그것을 시행하지는 못하였다. 그러나 여러 가지 법령의 개정과 제후들의 임명은 그 의견이 모두 가의에게서 나온 것이었다.4) 이로써 보면 그는 남보다 뛰어난 재능과 시세에 적응하는 능력을 지니고 있었다. 특히 그가 20세의 젊은 나이에 대부(大夫)의 지위에 오르고, 또 국가의 법령 제정과 열후(列侯)의 임명 같은 중대한 일에까지 깊이 관여했다는 것은 황제의 신임도를 말해주는 것이다.

그가 음양오행설(陰陽五行說)을 원용하며 국가의 예의제도를 개정하고 관명과 역법을 바꾸고 예악을 일으키는 노력을 한 것은 황제와 황실의 위의(威儀)를 갖추어 줌으로써 황제의 환심을 사는 한편, 나라에 대해 큰 공로를 이룩해 보려는 야심의 발동이었을 것이다.

이쯤 되자 천자는 가의를 공경(公卿)의 자리에 앉히고자 하였다. 이에 강후(絳侯 : 周勃)·관영(灌嬰)·동양후(東陽侯 : 張相如)·풍경(馮敬) 등과 같은 사람들이 모두 '가의는 나이 어린 주제에 권세를 멋

---

3) 음양오행설에 근거하여 한나라는 토덕(土德)에 의하여 제왕이 되었다는 데서(《史記》文帝本紀 公孫臣의 上書 이론과 같음) 황색을 숭상하고, 오덕(五德)을 중시하는 뜻에서 오(五)라는 수자를 기본으로 사용한 것이다.

4) 《漢書》賈誼傳 ; '每詔令議下, 諸老先生未能言, 誼盡爲之對, 人人各如其意所出, 諸生於是以爲能. 文帝說之, 超遷, 歲中至太中大夫. 誼以爲漢興二十餘年, 天下和洽, 宜當改正朔, 易服色制度, 定官名, 興禮樂. 乃草具其儀法, 色上黃, 數用五, 爲官名悉更, 奏之. 文帝謙讓未皇也, 然諸法令所更定, 及列侯就國, 其說皆誼發之.'

대로 휘두르고 국사를 어지럽히고 있다'고 훼방한다. 천자도 그제서야 그를 멀리하고 그의 의견을 따르지 않고 있다가, 마침내는 그를 장사왕(長沙王) 태부(太傅)로 임명한다. 가의는 장사로 부임하는 도중 상수(湘水)를 건너면서, 충성스런 마음을 지녔으면서도 조정으로부터 쫓겨나 불우한 일생을 마친 굴원(屈原)을 생각하며 〈조굴원부(弔屈原賦)〉를 짓는다.

그리고 장사왕 태부가 된 지 3년만에 다시 〈복조부(鵩鳥賦)〉를 지어 무상한 인생을 노래한다.[5] 아침 해처럼 치솟던 가의의 벼슬과 황제의 신임은 중도에서 일시 주춤한다. 20대에 장사왕 태부가 된다는 것은 실은 일반 사람들의 상식으로는 큰 출세이겠지만, 가의에게는 그것이 귀양살이로 느껴졌고, 큰 좌절로 인식되었던 것 같다. 그의 〈조굴원부〉와 〈복조부〉는 그의 욕망의 좌절로 말미암은 충격을 통해서 우러나온 작품들이라 할 수 있다.

1년 뒤에 문제는 다시 가의 생각이 나서 그를 불러들였다. 가의가 황제를 뵈러 들어갔을 때 문제는 마침 제육(祭肉)을 먹고 있던 참이라 귀신의 근본에 대하여 물었다. 문제는 그때 가의의 멋진 해설을 듣고 감탄하여, 그를 양회왕(梁懷王) 태부(太傅)로 전임시켰다. 그리고 국가의 일을 자주 그를 불러 의논하게 되었다.

그 뒤로 가의는 유명한 치안책(治安策)을 여러 번 올리는데, 제후(諸侯)들의 봉토(封土)를 줄이어 그들의 세력을 약화시킴으로써 천자

---

5) 《漢書》賈誼傳 ; '於是天子議, 以誼任公卿之位. 絳灌東陽侯馮敬之屬盡害之, 乃毀誼曰, 雒陽之人年少初學, 專欲擅權, 紛亂諸事. 於是天子後亦疏之, 不用其議, 以誼爲長沙王太傅. 誼旣以適去, 意不自得, 及度湘水, 爲賦以吊屈原. ……誼爲長沙傳三年, 有服飛入誼舍, 止於坐隅. 服似鴞, 不祥鳥也. 誼旣以適居長沙, 長沙卑濕, 誼自傷悼, 以爲壽不得長, 乃爲賦以自廣.'

의 황권(皇權)을 극대화(極大化)시켜야만 한다는 게 그 주요 골자였다.[6] 그는 한번 기회만 생기면 그것을 놓치지 않고 이용할 줄 아는 총명한 사람이었다.

그래서 문제를 다시 만나자마자 혀로써 문제의 마음을 움직이어 다시 천자의 측근이 된다. 그리고는 다시 잡은 황제의 환심을 놓치지 않기 위하여 적극적으로 황권(皇權)을 강화시켜야만 한다는 상소를 올린다. 그는 치안책에서 '임금의 존귀함을 집의 대청과 같다고 한다면 여러 신하들은 섬돌과 같고 백성들은 땅바닥이나 같은 것이다'[7]라고 하면서 천자를 추켜올리고 있다. 한대 이후로 중국의 봉건체제(封建體制)가 유명무실해지고 황제가 전권(專權)을 휘두를 수 있게 된 것도 실은 가의의 발상에서 출발한 것이라 할 수 있다.

그가 양회왕의 태부가 된 지 몇 년 뒤에 양왕(梁王) 승(勝)이 죽어 버린다. 양왕 승은 말을 타다가 말에서 떨어져 죽었는데, 가의는 태부로서 면목없는 일이라고 스스로 슬퍼하며 계속 통곡하다가 자신도 1년여만에 33세란 젊은 나이로 죽어 버린다.[8] 이처럼 자기가 가르치던 양왕이 죽은 충격으로 자신도 젊은 나이에 죽고 말았다는 것은, 그의

---

6) 《漢書》 賈誼傳 ; '後歲餘, 文帝思誼, 徵之. 至, 入見, 上方受釐, 坐宣室. 上因感鬼神事, 而問鬼神之本. 誼具道所以然之故. 至夜半, 文帝前席. 旣罷, 曰 ; 吾久不見賈生, 自以爲過之, 今不及也. 乃拜誼爲梁懷王太傅. 懷王, 上少子, 愛, 而好書, 故令誼傅之, 數問以得失. 是時匈奴彊, 侵邊, 天下初定, 制度疏闊, 諸侯王僭儗, 地過古制, 淮南濟北王, 皆爲逆誅. 誼數上疏陳政事, 多所欲匡建. 居數年…‥誼復上疏…… 時又封淮南厲王四子, 皆爲列侯, 誼知上必將復王之也, 上疏諫曰……'

7) '人主之尊譬如堂, 群臣如陛, 衆庶如地.'

8) 《漢書》 賈誼傳 ; '居數年, 梁王勝死. 亡子.……‥梁王墮馬死, 誼自傷爲傅無狀, 常哭泣, 後歲餘, 亦死. 賈生之死, 年三十三矣.'

봉건군주의 충실한 신하로서의 성격을 잘 설명해 준다.

이상 그의 전기를 종합해 보면 그의 생애를 통한 인간적인 특징을 다음과 같이 요약할 수가 있을 것이다.

첫째, 그는 젊어서부터 총명하여 학문과 재능이 남보다 뛰어났다.

둘째, 그는 유학자이면서도 법가·도가·음양가 등 제가(諸家)의 학문을 아울러 닦아 적절히 때에 알맞게 혼합 응용하였다.

셋째, 환경에 잘 적응하며 재기(才氣)를 발휘하여 천자의 환심을 사서 20대에 이미 대부의 지위에 오를 만큼 출세하였다. 천자에 대한 그의 태도는 충성이라기보다는 아부에 가깝다.

넷째, 양왕 승이 죽었다 하여 태부로서 면목이 없다며 계속 통곡하다 자신도 죽을 만큼 충실한 봉건군주의 신하로서의 타고난 성품을 지녔던 듯하다.

다섯째, 전체적으로 보아 그는 돈후한 덕성을 갖춘 인격자라기보다는 시세에 재빨리 적응을 잘하는 재사형(才士形)의 사람이다.

이상과 같은 그의 인간적인 특징은 그의 사상 형성은 물론 그의 작품의 성격 형성에도 밀접한 관련을 갖고 있다고 보아야만 할 것이다.

3. 가의 사상의 특징

1) 가의 사상의 성격

《사기》의 굴원가생열전에서 가의는 '제자백가(諸子百家)의 글에 매우 통달해 있다'고 말하고 있듯이 그는 제가의 학문을 아울러 닦았기 때문에 그의 사상은 매우 잡박(雜駁)한 양상을 띠고 있다. 《사기》의 태사공자서(太史公自序)에서는 그가 조착(晁錯)과 함께 '신상(申商)의 학문을 밝히었다'고 하면서 법가로 다룬 데 비하여, 《한서》 예문지

(藝文志)에서는 유가류(儒家類)에 '가생(賈生) 58편(篇)'을 끼어넣고 있는 것도 그의 학문의 잡박성으로 말미암은 혼란일 것이다.

《한서》 유림전(儒林傳)에 의하면 그가 《춘추좌씨전(春秋左氏傳)》을 공부하여 《좌씨전훈고(左氏傳訓詁)》를 지었다 하였고,9) 가의 자신의 《신서(新書)》에는 육예(六藝, 곧 六經)를 크게 추숭(推崇)하는 한편,10) 《서경(書經)》을 제외한 시(詩)·역(易)·예(禮)·춘추(春秋) 등 유가의 경전이 도처에 인용되어 있다. 《서경》의 인용이 보이지 않는 것은 진시황(秦始皇)의 분서(焚書) 이후 《서경》이 자취를 감춰버려, 비록 한 초에 복생(伏生)이 그 잔편(殘篇)을 제(齊)·노(魯) 지방에서 가르치고 있었다고는 하나,11) 조착(晁錯)이 아직 조명(詔命)을 받들어 베껴오기 전이라서 가의는 그 책이름만을 알았지 그것을 읽어보지는 못했던 때문인 듯하다.12)

또 《신서》에는 바로 제삼십육(第三十六) 예(禮), 제삼십팔(第三十八) 춘추(春秋) 같은 편도 있다. 이밖에 《순자(荀子)》와 《맹자(孟子)》도 여러 곳에 인용되고 있는데, 특히 순자의 예론(禮論)은 그에게 많은 영향을 주었던 것 같다. 이렇게 볼 때 가의는 기본적으로는

---

9) 陸德明 《經典釋文》 序錄에서는 左丘明이 《左傳》을 지어 증신(曾申)에게 전하였고, 다시 吳起·虞卿·荀卿·張蒼 등을 거쳐 賈誼에게로 전해졌다고 직선적인 師承系譜를 얘기하고 있는데 후세에 만들어진 계보일 것이다.

10) 특히 〈第四十七 六術篇〉 참조.

11) 《史記》 儒林列傳 참조.

12) 가의의 《新書》를 보면 '書'에 대하여는 〈第四十八 道德說篇〉에서 '書者, 著德之理於竹帛而陳之, 令人觀焉, 以著所從事, 故曰書者, 此之著者也'라는 식으로 詩·易·春秋 등과는 달리 '書'의 내용은 제쳐놓고 그 字義를 중심으로 해설하고 있는 것을 보아도 그가 《書經》은 읽지 못했다는 사실을 추측할 수 있다.

유가에 속하는 사람이었다고 말해도 좋을 것으로 생각된다.

그러나 《신서》를 비롯한 그의 글을 읽어보면 기타 학파의 학설도 쉽사리 잡다하게 발견된다. 《한서》 가의전(賈誼傳)의 〈치안책(治安策)〉을 보면,

경상(慶賞)으로써 권선(勸善)을 하고 형벌로써 징악(懲惡)을 하는 일 같은 것은, 선왕들이 이것에 의한 정치를 집행하기를 굳기가 금석(金石)과 같이 한 것이다.13)

라고 하며 법가의 이른바 이병(二柄)14)을 내세우고 있는 등 법가의 이론이 도처에 응용되고 있다. 이밖에 《신서》에 보이는 예론(禮論) 등에도 법가의 색채가 매우 짙다. 《신서》 제사십팔(第四十八) 도덕설 (道德說) 등에 보이는 인생의 원리를 논한 곳이나, 《한서》 가의전에서 그가 문제에게 '귀신의 본의(本義)'를 얘기한 점 같은 것은 《노자 (老子)》에 가깝고, 〈복조부(服鳥賦)〉 같은 데에 보이는 인생론은 《장자(莊子)》에 가깝다.

또 그가 절검(節儉)을 주장하고,15) 예는 중시하면서도 악은 중시하지 않는 것 같은 것은 묵자(墨子)에 가까운 사상이다. 또 "색은 황색을 숭상하고 수(數)는 오(五)를 사용해야 한다."는 이론 같은 것은 《여씨춘추(呂氏春秋)》 내지는 음양가(陰陽家)의 영향을 받은 것이다. 그러나 실제로 그가 수에 있어서는 《신서》 제사십칠(第四十七) 육술(六術), 제사십팔(第四十八) 도덕설(道德說) 등에 보이는 바와 같이 육(六)을 크게 내세우고 있는 것은 특이한 일이라 할 것이다.

---

13) '若夫慶賞以勸善, 刑罰以懲惡, 先王執此之政, 堅如金石.'
14) 《韓非子》 〈二柄篇〉 참조.
15) 《新書》 第二十四 憂民・第二十九 無蓄 편 등 참조.

이처럼 그의 사상은 매우 잡박하다. 그는 이렇게 잡다한 학문을 바탕으로 하여 그때그때의 처경에 알맞는 이론을 원용하여 자기주장을 체계화하고 있는 것이다. 그러면 가의의 자기주장은 구체적으로 어떤 특징을 지니고 있는가? 여기서는 간단히 그의 정치사상과 철학사상을 중심으로 하여 그의 사상을 개략적으로 검토해 볼까 한다.

2) 정치사상

그는 기본적으로 황권(皇權)의 전제(專制)를 바탕으로 하는 대일통(大一統)의 관념을 정치사상의 기본으로 삼고 있다. 이러한 대일통의 이론은 뒤에 동중서(董仲舒, B.C. 179?~B.C. 93?)에게서 더욱 구체화하고, 무제(武帝)시대에 그 이론이 거의 실현되지만 그 출발은 가의에게서 이미 발견되는 것이다. 그는 천자를 정점으로 하는 정치적 계급질서를 상정(想定)하여, 천자를 절대적이고 거의 신화(神化)한 지위에 밀어 올려놓고 있다. 그는 《신서》 제십오(第十五) 계급편(階級篇)에서, '천자가 당(堂)과 같다면 여러 신하들은 섬돌과 같고 백성들은 땅바닥과 같다'고 하면서 당의 높이는 되도록 높아야 함을 주장하고 있다. 그리고,

> "그러므로 옛날 성왕(聖王)은 등열(登列)을 제정하여 안으로는 공경대부사(公卿大夫士)가 있고 밖으로는 공후백자남(公侯伯子男)이 있으며, 그러한 뒤에야 관사(官師)와 소리(小吏)가 있어 시정이 백성들에게 미치도록 되어 있었다. 등급이 이처럼 분명한 위에 천자가 높았으므로 그 존귀함은 미칠 수가 없는 정도였다."

라고 말하고 있다.16) 이러한 그의 계급관념은 철저하여 '예는 서인(庶

---

16) '故古者聖王制爲列等, 內有公卿大夫士, 外有公侯伯子男, 然後有官師小

人)에게까지 미치지 아니하고, 형벌은 군자들에게까지 미치지 않아야 한다'[17]고까지 주장하고 있다. 뒤에 다시 얘기하겠지만 그의 예론은 이러한 정치사회의 계급질서와 위계(位階) 권위를 세우려는 데에서 나온 것이기도 하다.

또한 《신서》 제일(第一)·제이(第二)의 〈과진론(過秦論)〉이나 《한서》의 '치안책' 같은 데에서는 망진(亡秦)의 교훈을 되새기고 있으면서도,[18] 진의 통일천하의 업적이나 의의는 크게 평가하고 있는 것은 그의 정치이념 때문이다.[19] 이처럼 가의가 역사적인 업적을 그대로 받아들이고 있는 것은 그의 현실주의적 성격을 뜻하는 것이라고도 하겠다. 말하자면 그가 황권지상(皇權至上)의 이론을 펴고 있는 것은 황제의 환심을 사려는 약삭빠른 심리도 크게 작용하고 있는 듯하다. 특히 '치안책'에서 그가 건의한 삭약제후(削弱諸侯)의 이론에 있어서는 그러한 낌새가 더욱 짙게 느껴진다.

吏, 施級小人. 等級分明, 而天子加焉, 故其尊不可及也.' 이 〈階級篇〉의 글은 《한서》 가의전의 '治安策'에도 보인다.

17) '禮不及庶人, 刑不至君子.'

18) 〈過秦論 下〉; '是以君子爲國, 觀之上古, 驗之當世, 參之人事, 察盛衰之理, 審權勢之宜, 去就有序, 變化因時, 故曠日長久而社稷安矣.' 治安策 ; '秦爲天子, 二世而亡. 人性不甚相遠也, 何三代之君, 有道之長, 而秦無道之暴也?'"秦世之所以亟絶者, 其轍跡可見也. 然而不避, 是後車又將覆也.' 等.

19) 〈過秦論 上〉; '秦孝公據殽函之固, 擁雍州之地, 君臣固守, 以窺周室……·商君佐之, 內立法度, 務耕織, 脩守戰之具, 外連衡而鬪諸侯, 於是秦人拱手而取西河之外,' '秦滅周祀, 幷海內, 兼諸侯, 南面稱帝, 以四海養, 天下之士, 斐然嚮風, 若是何也? 曰 ; 近古而無王者久矣……今秦南面而王天下, 是上有天子也. 卽元元之民, 冀得安其性命, 莫不虛心而仰上.'

그는 세력이 강한 제후일수록 황제에 대한 모반(謀叛)을 일삼았으니 황권을 무사히 유지하기 위하여는 제후들의 땅을 작게 만들어 세력을 약화시켜야 한다고 주장하였다.[20] 힘이 적으면 의(義)로써 부리기가 쉽고 나라가 작으면 사심(邪心)이 없어진다[21]는 것이다. '정강이의 굵기가 거의 허리만 하고, 손가락의 크기가 거의 넓적다리만 하다면 평소 생활하는 데 있어서도 굴신(屈伸)을 제대로 못하게 될 것이다'[22]고 하면서 제후는 나라가 작고 무력해야 함을 주장하고 있다. 이것 모두가 황권의 전제를 바탕으로 하는 대일통(大一統)의 사상에서 말미암은 것이다.

그러나 가의가 생각하던 권력구조는 나라의 권력 행사가 황제 개인의 단독의사(單獨意思)에 의하여 행하여지지 않고 조정의 집체적(集體的)인 의지와 능력에 의하여 행하여지도록 되어야만 한다는 것이었다. 《신서》 제사십사(第四十四) 관인편(官人篇)을 보면 이런 말이 보인다.

왕자(王者)의 관인(官人)에는 여섯 가지 등급이 있는데, 첫째는 사(師)요, 둘째는 우(友)요, 셋째는 대신(大臣)이요, 넷째는 좌우(左右)요, 다섯째는 시어(侍御)요, 여섯째는 시역(廝役)이다.[23]

---

20) 〈治安策〉; '臣竊跡前事, 大抵彊者先反. 淮陰王楚最彊, 則最先反; 韓信倚胡, 則又反; 貫高因趙資, 則又反; 陳豨兵精, 則又反; 彭越用梁, 則又反; 黥布用淮南, 則又反; 盧綰最弱, 最後反. 長沙乃在二萬五千戶耳, 功少而最完, 勢疏而最忠, 非獨性異人也, 亦形勢然也. 曩令樊酈絳灌據數十城而王, 今雖以殘亡可也; 令信越之倫列爲徹侯而居, 雖至今存可也.'

21) 〈治安策〉; '力少則易使以義, 國小則亡邪心.'

22) 〈治安策〉; '一脛之大幾如要, 一指之大幾如股, 平居不可屈伸.'

23) '王者官人六等, 一曰師, 二曰友, 三曰大臣, 四曰左右, 五曰侍御, 六曰廝役.'

이 여섯 가지 등급은 작위상(爵位上)의 등급이 아니라 사람들의 재능에 따른 책임상(責任上)의 등급이다. 그에 의하면 사(師)는 '지혜(智慧)는 모든 일의 원천이 되고, 행동은 남의 의표(儀表)가 되며, 질문에는 곧 올바른 대답을 하고, 일을 의논하면 곧 해결책을 제시하며, 남의 집에 가서는 남의 집안을 소중히 해주고, 남의 나라에 가서는 남의 나라를 소중히 해주는 사람'24)이며, 우(友)란 '지혜는 남을 바로잡아 줄 만하고, 행동은 정치를 보좌할 만하며, 인(仁)함은 일의 논의를 분명히 할 만하고, 현명한 사람을 추천하는 데 밝고, 못난 자를 물리치는 데 과감하며, 안으로는 서로 바로잡아 주고, 밖으로는 훌륭한 것을 서로 드러내는 사람'25)이라 하였다. 이런 사(師)나 우(友)의 인격과 능력은 임금보다도 위의 지위나 평등한 지위에 있는 것이다.

그러기에 그는 사(師)와 나라를 다스리는 사람은 제(帝)가 되고, 우(友)와 나라를 다스리는 사람은 왕(王)이 된다고 하였다. 그의 생각으로는 임금은 자신보다도 인격이나 능력이 뛰어나는 사람들의 의지와 능력을 종합하여 정치를 하여야만 한다는 것이다. 그 아래 대신(大臣)과 좌우(左右)란 신하로써 상당한 능력이 있는 사람들이고, 시어(侍御)와 시역(厮役)이란 별로 뛰어난 지혜나 능력은 없지만 임금의 뜻을 충실히 따르기만 하는 사람들이다.

그러기에 대신(大臣)과 나라를 다스리는 사람들은 백(伯)이 되고, 좌우(左右)와 나라를 다스리는 사람은 강자(强者)가 되나, 시어(侍御)와 나라를 다스리는 사람은 망할 위험성이 많고, 시역(厮役)과 나라를 다스리는 사람은 멸망할 것이라고 하였다. 따라서 나라에 있어 군왕의

---

24) '知足以爲源泉, 行足以爲表儀, 問焉則應, 求焉則得, 入人之家足以重人之家, 入人之國足以重人之國者, 謂之師.'

25) '知足以爲礱礪, 行足以爲輔助, 仁足以訪議, 明於進賢, 敢於退不肖, 內相匡正, 外相揚美, 謂之友.'

지위는 가장 정상에 놓여 있지만, 나라를 잘 다스리기 위하여 임금은 현명한 신하들을 등용하고, 신하들을 존중하며 신하들의 훌륭한 의견을 많이 들어야만 한다는 것이다.

《신서》 제삼십사(第三十四) 보좌편(輔佐篇)은 빠져 없어진 글이 있어 그 내용 전체를 알 수 없으나 가의가 생각하던 이상적인 관제(官制)를 기록한 것임은 알 수가 있다. 그는 조정의 정치구조를 상·중·하의 세 층(層)으로 구분하여 대일통의 황권전제 정권과 집단의 지를 통한 그 정권의 발휘를 합리화시키려 하였다. 그에 의하면 조정의 정치구조의 정점에 대상(大相)이 있어 국가의 정치와 교화 및 예악을 총괄하고, 그 아래 상층(上層)에 대불(大拂), 중층(中層)에 대보(大輔), 하층(下層)에 도행(道行)·조신(調訊)·전방(典方)·봉상(奉常)·도사(桃師) 등이 있어 여러 가지 업무를 나누어 관장한다.

임금은 국가에 있어 절대적인 최고지위에 있지만 정권 행사에 있어서는 이러한 집단적인 현인들을 통하여 하도록 되어 있다. 가의가 구상한 관명(官名)은 대상(大相)이 상국(相國)과 비슷하고, 또 봉상(奉常)이란 관명 이외에는 실제로 한대의 관제에는 같은 관명이 하나도 없다. 그리고 이 〈보좌편〉은 탈문(脫文)과 와오(訛誤)가 많아 그 정확한 내용은 파악하기 어려운 형편이다.

가의는 절대적인 황권을 주장하면서도 한편 맹자의 민본주의(民本主義) 사상도 직접 계승하고 있다. 《신서》 제사십구(第四十九) 대정상편(大政上篇)에는 이런 말이 보인다.

정치에 대하여 들은 바에 의하면 백성들은 모든 것의 근본이 된다. 나라도 그들로써 근본을 삼고, 임금도 그들로써 근본을 삼고, 관리도 그들로써 근본을 삼는다. 그러므로 나라는 백성들에 의하여 안위(安危)가 결정되고, 임금은 백성들에 의하여 위모(威侮)가 결정되고, 관리는 백성들에 의하여 귀천(貴賤)이 결정된다. 그래서 백성들은 모든 것의 근본이 된다고 하는 것이다.26)

그 위에 백성들은 모든 것의 운명도 되고, 공(功)도 되고, 힘도 된다고 주장하고 있다. 그 때문에,

재화(災禍)와 행복도 하늘에서 내리는 것이 아니라 반드시 백성들에게서 내려지는 것이다.…… 그러므로 백성이란 지극히 천하지만 소홀히 해서는 안되고, 지극히 어리석지만 속여서는 안되는 것이다.27)

라고도 주장하고 있다. 그리고 직접 백성을 다스리는 것은 이(吏)인데, 조정의 경상(卿相)들도 모두 이들 가운데에서 뽑혀진다. 그러므로 관리들의 능력은 백성들을 통하여 가장 잘 드러나므로 관리를 뽑아 쓰는 데 있어서는 백성들을 참여시켜야만 한다고도 주장하였다. 그리고 백성들의 참여는 그들의 애대(愛戴) 여부를 통하여 하게 해야 한다고 생각하였다.28) 그는 절대적인 황권을 주장하면서도 한편 그 정치의 이상은 백성을 위하는 데 두고 있는 것이다.

---

26) '聞之於政也, 民無不爲本也. 國以爲本, 君以爲本, 吏以爲本. 故國以民爲安危, 君以民爲威侮, 吏以民爲貴賤. 此之謂民無不爲本也.'

27) '故夫菑與福也, 非降在天也, 必在土民也……故夫民者, 至賤而不可簡也, 至愚而不可欺也.'

28) 《新書》 第五十 大政 下 ; '故君功見於選吏, 吏功見於治民…… 故民者雖愚也明. 上選吏焉, 必使民與焉…… 夫民至卑也, 使之取吏焉, 必取其愛焉. 故十人愛之有歸, 則十人之吏也. 百人愛之有歸, 則百人之吏也. 千人愛之有歸, 則千人之吏也. 萬人愛之有歸, 則萬人之吏也. 故萬人之吏也, 選卿相焉.'

110

그리고 가의는 평화시의 정치사회의 질서로서 유가의 윤리사상을
크게 내세웠다. 특히 〈과진론〉이나 〈치안책〉에 보이는, 망한 진(秦)나
라에 대한 반성으로, 그들은 천하를 겸병(兼併)하는 술법만을 알았지
통일한 천하를 지키고 다스리는 데 필요한 윤리를 소홀히 했다는 것
을 거듭 지적하고 있다. 〈치안책〉만 보더라도 그런 대목이 곳곳에 보
인다.

상앙(商鞅)은 예의를 소홀히 하고 인은(仁恩)을 버리고서 천하를
취하는 데에만 마음을 썼으나, 그렇게 행한 지 2년만에 진나라의 풍
속이 무너져 버렸습니다……. (천하를 통일하는) 공을 이룩하고 목
적을 달성하였으나, 끝내 염괴(廉愧)의 절도(節度)와 인의의 돈후
(敦厚)함으로 되돌아올 줄 몰랐기 때문에…… 천하가 크게 무너졌
습니다.29)

진나라는 사유(四維 : 禮義廉恥)를 무너뜨리고 펴지 않았기 때문
에 임금과 신하가 혼란을 일으키고, 육친(肉親)이 서로 죽이고, 간
사한 자들이 생겨나고, 온 백성들이 싫어하여 반란을 일으키니, 13
년만에 나라가 공허(空虛)해졌습니다.30)

그들(진나라)의 습속은 사양(辭讓)을 귀중히 여기지 않고 밀고
(密告)만을 숭상하였으며, 근본적으로 예의를 귀중히 여기지 않고
형벌만을 숭상하였습니다.31)

---

29) '商君遺禮義, 棄仁恩, 并心於進取. 行之二年, 秦俗日壞……兼天下. 功
　　成求得矣, 終不知反廉愧之節, 仁義之厚……天下大敗.'
30) '秦滅四維而不張, 故君臣乖亂, 六親殊戮, 姦人并起, 萬民離叛. 凡十三
　　歲, 社稷爲虛.'

진덕수(眞德秀, 1178~1235)가 이미 지적한 바와 같이,32) 그가 전쟁시에는 권모(權謀)를 내세우고 평화시에는 인의를 내세웠다는 것은 그의 학문이 잡박하고 그의 사람됨이 공리적(功利的)임을 알려주는 것이다.

그밖에도 《신서》를 보면 권5 이하 각 편에는 선왕의 덕을 근거로 하여 논리를 전개하고 있는 내용들이 곳곳에 보인다. 그가 가정의 윤리를 사회와 정치의 윤리로까지 확장시키려 했던 것도 전통적인 유가사상에 바탕을 둔 것이다. 그는 부자·형제·가정의 윤리가 발전하면 바로 군신·상하·관청의 윤리가 된다고 생각하였다.33)

그 중에서도 가장 특출한 것이 그의 예론(禮論)이다. 《신서》에는 예론을 전문적으로 다룬 〈제삼십육(第三十六) 예편(禮篇)〉, 〈제삼십칠(第三十七) 용경편(容經篇)〉이 있다. 그는 '도덕과 인의도 예가 아니면 이루어지지 못한다〈禮篇〉'고 하였다. 예는 그에게 있어 개인의 행위규범인 동시에 사회와 정치의 질서를 뜻하는 것이었다. 그것은

---

31) '及秦而不然. 其俗非貴辭讓也, 所上者告訐也. 固非貴禮義也, 所上者刑罰也.'

32) 姚鼐 《古文辭類纂》 卷一 賈生過秦論 上 끝머리 詩家集評 引 ; '然誼之意, 以政守爲二塗, 用權謀以攻, 而用仁義以守, 然後爲得……豈知三代之得天下與守天下, 初無二道乎？ 此誼之學所以爲雜於申韓也.'

33) 《新書》 第五十 大政 下 ; '事君之道, 不過於事父. 故不肖者之事父也, 不可以事君. 事長之道, 不過於事兄. 故不肖者之事兄也, 不可以事長. 使下之道, 不過於使弟. 故不肖之使弟也, 不可以使下. 交接之道, 不過於爲身. 故不肖者之爲身也, 不可以接友. 慈民之道, 不過於愛其子. 故不肖者之愛其子, 不可以慈民. 居官之道, 不過於居家. 故不肖者之於家也, 不可以居官. 夫道者, 行之於父則行之於君矣. 行之於兄則行之於長矣. 行之於弟則行之於下矣. 行之於身則行之於友矣. 行之於子則行之於民矣. 行之於家則行之於官矣.'

현실주의적인 인간과 사회에 대한 인식을 바탕으로 한 《순자(荀子)》의 예론을 계승한 것이다.

따라서 그의 예는 바로 법치의 근거가 되는 것이어서 적극적인 의미에서 경제정치의 원동력도 되고,34) 인민교화(人民敎化)의 수단이 되기도 하는 것이다.35) 그가 법치와 형법을 중시하면서도 한편 예를 크게 내세우고 있는 것은 '예는 그런 잘못이 생겨나기 전에 미리 막아주는 것이지만, 법은 그런 잘못이 이미 생겨난 뒤에야 그것을 막는 것'이기36) 때문이다.

이상과 같은 그의 정치사상들은 모두 일관된 체계 아래 이루어진 것은 아니다. 그보다도 그는 현실주의적인 감각을 살려, 유가사상 이외에도 여러 가지 사상들을 그때그때 원용하며 자기의 이론을 이루어 자신의 입장을 뒷받침했던 것이다. 이러한 그의 예민한 감각은 그가 건의한 여러 가지 술책(術策)에 가장 잘 드러난다. 이미 앞에서도 얘기한 〈치안책〉에서 내세운 삭약제후(削弱諸侯)의 이론은 절대황권(絕對皇權)의 이론을 바탕으로 하고 있다지만 황제에게 잘 보이려는 그의 약삭빠른 심리도 느끼게 한다.

〈치안책〉에서 그가 흉노(匈奴)에 대한 대책으로 '요선지술(耀蟬之術)'을 건의하고 있는 것도 그가 술책의 사람임을 설명해 준다. '요선지술'이란 아이들이 매미를 잡을 때 먼저 매미에게 갑자기 불빛을 비

---

34) 《新書》 第三十六 禮篇 ; '故禮, 國有饑人, 人主不飧. 國有凍人, 人主不裘. 報囚之日, 人主不擧樂. 歲凶穀不登, 臺扉樹徹于侯, 馬不食穀, 馳道不除, 食減膳, 饗祭有闕. 故禮者, 自行之義, 養民之道也……'

35) 《新書》 第三十六 禮篇 ; '道德仁義, 非禮不成 ; 敎訓正俗, 非禮不備.' 〈治安策〉; '然而曰禮云禮云者, 貴絕惡於未萌, 而起敎於微眇, 使民日遷善遠罪而不自知也.'

36) 〈治安策〉; '禮者禁於將然之前, 法者禁於已然之後.'

침으로써 매미가 날아가지 못하게 해놓고 간단히 손으로 잡아내는 술법을 말한다. 흉노에 대한 '요선지술'의 구체적인 내용은 《신서》 제이십륙(第二十六) 흉노편(匈奴篇)에 잘 설명되어 있다. 이렇게 볼 때 그의 황권의 절대화를 바탕으로 한 대일통의 사상이며 민본주의·윤리정치의 이론 등이 성실한 신념에서 나왔다기보다는 그때그때에 적응하려는 술책의 하나로 나온 것인 듯한 느낌이 든다.

3) 철학사상

이러한 가의의 정치사상은 한편 잡박한 느낌이 들기는 하지만 그것은 그의 철학사상에 바탕을 둔 것이다. 특히 《신서》 제사십육(第四十六) 도술(道術)·제사십칠(第四十七) 육술(六術)·제사십팔(第四十八) 도덕설(道德說)의 3편은 이러한 그의 철학사상을 담고 있는 내용들이다. 그의 철학은 유(儒)·법(法)·도(道) 삼가(三家)의 사상을 융합한 매우 독창적인 것이기는 하나 그 체계에 있어 허점이 많은 것이 큰 약점이라 할 것이다.

가의는 먼저 도가의 '도(道)'의 개념을 바탕으로 하고, 그 도의 운용에 있어서는 법가의 '술(術)'을 원용하여 도술(道術)의 개념을 창안하고 있다. 다만 '술'의 구체적인 의의에 있어서는 유가사상에 주로 근거를 두고 있다. 그는 《신서》 도술편(道術篇)에서 도술을 다음과 같이 설명하고 있다.

도라는 것은 그것을 따라 사물(事物)을 접하게 되는 것이다. 그 근본이 되는 것을 허(虛)라고 하며, 그 말단이 되는 것을 술(術)이라고 한다. 허라는 것은 그 정미(精微)함을 말하며 평범하고 소박하면서도 미리 마련된 설계가 없다. 술이라는 것은 그것을 따라 사물을 제어(制御)하게 되는 것이며, 동정(動靜)의 술수(術數)인 것

이다. 이것들이 모두 도인 것이다.[37]

그는 자기 이론의 원리로서 도가의 사상을 빌어 도에 있어서의 허의 개념을 도출(導出)하고 있는 것이다. 허란 도가 거울처럼 맑고 깨끗하면서도 앞에 나타나는 물체를 완전히 그대로 정확하게 드러낸다는 뜻이다. 이것은 법가들이 그들의 법술(法術)의 근거로서 도입했던 허정(虛靜)과 같은 것이며,[38] 거울을 허정한 마음의 작용에 비유한 것은《장자(莊子)》에게서 비롯된 것이다.[39]

도의 개념 자체는 별로 새로울 게 없지만 유가의 윤리사상을 도입한 술의 작용의 의의는 독특한 것이라 할 수 있다. 그는 술의 의의로서 인(仁)·의(義)·예(禮)·신(信)·공(公)·법(法) 등을 들고 있다.[40] 이러한 유가의 덕을 근거로 술이 발휘되어야만 그 참된 효용이 드러나게 된다는 것이다.

이것은 다시 그의 도가 육리(六理)·육법(六法)·육행(六行)·육교(六教)를 거쳐 육술(六術)의 대의(大義)를 기록한 것이 육예(六藝)라

---

37) '道者, 所從接物也. 其本者謂之虛, 其末者謂之術. 虛者, 言其精微也, 平素而無設儲也 術也者, 所從制物也, 動靜之數也. 凡此皆道也.'

38) 《韓非子》主道篇 ; '故虛靜以待, 令名自命也, 令事自定也. 虛則知實之情, 靜則知動者正. 有言者自爲名, 有事者自爲形. 形名參同, 君乃無事焉, 歸之其情.'

39) 《莊子》應帝王篇 ; '盡其所愛乎天, 而無見得, 亦虛而已. 至人之心若鏡, 不將不迎, 應而不藏, 故能勝物而不傷.'

40) 《新書》道術篇 ; '曰請問術之接物何如 ? 對曰 ; 人主仁而境內和矣, 故其士民莫弗親也. 人主義而境內理矣, 故其士民莫弗順也. 人主有禮而境內肅矣, 故其士民莫弗敬也. 人主有信而境內眞矣, 故其士民莫弗信也. 人主公而境內服矣, 故其士民莫弗戴也. 人主法而境內軌矣, 故其士民莫弗輔也.'

고 보는 데서 그 극치(極致)를 이룬다. 육예란 곧 서(書)·시(詩)·역(易)·춘추(春秋)·예(禮)·악(樂)의 육경(六經)을 가리키며, 이 육(六)자는 육월(六月)·육합(六合) 등과 호응하는 것으로써 가의의 독특한 숫자를 바탕으로 한 것이다.41) 육리(六理)는 도(道)·덕(德)·성(性)·신(神)·명(明)·명(命)을 뜻하는 것임은 분명한데, 그것들의 상호관계며 육법(六法)·육행(六行)·육수(六數)·육술(六術)과의 관계는 그 설명이 애매하다.

무언가 그럴싸한 원리를 여러 곳에서 주워 모아다가 자신의 철학체계를 그럴싸하게 이루어 보려고 애썼던 듯하다. 그의 철학이론에 이처럼 그럴싸하기만 했지 분명치는 않은 이론들, 또는 음양론(陰陽論)이나 육행(六行) 등의 이론을 끌어들인 것은 그 자신의 철학의 취약성은 고사하고 한대 유학에 음양오행설을 비롯한 미신적인 이론을 도입시키는 계기가 되었다고도 볼 수 있는 것이다.

어떻든 그의 철학사상에도 유·도·법의 사상들이 뒤섞여 있으며, 음양가의 학설에 가까운 분명치 않은 이론까지도 응용하여 자신의 이론을 뒷받침하고 있다는 것을 알 수 있다.

---

41) 《新書》第四十七 六術 ; '德有六理. 何謂六理 ? 道德性神明命, 此六者, 德之理也. 六理無不生也. 已生而六理存乎所生之內. 是以陰陽天地人, 盡以六理爲內度. 內度成業, 故謂之六法. 六法藏內, 變流而內外遂. 外遂六術. 故謂之六行. 是以陰陽各有六月之節, 而天地有六合之事, 人有仁義禮智聖之行, 行和則樂, 與樂則六, 此之謂六行.…… 凡人弗能自至, 是故必待先王六敎, 乃知所從事, …… 是故內法六法, 外體六行, 以與書詩易春秋禮樂六者之術, 以爲大義, 謂之六藝.'

4. 가의의 문학

1) 가의의 작품

지금 우리에게 전하여지고 있는 가의의 작품은 별로 많지 않다. 그의 저서로 《신서》 10권 56편[42]이 전하는데 그의 산문은 모두 거기에 모아져 있는 셈이다. 《신서》는 가의가 직접 쓴 것이 아니고 그의 문인들이 뒤에 그의 글을 모아 편찬한 것이라 주장하는 이도 있으나,[43] 유명한 그의 〈과진론〉 두 편[44]을 비롯하여 《한서》 가의전(賈誼傳)에 보이는 〈치안책〉이 대부분 그대로 여러 편에 나뉘어 실려있고, 나머지는 대략 그가 양왕(梁王)의 태부(太傅)로 있을 때 양왕을 가르친 내용을 기록한 것인 듯하다. 따라서 그의 산문 중 자발적으로 쓴 문학작품으로서 문제삼을 만한 글은 〈과진론〉뿐이라고 할 수도 있다.

명(明)대 장부(張溥)의 《한위육조백삼명가집(漢魏六朝百三名家集)》의 첫머리에 들어있는 《가장사집(賈長沙集)》에는 산문으로 〈과진론〉 상·중·하 이외에 논시정소(論時政疏)·논적저소(論積貯疏)·상도수소(上都輸疏)·간주전소(諫鑄錢疏)·청봉건자제소(請封建子弟疏)·간립회남제자소(諫立淮南諸子疏) 등이 있으나 모두 《한서》 가의전

---

42) 《漢書》 賈誼傳과 藝文志에는 모두 그에게 '五十八篇'의 著述이 있다 했으나 今傳本은 五十六篇이며, 그 중의 〈問孝〉 한 편은 내용은 없어지고 편명만이 전한다.

43) 盧文弨 《抱經堂文集》 卷十 書校本賈誼新書後.

44) 〈過秦〉은 보통 上·下 二篇으로 되어 있으나, 宋 潭州本은 上·中·下 三篇으로 되어 있으며, 過秦 뒤에 '論'字가 붙은 것은 昭明太子의 《文選》으로 말미암은 것인 듯하다.

의 〈치안책〉을 내용에 따라 구분해 놓은 것에 불과하다.

가의는 중국문학사에서 부(賦)의 작가로 매우 중시되고 있다.《한서》예문지에는 '가의부(賈誼賦) 칠편(七篇)'이라 하였으나, 가장 완전한 것은《사기》와《한서》의 그의 전기에 보이는 〈조굴원부(弔屈原賦)〉와 〈복조부(鵩鳥賦)〉이다. 이밖에《초사(楚辭)》속에 〈석서(惜誓)〉한 편과《고문원(古文苑)》속에 〈한운부(旱雲賦)〉한 편이 있으나 내용이나 체재에 있어 후인의 가탁(假託)일 가능성이 많다. 또《전상고삼국육조문(全上古三國六朝文)》속에는 〈허부(虛賦)〉의 잔문(殘文)이 실려있다.

결국 가의의 작품은 〈과진론〉과 〈치안책〉을 중심으로 하는 산문과 〈조굴원부〉와 〈복조부〉를 중심으로 하는 몇 편의 부로 압축되는 것이다.

2) 《초사》와 가의의 부

가의의 작품 〈석서(惜誓)〉가《초사》속에 들어있다는 것은 그의 부가 직접 굴원의 부작(賦作)을 계승한 것으로 받아들일 수도 있다. 또 반고(班固)는《한서》예문지(藝文志) 시부략(詩賦略)에서 부의 작가를 굴원파(屈原派)·육가파(陸賈派)·순경파(荀卿派)·잡부파(雜賦派)의 네 부류로 나누고 있는데, 가의는 송옥(宋玉, B.C. 290?~B.C. 223?)·매승(枚乘, ?~B.C. 141)·사마상여(司馬相如, B.C. 179?~B.C. 118) 등과 함께 굴원파에 넣고 있다.

이처럼 그가 굴원의 계승자이며 한부의 개척자라고 보는 것이 일반적인 견해이지만 그의 부는 그 이전의 작가들 또는 그 이후의 작가들과는 다른 내용상 형식상의 성격을 지니고 있다.

먼저 내용면에서 볼 때 그의 작품 중 〈조굴원부〉와 〈석서〉 두 편은 굴원을 추모하는 애원의 감정을 노래한 이른바 초사 계열의 작품이어

118

서 특기할 게 별로 없다. 이들 두 편이 모두 굴원의 생애를 동정하고
슬퍼하는 동시에 자신의 처경(處境)을 슬퍼하는 감정도 깃들었다고는
하지만, 그의 감정이란 진실한 것이 못되는 듯하다.

〈석서〉는 왕일(王逸)이 그 서문에서 '〈석서〉는 누가 지은 것인지
알 수가 없다. 혹 가의가 지었다고도 하나 분명치는 않은 듯하다'[45]고
말하고 있듯이 가의의 작품이 아니라 후인의 가탁일 가능성이 많다.
이 작품은 첫머리부터,

> 슬프게도 내 나이 늙어 날로 쇠해 가는데
> 세월은 흘러 되돌아오지 않는다
> 惜余年老而日衰兮, 歲忽忽而不反.

라고 읊고 있고, 중간에도 다시,

> 나이는 늙어 날로 노쇠해 가는데
> 본시 세월이란 쉬지 않고 돌아가고 있는 것.
> 壽冉冉而日衰兮, 固儃回而不息.

이라고 노래하고 있어, 젊은 나이에 죽은 가의의 작품으로는 어울리
지 않는다. 그리고 위의 구절만 보더라도 모두 '노염염기장지혜(老冉
冉其將至兮)' '일홀홀기장모(日忽忽其將暮)' 등 〈이소〉의 구절과 비
슷하다. 〈석서〉는 전편에 걸쳐 굴원의 작품을 철저히 흉내낸 것이다.

〈조굴원부〉는 장사왕(長沙王) 태부(太傅)로 부임하면서 상수(湘水)
를 건너다가 이충피참(履忠被讒)하여 우수(憂愁)를 안고 조정을 쫓겨

---

45) '惜誓者, 不知誰所作也. 或曰賈誼, 疑不能明也.'

나 강호를 떠돌아다니다가 멱라수(汨羅水)에 투신한 굴원의 슬픈 생
애를 되새기며, 그것을 자신의 처경에 비유하여 노래한 것이라 한
다.46) 그런데 자기의 처지를 굴원의 생애에 비유하자면 그의 처지가
굴원의 경우처럼 비극적이어야만 한다. 그의 이전 벼슬인 태중대부
(太中大夫)는 천석(千石)의 녹(祿)에 해당하는, 논의(論議)를 관장하
는 중요한 중앙관서의 벼슬이기는 하지만,47) 장사왕 태부라는 벼슬도
명목상으로는 이에 못지 않은 자리인 것이다.

본시 장사왕은 한 초에 오예(吳芮)를 봉하여 가의는 그의 현손(玄
孫)인 정왕차(靖王差)의 태부가 되었다. 장사왕의 봉지(封地)는 대략
지금의 호남성(湖南省) 동반부와 강서성(江西省)의 서쪽 땅 일부에
걸쳐 있었고, 도읍은 임상(臨湘, 지금의 湖南 長沙)에 있었다. 그가
중앙의 정책결정에 참여할 수 있는 기회를 잃게 되었던 것은 사실이
지만 그렇다고 해서 그의 경우를 비극적 상황으로 볼 수는 없는 것
이다. 반고가 《한서》 가의전 끝머리 즈음에서 '비록 공경에 이르지
는 못하였지만 불우하였다고 할 수는 없다'48)고 말한 것은 올바른
견해이다.

따라서 그가 '삼가 혜은(惠恩)을 받들어 장사에서 대죄(待罪)하게
되었다'는 말로 시작하여 '아아, 슬프도다, 좋지 않은 때를 만났도
다'49)라고 하면서 굴원의 생애에 빗대어 자기의 처지를 비극화하고
있지만 아무래도 공감하기 어려운 일이다.

---

46) 《漢書》 卷48 賈誼傳 ; '以誼爲長沙王太傅. 誼旣以適去意不自得, 乃度
　　湘水, 爲賦以吊屈原. 屈原楚賢臣也, 被譖放逐, 作離騷賦. ……誼追傷
　　之, 因以自喩.'
47) 《漢書》 卷19 〈百官公卿表〉 依據.
48) '雖不至公卿, 末爲不遇也.'
49) '恭承嘉惠兮, 竢罪長沙.' '烏虖哀哉兮, 逢時不祥.'

120

그러한 조건은 그가 장사에 간 지 3년 되던 해(文帝 6년, B.C. 174)50)에 지었다는 그의 대표작 〈복조부〉에도 똑같이 적용된다. 여기서도 '가의는 장사에 귀양살이를 하게 되었는데, 장사는 비습(卑濕)한 곳이라 그 스스로 슬퍼하면서 목숨이 오래 가지 못할 것이라 생각했기 때문에 곧 이 부를 지어 자기의 마음을 넓히어 풀었던 것이다'51)고 서문에 말하고 있지만, 장사왕 태부가 된 것이 귀양살이인가, 또 장사에는 장사왕을 비롯하여 많은 사람들이 살고 있는데 자기만이 비습한 곳이라 오래 살지 못할 것이라고 생각하며 슬퍼할 수가 있는가 하는 것이 모두가 문제된다.

그도 자기가 장사에 산다는 것 자체가 비극이 될 수는 절대로 없다는 것을 알고 있었기 때문에 흉조(凶鳥)라는 복조(服鳥)를 내세워 '복(服)'이 '복(福)'과 음이 같은 것을 교묘히 이용하여 《노자》 58장에 보이는 '화에는 복이 깃들어 있고, 복에는 화가 숨겨져 있다(禍兮福所倚, 福兮禍所伏)'고 한 말을 그대로 본문 속에 인용하면서 철학적으로 자기의 처지를 비극화시키려 하고 있는 것이다.

한편 이 작품은 처음부터 끝까지 노장사상(老莊思想)을 바탕으로 하여 글을 엮어가고 있다. '복 속에 화가 깃들어 있고 화 속에 복이 숨겨져 있을' 뿐만이 아니라 만물은 무한히 돌아가며 생성(生成) 소식(消息)을 거듭하고 있는 것이어서 '삶이란 물위에 떠다니는 것이나 같고 죽음이란 휴식이나 같은 것이다.' 따라서 '가시나 지푸라기 같은 자잘한 일들에 대하여 의구를 지닐 필요가 어디 있는가?' '덕이 있는 사람은 마음에 거리낌이 없고, 운명을 아는 사람은 걱정이 없다'52)고

---

50) 服鳥賦에 '單閼之歲, 四月孟夏.'라 하였는데, 裴駰의 《史記集解》에서는 '徐廣曰 ; 歲在卯曰單閼, 文帝六年歲在丁卯.'라 설명하고 있다.
51) '誼旣以謫居長沙, 長沙卑濕, 誼自傷悼, 以爲壽不得長, 迺爲賦以自廣.'
52) '其生若浮. 其死若休.' '細故蔕芥, 何足以疑 ?' '德人無累, 知命不憂.'

읊고 있다.

이것은 마치 거시적인 인생관을 지닌 달인(達人)인 듯이 느껴지기도 하지만 사실은 모두가 자기 모순을 드러내고 있는 데 불과하다. 진실로 그가 화복과 사생을 제일시(齊一視)할 수 있는 사람이었다면 단지 황제의 곁을 떠나게 되어 약관에 공경(公卿) 자리에 오를 기회를 놓쳤다는 사실만을 가지고 자신의 처지를 비극화하는 짓은 하지 않았을 것이다.

따라서 그의 부(賦)는 단순한 문재(文才)의 발휘에 지나지 않는 듯하다. 진실로 굴원을 존경했던 것도 아니고, 진실로 나라나 사회를 위하여 뜻있는 일을 하려던 자기의 포부가 무너진 것을 안타까워했던 것도 아니다. 오직 그는 부의 독자인 상층계급을 의식하고 자신을 크게 알리기 위하여 작품을 쓴 듯하다.

〈조굴원부〉에서는 유가의 입장에서 굴원의 이충피참(履忠被讒)을 슬퍼하고, 다시 〈복조부〉에서는 도가의 입장에서 인생에 대하여 거시적인 생각을 지닌 듯이 읊조리고 있을 뿐이다. 그는 이미 그의 생애와 사상의 특징을 논할 때 얘기한 것처럼 문학에 있어서도 필요에 따라 아무 사상이나 적절히 그때그때 원용할 수 있는 재사였던 것이다.

그의 부의 형식을 보면 대표작이라 할 〈조굴원부〉와 〈복조부〉가 모두 사언(四言)의 리듬을 기저로 삼고 있다. 〈석서〉는 《초사》에 들은 가탁(假託)임이 분명한 것이니 말할 것도 없고, 〈한운부〉는 이소체(離騷體)에 사언이 뒤섞인 작품이지만 역시 가탁일 것이며,53) 〈허부〉는

---

53) 〈旱雲賦〉가 실려있는 《古文苑》 91권의 現傳本이 宋 韓元吉 編이며, 비록 본시 당(唐)인이 편찬한 것이라는 말을 그대로 믿는다 하더라도, 거기에 실려있는 이후의 史傳이나 《文選》에 실려있지 않은 작품들은 거의 모두가 의심스러운 것들이다.

짧은 한 토막이라 논의 대상으로 넣을 수가 없다. 따라서 그는 남쪽 초나라 가요의 리듬에는 생소하였고, 부의 형식에 있어서는 굴원보다도 순자의 부를 계승한 사람이라고 보는 게 옳을 듯하다.

《초사》에도 〈천문(天問)〉을 비롯하여 〈구장(九章)〉의 일부 및 〈초혼(招魂)〉 같은 데에 사언의 리듬이 보이기는 하지만 이는 초 지방 가요의 본래의 형식은 아닌 것이다. 순자부에 굴원부라는 형식의 영향이 가해짐으로써 새로운 한부(漢賦)가 이룩되게 되었던 듯하다.

가의의 부 중 형식에 있어서도 가장 독특하고 주목할 만한 작품이 〈복조부〉이다. 첫째 그는 앞머리에 완전한 산문체로 된 자신의 말과 자기와 복조와의 문답을 설정한 다음 본격적인 부로 옮겨가고 있다. 그리고 전체적인 운율이나 구법이 펙 유동적인 성격의 것으로 변하고 있다. 그의 작품이 사마상여(司馬相如, B.C. 179?~B.C. 118) 같은 화려한 사조(辭藻)와 과장된 표현은 덜 갖추고 있지만 《초사》와는 완전히 다른 형식과 내용으로 발전하고 있는 것이다. 곧 앞머리가 산문으로 이루어졌고, 전체가 문답체(問答體)로 되어 있다는 점이 형식상 《초사》와 크게 다른 점이다.

또 운문 부분의 구형이 '야조입실혜, 주인장거, 청문우복혜, 여거하지?(野鳥入室兮, 主人將去, 請問于服兮, 予去何之?)' 식으로 사언(四言)으로 된 두 구 중간에 '혜'라는 조사를 끼어넣은 것이어서 《초사》와는 다른 사언이 기본 리듬을 이루고 있고, 끝머리처럼 '혜'자를 빼고 '덕인무루, 지명불우. 세고체개, 하족이의?(德人無累, 知命不憂. 細故蔕芥, 何足以疑?)' 식으로 완전한 사언으로 이루어진 부분조차 있다.54)

---

54) 許世瑛 〈論服鳥賦的用韻〉(民國 53年 12月, 《大陸雜志》 第29卷 10, 11
     期) 參照.

또 《초사》에서 볼 수 있던 작가의 열정이나 환상도 사라지고, 별것 아닌 내용을 그럴싸하게 꾸며내는 재능의 발휘에 불과한 것으로 변해있다. 이러한 가의의 부(賦)의 《초사》와 다른 성격들은 새로운 한부(漢賦)의 발전을 의미하는 것이라 볼 수도 있을 것이다.

다만 소명태자(昭明太子)의 《문선(文選)》에 실린 송옥(宋玉, B.C. 290?~B.C. 223?)의 부인 〈고당부(高唐賦)〉〈신녀부(神女賦)〉〈등도자호색부(登徒子好色賦)〉 등을 보면 실은 내용이나 형식에 있어 가의의 부 못지않게 한부에 접근해 있다. 그러나 송옥의 작품은 《초사》에 두 편, 《문선》에 5편, 《고문원(古文苑)》에 6편 등이 전하는데, 《초사》에 실린 〈구변(九辯)〉과 〈초혼(招魂)〉 이외의 모든 작품이 후인의 가탁이라고 보는 게 일반적인 견해이며,55) 〈구변〉과 〈초혼〉조차도 의심하는 학자들이 있다.56)

따라서 송옥이 《초사》와 다른 성격의 부를 발전시켰다는 이론은 성립되지 않는다고 보는 게 옳다. 《초사》와 다른 부는 가의에게서 처음으로 발견되기 시작하는 것이다.

3) 가의의 산문

이미 앞에서 가의의 산문으로 문제삼을 만한 것은 〈과진론(過秦論)〉뿐임을 지적하였다. 그렇데 유종원(柳宗元, 773~819)은 〈서한문류서(西漢文類序)〉에서 서한의 문장을 높이 평가하며 그 발전과 변전(變轉)을 다음과 같이 설명하고 있다.

---

55) 劉大杰 《中國文學發展史》 第四章 四節 參照.

56) 焦竑(〈文選旁證〉 卷 28 引)과 梁啓超(〈要籍解題及其讀法〉) 등은 九辯의 宋玉作임을 의심하였고, 林雲銘(〈楚辭燈〉)·蔣驥(〈山帶閣注楚辭〉)·鄭沅(〈招魂非宋玉作說〉, 〈中國學報〉 第九期)·馬其昶(〈屈賦微〉)·梁啓超(〈屈原研究〉) 등은 招魂은 宋玉의 작품이 아니라 하였다.

124

은(殷)·주(周) 이전에는 그 문장이 간결하고도 조야(粗野)하였고, 위(魏)·진(晉) 이후로는 불안정하면서도 화려하기만 하였으며, 그 중 중도를 터득하였던 것은 한(漢)대의 문장인데, 한대도 동한(東漢)은 이미 쇠미하였다. 문제(文帝) 때에 이르러 비로소 가의가 나와 유술(儒術)을 밝히었고 무제(武帝)는 더욱 그것을 좋아하였다. 그리하여 공손굉(公孫宏)·동중서(董仲舒)·사마천(司馬遷)·사마상여(司馬相如) 같은 사람들이 뒤이어 나와 풍아(風雅)가 더욱 성행하여 널리 천하에 유행하니 천자로부터 공경대부(公卿大夫) 사서인(士庶人)에 이르기까지 모두에게 통용되게 되었다.57)

유종원이 가의 이하 서한 작가들의 문장을 높이 평가한 것은 그들의 글이 작가가 표현하려는 어떤 사실이나 사상을 간결히 드러냈을 뿐만이 아니라 적절한 문장의 수식에도 성공하고 있다는 뜻에서였을 것이다. 그런데 이들의 문장의 수식이 과연 적절한 것이었나 하는 것은 문제인 것 같다.

이조락(李兆洛, 1769~1841)의 《변체문초(駢體文抄)》를 보면 서한의 산문 중에서도 경제(景帝) 후원 원년(後元元年)의 〈영이천석수직조(令二千石修職詔)〉, 무제(武帝) 원삭 원년(元朔元年)의 〈의불거효렴자죄조(議不擧孝廉者罪詔)〉, 원수(元狩) 2년의 〈보이광조(報李廣詔)〉, 가산(賈山)의 〈지언(至言)〉, 가의(賈誼)의 〈과진론(過秦論)〉, 매숙(枚叔)의 〈상서간오왕(上書諫吳王)〉, 추양(鄒陽)의 〈옥

---

57) '殷周以前, 其文簡而野, 魏晉以降, 則蕩而靡, 得其中者, 漢氏. 漢氏之東, 則旣衰矣. 當文帝時, 始得賈生明儒術, 武帝尤好焉, 而公孫宏·董仲舒·司馬遷·相如之徒作, 風雅益盛, 敷施天下. 自天子至公卿大夫士庶人, 咸通焉.'

중상서오왕(獄中上書吳王)〉〈옥중상서자명(獄中上書自明)〉, 동중서
(董仲舒)의 〈산천송(山川頌)〉, 사마상여(司馬相如)의 〈상서간렵(上
書諫獵)〉〈난촉부로(難蜀父老)〉〈유파촉격(喩巴蜀檄)〉, 조착(晁錯)
의 〈대현량문학책(對賢良文學策)〉, 공손굉(公孫宏)의 〈대현량문학책
(對賢良文學策)〉, 사마천(司馬遷)의 〈보임안서(報任安書)〉, 유향(劉
向)의 〈상재이봉사(上災異封事)〉〈송진탕소(訟陳湯疏)〉〈상전국책서
(上戰國策敍)〉, 유흠(劉歆)의 〈이태상박사(移太常博士)〉 등의 편이
수록되어 있다.

　이것들은 비록 완전한 변려문(騈儷文)은 아니더라도 변려문에 가까
운 형식을 이미 갖추고 있다고 생각되었기 때문이다. 그리고 흔히 서
한의 문장에 비하여 동한의 것은 더욱 형식화하여 구식(句式)이 훨씬
정제화(整齊化)하고 대우(對偶)를 더 많이 썼으며 자유롭고 활달한
맛이 적어졌다고 얘기하지만58) 이들의 여기 실린 글들은 실상 동한의
문장과 큰 차이가 없는 것들이다. 그것은 이미 서한 초엽부터 산문도
부의 영향을 받아 변려문으로 가까워지는 형식적인 경향을 띠었음을
말해주는 것이다.

　그런데 위의 글들 중에서 임금의 조령(詔令)이나 임금에게 올리는
글 또는 송문(頌文)이 아닌 것은 가의의 〈과진론〉과 사마상여의 〈난
촉부로〉〈유파촉격〉, 사마천의 〈보임안서〉, 유흠의 〈이태상박사〉뿐이
다. 이 중에서도 다시 가의와 사마천의 글을 제외하면 나머지는 모두
공문 성격의 글이어서 조령이나 상소와 마찬가지로 격식을 갖추어야
만 할 글들이다.

　이미 진(秦)나라 이사(李斯, B.C. 284?~B.C. 208)의 〈간축객서
(諫逐客書)〉에서도 드러나고 있듯이 전제군주에게 격식을 갖추다 보

---

58) 狩野直喜의 《兩漢學術考》(筑摩書房)의 〈兩漢文學考〉 참조.

니 글이 자연 형식화하는 수밖에 없었던 것이다. 또 사마천은 〈보임안서〉 이외의 글은 《사기》가 대표하듯 무척 개성적이고 활달하다고 할 수 있으므로 이는 예외에 속한다 할 수 있다.

따라서 의식적으로 형식화한 문장을 쓴 작가로는 오직 가의가 남는 셈이 된다. 〈과진론〉은 《변체문초(駢體文抄)》에도 논류(論類)의 첫머리에 놓여있을 뿐만이 아니라 요내(姚鼐, 1731~1815)의 《고문사류찬(古文辭類纂)》에도 첫머리에 놓여 있다. 이는 〈과진론〉의 문장성격을 무엇보다도 잘 대변해 준다. 이 글은 이전의 문장보다도 대우(對偶)를 이루는 구절들이 눈에 띄게 많고, 읽어보면 음절의 해화(諧和)가 뛰어나고 문채(文彩)가 아름답다. 그렇기 때문에 거의 모든 문학사가들이 이 글을 변문의 시작이라 본다.

그러나 냉정히 이 글을 읽어보면 멋진 음절과 형식적인 수식을 위하여 너무나 중언부언한 느낌이 든다. 예로서 명구로 이름 높은 그 첫머리의 일부분을 읽어보자.

임금과 신하가 굳게 나라를 지키며 '주 왕실을 무너뜨릴 기회를 엿보며', '천하를 석권하고' '온세상을 한데 뭉치어', '온 천하를 차지할' 뜻과 '온세상을 삼켜버리려는' 마음을 지니고 있었다.

君臣固守, 以窺周室 ; 有席卷天下, 包擧宇內, 囊括四海之意, 幷吞八荒之心.

이 글에서 '규주실(窺周室)' '석권천하(席卷天下)' '포거우내(包擧宇內)' '낭괄사해(囊括四海)' '병탄팔황(幷吞八荒)'은 실상 모두 같은 내용을 뜻하는 말이니 중언부언이라 하지 않을 수 없다. 대우를 강구하다 보면 많은 경우 뜻이 중복되게 된다. 조금 뒤에 '과거의 유업을 계승하고, 조상이 남겨준 책략을 근거로 하여(蒙故業, 因遺策)' 같은 것도 뜻이 중복되지만, 이런 정도는 뜻을 강조하는 효용이 있다고 변명할 수가 있을런지 모른다.

그러나 문장의 공능면(功能面)을 따져보면 낭비임에 틀림없다. 글에 있어서의 대우와 수식을 위한 노력은 바로 뜻이 중복되지 않는다 하더라도 역시 문제가 있다. 앞의 인용문에 이어 다음과 같은 구절이 보인다.

남쪽으로는 한중(漢中) 땅을 치고 서쪽으로는 파촉(巴蜀) 땅을 점령했으며, 동쪽으로는 비옥한 땅을 빼앗고, 북쪽으로는 요지가 되는 고을을 합병시켰다.
南取漢中, 西舉巴蜀, 東割膏腴之地, 北收要害之郡.

이런 글은 동서남북 사방이 고루 인용되어 균형이 잡힌 멋진 글처럼 생각된다. 그러나 이것도 대우나 균형을 위하여 억지로 동서남북을 끌어들인 것이라 할 수 있다. 이러한 낭비는 이밖에도 계속 발견된다.

이것은 곧 가의가 부에 있어서뿐만이 아니라 산문에 있어서도 내용보다 형식을 중시하는 경향을 선도(先導)했음을 뜻한다. 〈과진론〉이외의 대책(對策)이나 상소문은 본시 격식을 필요로 하는 문장이므로 더 많은 대우와 형식적인 표현을 운용하고 있다. 앞에서 이러한 산문의 대우와 수식은 부의 영향이라 하였는데, 한부는 그 산문화 경향에 따라 반대로 이 〈과진론〉의 영향을 받은 것으로 생각되기도 한다. 다음에 〈과진론〉의 상편 끝머리 한 대목과 반고(班固, 32~92)의 〈동도부(東都賦)〉의 끝머리 한 대목을 인용한다.

천하가 작고 약한 것도 아니었고, 옹주의 땅과 효산(崤山)과 함곡관(函谷關)의 견고함은 전과 다름이 없었다. 진섭(陳涉)의 지위는 제·초·연·조·한·위·송·위 및 중산 나라의 임금들보다 높지 않았고, 그들의 호미와 고무래와 창과 창 자루는 갈고리 창과 긴 창보다 날카롭지 못했으며, 그들의 유배되어 수자리 살던 무리들은 아홉 나라의 군대에게는 대항할 수도 없을 정도였고, 그들의 깊이 꾀하고 멀리 생각하여 군대를 움직이고 용병을 하는 방법은 옛날 술사(術士)에 미칠 수가 없는 것이었다. 그런데도 성패에 이변이 일어나고 공업(功業)이 상반되게 된 것은 어째서인가?

시험삼아 산동의 나라들을 놓고 진섭과 국토의 길이와 크기를 비교해보고 권세와 능력을 견주어본다 하더라도 동등하다고 말할 수가 없을 것이다. 그렇건만 진나라는 작은 땅을 가지고 천하의 권세를 장악하여 다른 여덟 주(州)의 나라들을 불러들이고, 동열(同列)의 제후들에게서 조공(朝貢)을 받은 지 백여 년이 지났으며, 그런 뒤에 온 세상을 일가(一家)로 만들고 효산과 함곡관을 자기 궁전으로 만들었던 것이다.

그런데도 한 사나이가 난을 일으키자 자기네 종묘(宗廟)가 무너지고 황제의 몸은 남의 손에 죽게 되어 천하의 비웃음거리가 되었던 것은 어째서인가? 인의(仁義)를 시행하지 아니하여, 공수(攻守)의 형세가 달라졌기 때문이었다.

且夫天下非小弱也, 雍州之地, 殽函之固, 自若也; 陳涉之位, 非尊於齊楚燕趙韓魏宋衛中山之君也; 鋤耰棘矜, 非銛於鉤戟長鎩也; 謫戍之衆, 非抗於九國之師也; 深謀遠慮, 行軍用兵之道, 非及曩時之士也. 然而成敗異變, 功業相反, 何也?

試使山東之國, 與陳涉度長絜大, 比權量力, 則不可同年而語矣. 然秦以區區之地, 致萬乘之權, 招八州而朝同列, 百有餘年矣, 然後以六合爲家, 殽函爲宮. 一夫作難而七廟墮, 身死人手, 爲天下笑者何也?
仁義不施, 而攻守之勢異也.'〈過秦論〉

또한 서도(西都)는 편벽된 지역으로 서융(西戎)과 경계를 맞대고 있고, 사방이 험난한 관새(關塞)여서 이를 빌어 그곳을 방어하고 있는데, 동도(東都)가 국토의 중앙에 위치하여 지세 평탄하고 사방으로 뚫려 모든 나라들이 그곳으로 모여들며 따르는 것과 어이 비기겠는가? 서도는 진령(秦嶺)과 구종산(九嵏山)이 옆에 솟아있고, 경수(涇水)와 위수(渭水)를 옆에 끼고 있는데, 동도의 사하(四河)가 흐르고 오악(五嶽)이 솟아있고, 하도(河圖)가 나온 황하(黃河)를 끼고 낙서(洛書)가 나온 낙수(洛水)가 갈라지고 있는 것과 어이 비기겠는가? 서도의 건장궁(建章宮)과 감천궁(甘泉宮)에는 여러 신선들이 와서 묵고 있는데, 동도의 영대(靈臺)와 명당(明堂)에는 하늘과 사람의 덕(德)이 통화(統和)되고 있는 것과 어이 비기겠는가? 서도에는 태액(太液)과 곤명(昆明)이란 새와 짐승들을 기르는 동산이 있는데, 동도의 벽옹(辟雍)이 바다 같은 물 흐름으로 둘러싸여 있어서 도덕을 풍성히 온 세상에 유포(流布)시키고 있음을 상징하고 있는 것과 어이 비기겠는가? 서도의 유협(遊俠)과 사치(奢侈)는 정의에 어긋나고 예의에 벗어나는데, 동도의 모두가 법도를 이행하고 공경스럽고 위의(威儀)가 있는 것과 어이 비기겠는가?

선생께서는 부질없이 진(秦)나라 아방궁(阿房宮)이 하늘에 높이 솟은 것만을 알고, 경도(京都)인 낙양(洛陽)에 법도와 체제가 있음은 알지 못하고 있으며, 오직 함곡관(函谷關)이 국방의 관문이 되는 것만을 알고, 진실한 왕자(王者)에게는 위덕(威德)으로 외국(外國)이 없음을 알지 못하고 있소.

且夫僻界西戎, 險阻四塞, 修其防禦, 孰與處乎土中, 平夷洞達,萬方輻湊？秦嶺九嵏, 涇渭之川, 曷若四瀆五嶽, 帶河泝洛, 圖書之淵？ 建章甘泉, 舘御列仙, 敦與靈臺明堂, 統和天人？ 太液昆明, 鳥獸之囿, 曷若辟雍海流, 道德之富？ 游俠踰侈, 犯義侵禮, 孰與同履法度, 翼翼濟濟也？

子徒習秦阿房之造天, 而不知京洛之有制也；識因函谷之可關, 而不知王者之無外也. 〈東都賦〉

위의 글에서 진나라를 멸망시킨 진섭의 처지와 아홉 나라들의 입장을 비교한 다음 결론으로 유도한 수법은 마치 반고(班固)가 서도(西都)와 동도(東都)의 형세를 비교한 끝에 결론으로 이끈 수법과 아주 비슷하다. 이것은 곧 가의가 부를 쓰던 태도와 꼭 같은 태도로써 그의 산문도 썼음을 증명하는 것이다.

5. 결 론

그의 문학은 위에서 얘기한 총명하면서도 권력에 민감하며 국가나 사회보다도 자기 개인의 공리(功利)를 재빨리 계산하는 그의 성격과, 여러 가지 제자의 학문을 아울러 닦아 유학뿐만이 아니라 법가와 도가 또는 미신적인 사유(思惟)까지도 자기 합리화를 위하여 교묘히 동원하는 사상적인 특징의 결정이라 할 것이다. 그의 문학은 그대로 그의 사람됨과 그의 사상을 드러내고 있는 것이다.

그의 부나 산문을 보면 순수한 동기에서 지어진 듯한 〈조굴원부〉·〈복조부〉 및 〈과진론〉 같은 것까지도 자신의 진정이나 사상의 솔직한 표현이라기보다는 황제를 비롯한 권력자들에게 자기를 드러내려는 의도에서 지어진 것인 듯한 낌새까지 느껴진다. 그 때문에 그때그때의 상황에 영합하다 보니 작품에 드러나는 사상도 한결같지 않고 심지어 주관이나 개성조차 결여된 형식적인 문장이 되고 있다.

역대로 그의 문학이 중국문학자들에 의하여 높이 평가되어 온 것은 순전히 남보다 뛰어난 문장 형식과 수사(修辭) 때문이었다. 그는 남보다 뛰어난 문재를 가지고 멋진 부와 산문을 쓰고 있지만, 그 가장 큰 문제는 거기에 진실성이 결여되어 있다는 것이다. 그의 글은 한자라는 독특한 문자를 활용한 멋지고 아름다운 구성물(構成物)이기는 하지만 훌륭한 문학작품이라고 말하기는 어렵다.

그러나 이러한 가의가 한대 문학의 개종(開宗)이라 할 만한 사람임에는 틀림없다. 그의 사상을 바탕으로 무제(武帝)시대에 동중서(董仲舒, B.C. 179?~B.C. 93?)가 나와 《춘추》를 근거로 하여 대일통(大一統)의 이론을 폈던 거나 마찬가지로, 문학에 있어서는 사마상여(司馬相如)를 비롯하여 매승(枚乘)·공손홍(公孫弘)·장기(莊忌)·주보언(主父偃)·주매신(朱買臣)·동방삭(東方朔)·엄안(嚴安)·매고(枚皋)·오구수왕(吾丘壽王)·왕포(王褒)·양웅(揚雄) 같은 작가들이 그의 영향을 받고 뒤이어 나왔던 것이다. 한대의 문학이 형식적이고 불성실한 경향을 갖게 된 것은 가의로부터 시작된 일이라고 할 수가 있는 것이다.

물론 그 이전에도 사상적으로는 진(秦) 여불위(呂不韋)의 《여씨춘추(呂氏春秋)》, 한대로 들어와서는 육가(陸賈, B.C. 228?~B.C. 174?) 같은 잡박(雜駁)한 사상가가 있었고, 문학에 있어서는 진(秦)대 이사(李斯, B.C. 284?~B.C. 208)를 비롯하여 그와 비슷한 시기의 가산(賈山, B.C. 179 전후)·공장(孔臧, B.C. 201?~B.C. 123?) 같은 내용보다도 문장의 형식을 중시한 작가들이 있었다. 그러나 가의처럼 형식적인 문장의 성격이 완전히 구체화되어 있지는 않았다.

한대 문학은 이러한 가의가 지닌 특징을 바탕으로 발전하였고 또 중국의 전통문학은 이러한 한대 문학을 바탕으로 하여 발전하였던 것이다. 다행히도 한대에는 가의에서 시작된 사대부들의 문학뿐만이 아니라 민간에서 나온 여러 가지 악부가사가 있어서 또 다른 면의 문학을 이룩하는 데 공헌하였다. 그러나 우리는 한대 문학을 비롯하여 중국의 전통문학을 이해하는 데 있어서 가의에게서 구체화하여 발전하기 시작하였다고 할 수 있는 형식적인 성격을 소홀히 할 수는 없을 것이다.

5. 사마상여(司馬相如)와 그의 부(賦)

1. 서 론

사마상여(司馬相如, B.C. 179?~B.C. 117)는 한부(漢賦)의 대표적인 작가이다. 한부는 그를 통하여 새로운 형식과 성격이 정립되었을 뿐만 아니라, 그의 작품들은 한부의 최고봉을 이루는 전무후무한 수준의 것으로 알려져 있다.

더욱이 그가 살았던 한(漢) 무제(武帝)시대(B.C. 140~B.C. 87)는 중국 역사상 가장 획기적인 시대였다고 할 수 있는 시기이다. 그것은 중국 역사를 고대·중세·근세로 구분할 때, 무제시대에 고대가 종결되고 중세가 시작된다고 보는 견해에는 거의 모든 사가(史家)들의 의견이 일치하고 있는 것만 보아도 알 수가 있다.

사상(思想)면에서는 무제(武帝) 초기에 동중서(董仲舒, B.C. 179?~B.C. 93?)가 대책1)에서 "모든 육예지과(六藝之科)와 공자지술(孔子之術)에 속하지 않은 것은 모두 그 길을 끊어 병진되지 않도록 하여 사벽(邪辟)된 이론을 멸식시켜야 한다."고 건의하며 새로운 유학 이론을 전개함으로써, '백가(百家)는 파출(罷黜)되고 육경(六經)은 표장(表章)되게'2) 되었다.

---

1) 《漢書》 卷56 董仲舒傳 참조.
2) 《漢書》 卷6 武帝紀贊.

134

이로부터 유학은 한(漢)제국의 정치원리로 정립되었고, 사회윤리의 바탕으로 확정되었다. 그리고 이후 2천 년의 중국 역사를 통하여 유학은 정치·사회·문화 등 전반에 걸쳐 지배적인 지위를 유지하였다. 정치사(政治史)면에서 보면 지방분권을 뜻하는 고래(古來)의 봉건제도가 완전히 종식되고 제왕(帝王)의 전제집권 체재가 확립된 것도 이 시기이다. 문화면에 있어서는 유학 연구를 중심으로 한 새로운 학술사(學術史)가 개막되고, 이로부터는 육경(六經)에 관한 교양을 바탕으로 한 이른바 지식인들이 관리로 임용되어 새로운 지배 계층이 이룩된다.

이들 지식인들, 곧 사(士)류는 간혹 벼슬을 못한다 하더라도 독서인으로서 사회에 선도적인 지위를 확보하게 되는 것도 무제시대이다. 거기에다 무제는 '웅재대략(雄才大略)'3)을 지녔던 군주여서 남으로는 동월(東越)과 남월(南越), 서남으로는 서남이(西南夷), 서북으로는 흉노(匈奴), 동으로는 조선, 서(西)로는 서역 여러 나라들을 정벌하여, '대일통(大一統)'4)의 이념을 바탕으로 한 중화사상을 확인하고 지리적으로도 중국이란 개념을 확정시켰다.

이런 정황 아래 문학만이 그대로 있을 수는 없는 것이다. 이전의 선진(先秦)시대의 문학이란, 거의 모두가 유가 경전들과 제자백가들의 글이 보여주듯 인간의 행동규범이나 사회윤리 또는 정치원리들을 해설한 실용위주의 문장이었다. 예외로 《시경(詩經)》이 있기는 하지만 그것도 시가 지니는 함축과 아름다운 표현에도 불구하고 정치적 또는 윤리적 이념의 전달을 위한 수단으로써 정리되고 읽혀져 왔다.

그리고 주(周)나라 중엽 이후로는 그러한 작품들이 더 창작되지 않

---

3) 《漢書》 卷6 武帝紀贊.
4) 《漢書》 卷56 董仲舒傳 對策.

았는데, 그것은 이미 《시경》의 시들이 문학작품으로서가 아니라 정치적·윤리적 교과서나 같은 것으로 인식되고 존중되었기 때문이다. 《초사(楚辭)》는 특히 순수한 예술적 감동을 노래한 작품임을 부정할 길이 없다. 그러나 굴원(屈原)의 작품들은 무가(巫歌)를 개작한 특수한 동기에서 지어진 것들이었고, 송옥(宋玉)·당륵(唐勒)·경차(景差)를 비롯하여 한초(漢初)의 작가들이 그를 계승하여 사부(辭賦)를 발전시켰다고는 하나, 그것은 보편화되지 못한 국한된 사람들의 행위에 지나지 못했다.

무제시대에 이르러서야 많은 문인들이 나와 이전의 《초사》를 바탕으로 정치나 윤리와는 무관한 장편의 부(賦)라는 미문을 이룩하고 미문추구의 자각을 바탕으로 한 공인된 활동으로서 문학창작을 시작하여, 중국문학사는 그로부터 본격적인 전개를 보게 된다. 곧 새로운 학술활동으로 말미암은 《시경》과 《초사》에 대한 새로운 해석을 바탕에 깔고 부라는 새로운 형식의 문장 창작을 통해서 중국의 전통문학이 정식으로 문학사적인 전개를 시작하게 되는 것이 이 시기이다. 따라서 이것은 '중국문학사의 개막5)'이라 말하여도 지나친 표현이라 할 수만은 없는 것이다.

사마상여(司馬相如)는 이러한 '문학사의 개막'이라고까지 말할 수 있는 중국문학의 전환기에 있어서의 중심을 이루는 작가이다. 따라서 중국문학의 특징이나 중국 전통문학의 성격을 파악하는 데 있어 사마상여는 어떤 다른 작가보다도 그 위치가 중요한 것이다. 다만 한부(漢賦)가 제왕 귀족들 주변의 거대한 사상(事象)만을 소재로 하고 정치나 윤리 문제는 등한히 한 채 오직 아름다운 묘사와 아름다운 운율의 과시로써 언어의 능사(能事)를 다하려고만 한 거창한 형식의 것이

---

5) 吉川幸次郎 《中國詩史》上 (〈吉川全集〉第6卷) 序 一つの 中國文學史.

었기 때문에, 위진(魏晉)으로 들어오면서 전통문학자들도 그와 같은 형식의 문장을 그다지 중시하지 않았다.

더욱이 근래에 와서는 서양문학이념의 도입으로 한부와 같은 문장은 더욱 문학으로 보지 않으려는 경향이 짙어져, 문학사가들도 이를 홀시하고, 학자들은 연구에 관심을 보이지 않는 경향을 보여주고 있다. 그러나 현재의 문학이념이 과거와 달라졌다고 해서 옛 문인들의 문학사상(文學史上)의 역할조차 바뀌어질 수는 없는 것이다. 그의 작품 자체에 대한 해석과 평가는 시대나 개인에 따라 달라질 수 있겠지만, 그의 문학사상의 의의는 언제나 부동인 것이다.

그러나 이제껏 많은 학자들은 작품에 대한 평가와 문학사상의 의의나 공헌을 동일선상에 놓고 다루려는 경향이 많았다. 그러기에 대부분의 문학사가들은 그의 지나친 과식을 인정하면서도 사마천(司馬遷, B.C. 145~B.C. 86?)의 '상여(相如)는 비록 허사(虛詞)와 남설(濫說)이 많기는 하지만 그 요점은 절검(節儉)으로 끌어들이고 있으니, 이것이 시인들의 풍간(風諫)과 무엇이 다르겠는가'6)는 등의 말을 인용하면서, 그의 문학작품의 가치를 인정한 위에 그의 문학사상의 지위를 인정하려 하고 있다.7)

위대한 문학작품일수록 문학사상보다 큰 영향을 끼치는 것이 보편이기는 하지만, 반드시 높은 평가를 받는 작품만이 문학사에 큰 영향을 남기는 것은 아니다. 따라서 이 소론(小論)에서는 사마상여의 부 자체에 대한 평가나 그 특징에 관한 연구와 그 문학사상의 영향을 동일선상에 놓던 이전의 경향을 탈피해보려 한다.

---

6) 《史記》卷117 司馬相如傳.

7) 劉大杰 《中國文學發展史》上冊 第五章 三, 吳重翰 等編 《中國文學史》 先秦 兩漢部分 第七章 三節, 中國科學文學硏究所編 《中國文學史》秦漢 文學 第二章 二節 등.

그러나 부 자체의 특징에 관한 연구나 평가는 이전 학자들의 업적에서 그 범위를 크게 벗어날 수는 없을 것으로 안다. 여기에서 보다 역점을 두려는 것은 그의 생애와 인간 및 시대환경에 대한 검토를 통하여 그 시대의 문인상 및 창작 양상 등을 밝힘으로써 그의 부가 그러한 특징을 지니게 된 원인을 규명하고, 그 위에 그의 부가 시대적으로 어떠한 의의를 지니는가, 또 문학사상 어떤 영향을 가하고 있는가 하는 문제를 해결하는 것이다.

2. 사마상여의 생애와 인간

사마상여의 전기는 《사기(史記)》 권117과 《한서(漢書)》 권57에 실려있는데, 그 내용에는 큰 차이가 없다. 이들 기록을 근거로 내용에 따라 단락을 지어가지고 그의 생애와 사람됨을 더듬어보고자 한다.

1) 사마상여는 자(字)가 장경(長卿)이며 촉군(蜀郡) 성도(成都) 사람이다. 젊어서부터 독서를 좋아했는데, 격검(擊劍)8)을 배웠기 때문에 그의 부모가 그를 견자(犬子)라 불렀다. 상여(相如)는 공부를 하고 나서 인상여(藺相如)9)의 사람됨을 흠모하여 이름을 상여라 고쳤다.

이상 첫 대목을 보면, 그는 젊었을 적엔 한(漢) 초의 기풍에 따라10)

---

8) 《漢書》師古註에 '擊劍이란 칼을 멀리서 던져 맞히는 것이지, 베고 찌르고 하는 것이 아니다' 하였고, 《史記索隱》에선 《呂氏春秋》 劍伎篇을 引用하여 '持短入長, 倏忽縱橫之術.'이라 說明하고 있다.

9) 藺相如 : 戰國時代 趙나라 사람. 秦나라 昭王이 僞計로 趙나라가 保有하던 楚나라 和氏璧을 뺏으려 했을 적에 勇氣로써 秦王을 屈服시키고 和氏璧을 趙나라로 되가져와 上卿의 자리에 올랐던 義氣의 人物.

138

유협을 매우 숭상했음을 알 수 있다. 한편 격검을 배워 부모가 그를 견자(犬子)라 불렀다는 것은 그가 문제아적인 성향도 지녔었던 게 아닌가 짐작케 한다.

2) 재물로써 낭(郎)이 되고 경제(景帝)를 섬기어 무기상시(武騎常侍)가 되었지만 그가 좋아한 것은 아니었다 한다.

'재물로써 낭(郎)이 되었다〔以貲爲郎〕'를 사고주(師古註)에선 '이가재다득배위랑야(以家財多得拜爲郎也)'라 설명하고 있듯이 한 초에는 부잣집 자식들은 낭이 될 수 있었다지만 실제로는 뇌물을 쓰는 거나 비슷한 일이었다. 의협도 본시 법을 무시하고 행동하는 것이지만, 이 둘째 대목은 특히 그가 자신의 입신이나 목적을 위해서는 수단과 방법을 가리지 않는 인물임을 짐작케 한다.

3) 마침 경제(景帝)는 사부(辭賦)를 좋아하지 않았는데, 그때 양효왕(梁孝王)이 제(齊)나라 사람 추양(鄒陽)·회음(淮陰)의 매승(枚乘)·오(吳)나라의 장기부자(莊忌夫子) 같은 유세지사(有說之士)를 거느리고 내조하였다. 상여(相如)는 그것을 보고 좋아하여 병을 핑계로 벼슬을 그만두고 양(梁)나라로 따라갔다. 양효왕(梁孝王)은 제생(諸生)과 함께 머물게 하여 상여는 제생유사들과 수년을 함께 지내게 되었는데, 그때 〈자허부(子虛賦)〉를 지었다.

이 대목에서는 그가 일찍부터 사부(辭賦)를 잘하였음을 알려준다. 그리고 양효왕 같은 일부 귀족들은 그의 수하에 많은 문사들을 거느리었고, 문사들은 글을 지음으로써 다른 유세지사들과 함께 귀족 밑에 식객 노릇을 하였음을 알 수 있다.

4) 양효왕(梁孝王)이 죽자 상여는 고향으로 돌아왔으나 집안이 가난하여 먹고 살 길이 없었다. 그러나 임공령(臨邛令) 왕길(王吉)과

---

10)《史記》卷124 游俠列傳 참조.

친분이 있어 그에게 빌붙어 지내게 되었다. 왕길은 상여를 지나치게 공경하여 매일 상여를 찾아와 뵈었는데, 상여는 처음에는 제대로 만나주다가 뒤에는 병을 핑계로 종자(從者)로 하여금 왕길의 내방을 거절케 하여, 왕길로 하여금 자신을 더욱 떠받들게 만들었다.

위의 대목을 보면 상여는 자기에게 은혜를 베푸는 사람에게도 그의 어리석은 성격을 역용하여 더욱 그 자신을 공경하도록 계책을 쓰고 있다.

5) 임공(臨邛)의 갑부인 탁왕손(卓王孫)이 임공령(臨邛令)에게 귀객이 있다는 말을 듣고 임공령을 비롯하여 백여 명의 손님을 자기 집으로 초대한다. 여러 손님들이 도착한 뒤에도 사마상여는 나타나지 않고 있다가 병이 나서 못나오겠다는 전갈을 한다. 임공령은 음식에 손도 대지 못하고 있다가 직접 상여에게로 가서 그를 모셔온다. 상여가 마지못해 나타나는 체하자 모든 사람들이 그의 풍도(風度)에 머리를 숙이게 된다. 그리고 상여는 많은 종자와 화려한 거기(車騎)를 갖추고 탁왕손 집에 갔는데, 아마도 그것은 남에게서 차용했었을 것이다.

여기에서도 상여는 술책을 부리어 수많은 사람들 앞에서 임공령을 쩔쩔매게 함으로써 스스로의 값을 높인다. 그리고 남에게 빌붙어 지내고 있는 주제에도 종자와 거기(車騎)를 화려하게 갖추어 허세를 부린다.

6) 상여는 사전에 탁왕손(卓王孫)에게 새로 과부가 된 젊고 아름다운 딸이 있는데 음악을 좋아한다는 것을 알고, 술이 취한 뒤에는 임공령(臨邛令)이 권하자 금(琴)을 뜯어 탁왕손의 딸 문군(文君)의 마음을 들뜨게 만든다. 연회가 끝나자 상여는 탁문군(卓文君)의 시자(侍子)를 매수한 다음 문군을 유혹하여 밤중에 함께 성도(成都)로 도망친다. 상여의 집은 째지도록 가난했으나 탁왕손은 대노하여 그들에

게 재물을 한 푼도 나누어 주지 않았다. 어쩔 수가 없게 되자 상여는 문군과 함께 다시 임공으로 돌아와 두 부부가 직접 선술집을 내고 술 장사를 한다. 탁왕손은 창피하여 두문불출하다가 마침내는 여러 집안 사람들의 권유로 상여 부부에게 많은 종복과 재물을 나누어 준다. 그 제서야 상여는 성도로 돌아와 전택(田宅)을 사고 부유한 생활을 누리 게 된다.

한나라 때만 하더라도 점잖은 집안의 젊은 과부를 꾀어내어 도망친 다는 것은 극히 희귀한 일이었을 것이다. 상여는 자신의 목적을 이루 기 위해서는 갖은 책략을 서슴없이 쓰는 인물이었다. 처가의 재물을 끌어내기 위해서는 처가 근처로 가서 선술집을 내는 행위도 서슴치 않는다. 이런 성격 덕분에 그는 젊고 아름다운 처를 얻은 뒤에 결국 은 하루아침에 부자까지 된다.

7) 몇 해 뒤 한 무제(武帝)가 〈자허부(子虛賦)〉를 읽고는 찬탄하며 그 작자를 만나보지 못함을 한한다. 이때 마침 상여와 동향인인 양득 의(楊得意)라는 사람이 구감(狗監)[11]으로 무제를 시종하고 있다가, 그 작자가 자기와 동향인임을 아뢴다. 이 인연으로 무제가 상여를 불 러 만나게 되는데, 이 자리에서 상여는 '이건 제후의 일이라 볼 만한 게 못되니 천자 유렵(游獵)의 부를 짓겠습니다.'하고 말한다. 이에 무 제가 허락하자 상여는 〈자허부〉에 이어 더욱 거창한 천자의 유렵을 읊은 부를 짓는데, 이 뒷부분을 〈상림부(上林賦)〉[12]라 부르기도 한다.

상여가 어렸을 적엔 그의 부모가 '견자(犬子)'라 불렀고, 또 무제에 게 그를 추천한 사람이 동향인으로 구감(狗監)이란 벼슬을 지내던 자

---

11) 狗監은 天子의 사냥개를 돌보는 관리.

12) 《史記》와 《漢書》의 〈사마상여전(司馬相如傳)〉에는 〈子虛賦〉 한 作品 으로 실려 있으나, 《文選》에는 〈子虛賦〉와 〈上林賦〉 두 편으로 나뉘어 실려 있다.

였다는 것은 아무래도 풍자적인 뜻이 담겨 있는 것만 같다. 어떻든 상여는 이 부 덕분에 무제 밑에서 낭(郎)이 되어 천자를 시종하게 된다. 이로써 상여는 무제 측근의 인물로 변하는 것이다.

8) 상여는 낭(郎)이 된 지 몇 해 뒤, 서남이(西南夷) 정토 사업에서 파촉(巴蜀) 사람들을 심하게 부리어 민심이 동요하자, 곧 고향으로 돌아가 그것이 무제의 본의가 아님을 밝히는 한편 책임자를 책하는 〈유파촉격(喻巴蜀檄)〉이란 글을 지었다. 그 뒤 상여는 중랑장(中郎將)으로서 서남이를 내통케 하기 위한 사절로 떠난다. 이때 고향 촉(蜀) 땅을 지날 때엔 촉태수 이하가 교영(郊迎)을 하고 현령은 노시(弩矢)를 짊어지고[13] 선구하는 등 환영이 대단했다. 탁왕손(卓王孫)도 임공(臨邛)의 명사들과 함께 잔치를 베풀고 사위를 추켜세우며 딸에게 아들과 똑같이 재산을 나누어 주었다 한다.

한편 파촉의 관리들이 서이(西夷)에게 폐물을 미리 보내놓기도 하여, 상여는 쉽게 서남이를 굴복시키고 돌아와 천자에게 보고함으로써 무제를 기쁘게 한다.

상여는 그의 문재로써 〈유파촉격(喻巴蜀檄)〉 같은, 나라의 실질적인 필요에 쓰이는 글도 지을 기회가 있어서 후인의 존숭(尊崇)을 받게 되었던 것인지도 모른다. 그러나 상여가 천자의 사절로 촉 땅을 지나갈 때 그처럼 자기 고향을 떠들썩하게 만들고, 장인도 또다시 재산을 나누어 주게끔 만들었다는 것은 그의 술책이 작용했을 것만 같다.

9) 상여가 사행(使行)을 할 때 촉(蜀) 땅 사람들이 서남이(西南夷)

---

13) 《史記索隱》에 따르면, 弩矢는 보통 亭長이 짊어지고 貴客의 通過를 歡迎하는 법이라 했다. 이를 縣令이 짊어졌음은 상대방을 크게 格上하는 뜻을 나타내는 것이다.

와 통하는 것이 소용없는 짓임을 말하였고, 여러 대신들도 그렇게 생각하고 있었다. 상여는 이를 무제에게 간하려 했으나 이미 추진되고 있는 일이라, 반대로 서남이 정토의 대의를 밝히는 〈난촉부로(難蜀父老)〉란 글을 짓는다.

상여는 스스로도 서남이(西南夷)와 통하는 것이 무익함을 알고 있었던 것 같다. 그러나 자신의 영달을 위하여는 자기의 뜻과 어긋나는 일도 맡고 나섰고, 또 본심과는 달리 천자의 환심을 사는 글을 짓고 있는 것이다.

10) 그 뒤 어떤 사람이 상여가 사절로 갔을 때 많은 돈을 받았던 사실을 고발하여 벼슬자리를 잃었다가, 수년 뒤에 다시 낭이 되었다.

이러한 얘기는 그가 사절로 갈 때 파촉(巴蜀)의 관리들이 서이(西夷)에게 미리 폐물을 보내 놓은 것이나, 그의 장인이 크게 환대하고 다시 재산을 나누어 주었던 일들이 모두 정상적인 수법이 아닌 술책에 의하여 이루어졌던 것 같은 느낌을 갖게 한다. 그리고 이처럼 드러난 것 이외에도 그가 많은 재물을 긁어모았었다는 사실을 짐작케 한다.

11) 상여는 글은 잘 지었지만 말더듬이였고, 언제나 소갈병(消渴病)을 앓고 있었다. 탁문군(卓文君)과의 결혼으로 부자가 되었기 때문에 벼슬은 하되 나랏일에 관여하려들지 않았고, 벼슬자리도 탐내지 않고 늘 병을 핑계로 한가히 지냈다.

소갈병은 당뇨병 비슷한 불치의 병인 듯하다. 전에 사절로 가다가 돈을 먹었다는 이유로 벼슬자리에서 쫓겨났던 일도 있고, 불치의 지병도 있는데다 말더듬이였으니 남의 앞에 나서기 거북했을 것이다. 게다가 부자였으니 더욱이 벼슬이나 일에 악착스러울 이유가 없다. 상여가 이미 그만큼 목적을 이루고 한가히 지낼 수 있었다는 것도, 그가 말더듬이이고 불치의 병을 얻고 있었음을 감안할 때 대단한 재사(才士)였음을 알게 한다.

12) 그 뒤로도 상여는 천자를 따라 장양궁(長楊宮)으로 나갔다가 간렵(諫獵)의 상소문을 올렸고, 진(秦) 이세(二世)의 능이 있는 의춘궁(宜春宮)을 지나다가 〈애진이세부(哀秦二世賦)〉를 지었다. 상여는 다시 효문원령(孝文園令)이 되었는데, 천자가 신선을 좋아함을 알고 제왕에게 어울리는 신선을 노래한 〈대인부(大人賦)〉를 지었다. 무제는 그것을 읽고 크게 기뻐했다 한다.

여기에서 〈대인부〉는 말할 것도 없고, 천자의 사냥을 간하는 글도 그 논지가 '천자는 지존한 몸이니 위험한 근처에도 가지 않는 게 좋다'는 것이어서 역시 아첨의 성격을 벗어나지 못하고 있다. 〈애진이세부(哀秦二世賦)〉는 직접 무제와 관계가 있는 것은 아니지만 '지신불근(持身不謹)'하고 '신참불오(信讒不寤)'하여 나라를 망친 그에 대해서 거듭 '오호애재(嗚呼哀哉)'를 외치고 있는 것은 상대가 황제였기 때문인 것으로 느껴진다.

13) 상여는 만년에는 병으로 벼슬을 그만두고 무릉(茂陵)에 물러나 살다가 죽었다. 천자는 그가 죽기 전에 그의 글을 모두 간수하려고 사신을 보냈으나, 사신이 도착했을 적에는 이미 그는 죽었었고 유찰(遺札)로서 〈봉선서(封禪書)〉 한 가지만이 있었다. 이를 보고 무제는 기이하게 생각했으며,14) 그가 죽은 지 5년 뒤에 무제는 후토(后土)를 제사지냈고, 8년 뒤에는 중악(中岳)에 제사를 드리고 태산에 봉(封)을 올리고 양보(梁甫)에 이르러 숙연히 선(禪)을 올렸다 한다. 그리고 상여가 지은 글로는 〈유평릉후서(遺平陵侯書)〉〈여오공자상난(與五公子相難)〉〈초목서편(草木書篇)〉 같은 것도 있었다 한다.

---

14) 《漢書》卷 58 兒寬列傳에도 '先是, 司馬相如病死, 有遺書, 頌功德, 言符瑞, 足以封泰山. 上奇其書, 以問寬……'이란 대목이 보인다.

유찰로 봉선(封禪)을 권하는 글을 남겼다는 것도 그가 얼마나 철저한 황제의 추종자였는가를 알게 한다. 봉선(封禪)이란 천자로서 하늘과 땅을 제사지내는 의식이어서,15) 온 천하에 천자의 위세를 알리는 거나 같은 행사이기 때문이다. 그리고 지금 우리에게 전해주고 있는 작품들 이외에도 그가 지은 글은 적지 않았을 것이다.

그러나 사마천(司馬遷)이 '유평릉후서(遺平陵侯書)·여오공자상난(與五公子相難)·초목서편(草木書篇) 같은 것은 채택하지 아니하고, 그 중 공경(公卿)들 사이에 특히 드러나는 것만을 채록하였다'고 말하고 있는 것으로 보아, 대체로 그의 열전에 수록된 것들이 가장 대표적인 작품들임을 짐작할 수 있게 한다.

이상과 같이 그의 전기를 검토해 본 결과, 사마상여의 독특한 인간성 몇 가지를 쉽사리 발견하게 된다. 첫째 그는 매우 영리한 위에 시세에 잘 영합하여 제왕을 비롯한 윗사람들의 비위를 잘 맞추는 사람이다. 둘째 그는 자기의 야망을 이루기 위하여는 수단이나 방법을 가리지 않는다. 셋째 점잖고 겸손한 중국 사람들과는 달리 자기가 바라는 일이면 조금도 주저하거나 사양하는 일없이 결행해 버린다. 이것들은 전통적인 중국 교양인의 성격으로서는 상궤(常軌)를 벗어난 것이다.

어려서 격검(擊劍)을 배우는 데서 시작하여, 젊고 아름다운 과부 탁문군(卓文君)을 꾀어내어 출분(出奔)하고, 귀족이나 제왕을 위하는

---

15) 《禮記》 禮器 ; '因天事天, 因地事地 ; 因名山, 升中于天.' 上同　鄭註引
　　《孝經說》; '封乎泰山, ……禪乎梁甫, ……' 又孔疏云 ; '封乎泰山者, 謂
　　封土爲壇, 在於泰山之上…… 燔柴燎牲以告天 ; 禪乎梁甫者, ……謂除
　　地爲墠, 在於梁甫 以告地也, 梁甫是泰山之旁小山也.'

글이나 지으며 산다는 그의 일생의 모든 행위가 중국의 지식인으로서
는 파격적이라 할 만한 짓이다. 그러나 이러한 그의 독특한 인간성이
한대의 새로운 정치환경과 사회 풍토에 어울리는 부라는 새로운 문학
의 주인공으로 등장하게 하였다고 보아야 할 것이다.

이러한 그의 생애와 인간성은 그가 변방의 촉군(蜀郡) 출신이어서
이전의 중국 지식인들과는 다른 교양을 쌓고 다른 생활환경 속에서
자라났다는 이유도 작용했겠지만, 그 시대적 여건이 더욱 중요한 관
건으로 작용하여 빚어진 것인 듯하다.

3. 무제(武帝)의 정치와 그 시대의 지식인 및 문인들

사마상여의 이상과 같은 인간성이나 문학은 그 시대의 정치적·사
회적 환경과 깊은 관련이 있다. 곧 여건이 허락하였기 때문에 사마상
여의 활약이 가능했던 것이므로, 다시 그 여건을 마련해 준 그 시대
의 정치환경과 지식인 사회의 양상 및 문인들의 실태 등을 살펴볼 필
요가 있을 것 같다.

사마상여가 살았던 시대의 황제인 무제 유철(劉徹, B.C. 156~B.C.
87)은 영재와 웅략을 지닌 위에 54년이란 오랫동안 제위에 있으면서
중국이라는 대제국을 건설한 황제였다. 그에 앞서 진시황제가 중국을
통일했다고는 하지만, 진(秦)나라의 중국 통치는 이세(二世)까지 합
쳐 40년 정도의 짧은 기간이었다. 그것은 지리상으로나 정치·문화에
있어 이후 2천여년을 두고 계승 발전할 중국적인 성격을 확정시킬 만
한 시간적 여유가 없었음을 말한다. 우리가 현재 일반적으로 생각하
고 있는 지리상의 중국이란 개념이 확정되고, 중국의 전통문화가 본
격적인 터전을 마련하게 된 것은 한대이며, 그것도 더욱 엄격히 표현

하면 무제시대라 할 것이다.

이것은 무제의 통치기간을 획기적인 시대라 표현해도 과언이 아님을 뜻한다. 보통 중국 역사의 시대를 고대(古代)·중세(中世)·근대(近代)로 대분(大分)할 때, 중세는 무제 때부터 시작되고 있다는 의견에 반대하는 이는 거의 없다. 그것은 무제시대가 정치적으로 획기적이었을 뿐만 아니라 문화면에 있어서도 획기적인 시대여서 중국의 학술사나 문학사가 이 시대에 와서야 본격적인 전개를 시작하고 있기 때문이다. 말하자면 무제는 위대한 중국을 건설해 놓은 황제였던 것이다.

무제는 특히 외정(外征)을 통한 국세의 확장에서 초인적인 업적을 발휘하고 있다. 그는 제위에 오르자 곧 대외적인 관심을 보이기 시작하여, 첫째로 한 초부터 북방에서 압력을 가해오던 흉노들을 수차에 걸친 원정을 통하여 완전히 굴복시키거나 먼 곳으로 쫓아냈다. 지금 내몽고가 중국의 판도 속으로 들어왔고, 또 한때엔 외몽고조차도 중국 속에 포함시켜 생각한 일이 있었던 것은 실상 이때 무제의 원정이 그 터전을 마련한 것이라 할 수 있다.

또 장건(張騫)의 서정(西征)을 위시한 여러 차례에 걸친 서역 원정은 새로운 인도와 서구의 문물을 유입케 했으며, 신강(新疆) 지역이 중국 영토로 확정되는 기틀이 되었다. 다시 남쪽으로는 남월(南粤)을 정복한 데 이어 서남이(西南夷) 여러 나라들을 쳐서 귀부(歸附)케 하고 민월(閩粤)과 동구(東甌)를 굴복시킴으로써, 중국남방의 강역(疆域)을 확정시켰다.

무제는 이처럼 밖으로 중국의 강역(疆域)을 확보하였을 뿐만 아니라, 안으로는 유학(儒學)을 바탕으로 한 학술 사상의 통일을 기함으로써 전제봉건군주의 지배체재를 확립하고 새로운 중국문화의 건설에 착수하였다. 그는 B.C. 140년 제위에 오르자마자 곧 전국의 지식인들을 모아놓고 친히 고금의 치란지도(治亂之道)에 관한 책문을 하였는데, 조명(詔命)에 따라 대책을 한 1백여명 중에서도 동중서(董仲舒, B.C. 179?~B.C. 93?)와 공손홍(公孫弘, B.C. 199~B.C. 120)의 대책이 가장 무제의 마음에 들었다.

그런데 이들은 모두《공양춘추(公羊春秋)》를 공부한 학자들이어서 유학을 바탕으로 한 이들의 이론은 곧 여타의 사상가들을 모두 물리치고 공자(孔子)의 유가사상만이 한나라의 정치 원리와 사회 윤리를 지배하는 독존적인 지위를 누리게 하였다. 특히 이때 동중서(董仲舒)가 내세운 '대일통(大一統)' 이론은 육경(六經)을 근거로 하는 학술과 사상의 통일이 그 주지(主旨)였으나,16) 결국은 황제를 중심으로 하는 천하의 일통(一統)에까지도 논리가 적용되어, 무제의 외정(外征)과 표리를 이루었고 새로운 위대한 제국건설의 정신적인 바탕이 되었다.

이러한 기초 위에 무제는 '악부(樂府)'라는 음악관청을 세우고 이연년(李延年, B.C. 140?~B.C. 87?)을 협률도위(協律都尉)에 임명하여 각 지방의 악가(樂歌)를 수집하는 한편 새로운 음악을 작곡케 하고,17) 또 새로운 형식의 부와 시가들을 권장하는 등 새로운 문화 건설에 진력하였다. 사마상여(司馬相如)의 부는 이러한 시대를 대변하는 성격의 문학인 것이다.

그런데 한편 이때 무제를 따라 새로운 문화건설에 참여하였던 지식인 계급은 아직도 한제국 속에서 자기의 지위를 제대로 찾지 못하고 있는 상태였던 듯하다. 무제는 B.C. 136년(建元 5년)에 오경(五經)박

---

16) 《漢書》卷56 董仲舒傳 對策 ; '春秋大一統者, 天地之常經, 古今之通誼也. 今師異道, 人異論, 百家殊方, 指意不同, 是以上亡以持一統 ; 法制數變, 下不知所守. 臣愚以爲諸不在六藝之科孔子之術者, 皆絶其道, 勿使並進. 邪辟之說滅息, 然後統紀可一而法度可明, 民知所從矣.'

17) 《漢書》卷22 禮樂志 참조.

사를 두었는데[18] 뒤에는 이 오경에 관한 박사가 모두 14명으로 늘었다. 그밖에도 오경을 공부한 사람들을 관리에 등용하기 시작하여 유가의 경전공부는 바로 이록지도(利祿之道)로 변하여 갔다. 한편 등용된 학자들은 자기가 공부한 오경을 바탕으로 한나라의 정치원리와 사회현실을 설명하는 데 급급하였다. 이것은 무제가 유학을 추장(推奬)하는 한편 지식인들을 통제하는 방편이 되었던 것 같다.

무제가 역사상 획기적인 공업을 이룩할 수 있었던 것은 그의 남다른 인재 등용에도 큰 원인이 있다 할 것이다.

《한서(漢書)》 권58 공손홍복식예관전찬(公孫弘卜式兒寬傳贊)을 보면 무제시대에 활약한 인물로 "유아(儒雅)에는 공손홍(公孫弘)·동중서(董仲舒)·예관(兒寬), 독행(篤行)에는 석건(石建)·석경(石慶), 질직(質直)하기로는 급암(汲黯)·복식(卜式), 추현(推賢)에 있어서는 한안국(韓安國)·정당시(鄭當時), 정령(定令)을 함에 있어서는 조우(趙禹)·장탕(張湯), 문장에는 사마천(司馬遷)·상여(相如), 골계(滑稽)에는 동방삭(東方朔)·매고(枚皐), 응대(應對)에는 엄조(嚴助)·주매신(朱買臣), 역수(曆數)에는 당도(唐都)·낙상굉(洛上閎), 협률(協律)에는 이연년(李延年), 운주(運籌)에는 상홍양(桑弘羊), 봉사(奉使)를 함에 있어서는 장건(張騫)·소무(蘇武), 장솔(將率)로는 위청(衛靑)·곽거병(霍去病), 수유(受遺)에 있어서는 곽광(霍光)·김일제(金日磾)가 있었는데, 그 나머지도 이루 다 기록할 수 없을 정도이다."고 말하고 있다. 이처럼 많은 뛰어난 인재들을 등용하여 잘 썼기 때문에 무제는 안팎으로 위대한 제국의 건설이 가능했던 것이다.

그런데 이들의 출신성분을 보면 대부분이 보잘것없는 가난한 집안 출신이다. 《한서》 공손홍전찬(公孫弘傳贊)에서 지적하고 있듯이, 공

---

18) 《漢書》 卷6 武帝紀 참조.

손홍은 바닷가에서 돼지를 기르던 가난한 집안 출신이고, 예관(兒寬)도 집이 가난하여 함께 공부하던 사람들 밥을 지어 주기도 하고 품팔이를 하면서 공부한 사람이어서, 무제 같은 영특한 황제 때 태어나지 않았더라면 이름을 드러내지 못했을 사람들이다.19)

그리고 《한서》에 전(傳)이 있는 사람들만 보더라도, 위청(衛青)은 노비의 자식으로 어렸을 적에는 양을 쳤고, 곽거병(霍去病)은 그의 아버지가 위청(衛青)의 누이와 사통하여 낳은 자식이었고, 사마천(司馬遷)도 대단찮은 사관(史官)의 아들인 데다가 뒤에는 부형(腐刑)을 당하여 내시로 지냈고, 엄조(嚴助)도 집이 가난하여 어릴 때 많은 사람에게 수모(受侮)를 당하여 뒤에 고향인 회계(會稽) 태수를 자원하였고, 주매신(朱買臣)은 땔나무 장사를 하여 겨우 먹고 살았고, 동방삭(東方朔)도 어려서 부모를 잃고 형수 밑에서 어렵게 자라났으며, 곽광(霍光)은 곽거병(霍去病)의 이복제인데 말할 수 없이 어렵게 자랐고, 김일제(金日磾)는 흉노 출신의 투항해 온 포로였다. 이연년(李延年)은 창우(倡優) 출신인 데다가 부형(腐刑)을 당하여 내시로 황제의 사냥개를 관리했었고, 상홍양(桑弘羊)은 낙양의 행상 출신이다.20)

이밖에도 아버지가 벼슬아치였던 사람들이 있기는 해도 대단한 가문을 배경으로 지닌 사람이란 거의 없다. 이처럼 무제시대의 새 문화 창조의 주역들이 모두 신흥 지식인들이었다. 그리고 이들이 새로이 자신의 재능과 노력을 통하여 상층 계급으로 발돋움한 사람들이었기 때문에 새로운 문화 창조가 자연스럽게 이루어졌을 것이다.

한편으로 이 시대는 황제의 권위가 극대화한 시대였다. 무제는 진

---

19) 《漢書》卷 58 公孫弘卜式兒寬傳贊 ; ‘公孫弘·卜式·兒寬, 皆以鴻漸之翼困於燕爵, 遠迹羊豕之間, 非遇其時, 焉能致此位乎?’

20) 上同 ; ‘卜式拔於芻牧, 弘羊擢於賈豎, 衛青奮於奴僕, 日磾出於降虜, 斯亦曩時版築飯牛之朋已.’

(秦)나라의 가혹했던 법치를 감안하여 동중서(董仲舒)의 대책을 따라 유학만을 중시하는 정책을 폄으로써 인애(仁愛)와 관용을 드러내려 하였다. 그러면서도 학자들을 관학으로 끌어들이고 벼슬을 줌으로써 은연중 유학을 한나라의 상황에 알맞는 것으로 변질케 하였다. 동중서만 보더라도 대일통(大一統) 이론으로 사상의 통일을 주장하면서 한편 무제의 외정과 황권의 절대화를 합리화하였으며, 음양 재이(災異)에 관한 이론을 끌어들여 그 시대의 여러 가지 현상을 설명하고, 또 《춘추(春秋)》를 응용하여 단옥(斷獄)까지 하기도 하였다.

유가의 윤리사상도 이에 따라 변모하여 충·효 같은 것은 공자의 개념과는 달리 '임금에 대한 신하로서의 절대적인 충성' 또는 '부모에 대한 자식들의 무조건의 복종과 봉양' 같은 것으로 바뀌어 갔다. 이는 동중서 자신을 포함한 금문 경학가들의 일반적인 경향이었다. 그러기에 무제시대의 지식인들은 거의 모두가 절조 없는 아부꾼들처럼 느껴지게 된다.21) 그것은 절대화한 황권 아래 새로이 상층으로 발돋움한 지식계급들은 미처 안정된 자기의 위치를 발견할 겨를 없이 제각기 이록지도(利祿之道)를 뒤쫓지 않을 수 없었기 때문이었을 것이다.

동중서도 음양오행(陰陽五行)의 자연원리를 직접 인간사회에 연관시켜 '삼강오기(三綱五紀)'를 주축으로 하는 윤리체계를 확립함으로써, 절대 원리에 따른 계급질서의 최고 자리에 황제를 모셔 놓으면서도,22) 자신의 자리는 찾지 못하고 있었던 셈이다.

그 중에서도 특히 지금 우리가 문인이라 볼 수 있는 인물들의 성격

---

21) 《漢書》儒林傳 ; '弘以治春秋爲丞相, 天下學士靡然嚮風矣.' 上同 ; 轅固生誠公孫弘曰 ; '公孫子, 務正學而言, 無曲學以阿世!'《漢書》〈汲黯傳〉 ; '而黯常毁儒, 面觸弘等, 徒懷詐飾智, 以阿人主取容.' 등의 記錄 以外에도 모든 위 人物들의 傳記가 대체로 그런 느낌을 갖게 한다.

22) 董仲舒《春秋繁露》基義·五行之義 篇 등 참조.

은 더욱 맹랑하다. 무제 밑에는 문인이라 생각되는 엄조(嚴助)·주매신(朱買臣)·오구수왕(吾丘壽王)·사마상여(司馬相如)·주보언(主父偃)·서락(徐樂)·엄안(嚴安)·동방삭(東方朔)·매고(枚皐)·교창(膠倉)·종군(終軍)·엄총기(嚴葱奇) 등이 있는데,23) 이는 문인을 식객으로 기르고 있던 한(漢) 초의 오왕(吳王) 유비(劉濞)24)·양효왕(梁孝王) 유무(劉武)25)·회남왕(淮南王) 유안(劉安)26) 등의 유풍을 계승 발전시킨 것이며, 그러한 풍조는 전한(前漢)을 통하여 이후 몇 대를 두고 계속되었다.27)

그러나 무제는 다른 황족들보다도 더욱 의식적으로 예술적인 감각을 살린 새롭고 아름다운 문장의 창조를 뒷받침하고, 그것을 천자로서의 생활을 꾸미는 필수적인 것으로 생각하였다. 여기에서 꽃피운 새로운 아름다운 문장이란 바로 《초사》를 계승하여 발전시킨 '부'라는

---

23) 《漢書》 卷64 上 嚴助傳 ; '嚴助……後得朱買臣·吾丘壽王·司馬相如·主父偃·徐樂·嚴安·東方朔·枚皐·膠倉·終軍·嚴葱奇等, 並在左右.'

24) 吳王 劉濞(《史記》 卷106 列傳)는 高祖의 兄의 아들로 뒤에 吳楚七國의 亂의 張本人이 되었으며, 鄒陽·嚴忌·枚乘 等이 모두 그의 宮廷에 모였다(《漢書》 卷51 賈鄒枚路傳). 그 뒤 이들은 吳王의 沒落에 따라 梁孝王에게로 옮겨갔다.

25) 梁孝王 劉武(《史記》 卷58 梁孝王世家)는 武帝의 아버지 景帝의 아우. 그의 宮廷에는 枚乘·鄒陽·嚴忌 以外에도 路喬·公孫乘·羊勝· 韓安國 등이 있어 文才를 겨루며 지냈다(《西京雜記》 卷4).

26) 淮南王 劉安(《史記》 卷118 淮南衡山列傳)은 高祖의 孫子이며, 그의 宮廷에도 많은 學者와 文人들이 모여 있었다(玉逸 《楚辭章句》 招隱士叙).

27) 劉勰 《文心雕龍》 詮賦 ; '繁積於宣時, 校閱於成世, 進御之賦, 千有餘首.' 班固 《兩都賦》 序 ; '故孝成之世, 論而錄之, 蓋奏秦御者千有餘篇. 而後大漢之文章, 炳焉與三代同風.' 등 참조

152

새로운 문체였다. 어떻든 이러한 무제가 권장한, 의식적으로 꾸며진 아름다운 문장은 이후로도 계속 발전되어, 여기에서 이 시대를 본격적인 중국문학사의 전개라고 말하는 계기가 마련되는 것이다.

그러나 문인으로서의 전통이 없던 그 시대에 있어서 문제가 되는 것은, 무제가 어떻게 이들 문인들을 대우했고 또 그들은 어떤 태도로 글을 쓰고 있었는가 하는 것이다. 앞에서 무제시대의 지식인들이 아유(阿諛)를 일삼았음을 지적했거니와, 상당한 학문과 관직이 있던 사람들조차 그 모양이었다면 아직도 문학이란 개념이 제대로 형성되지 못하였던 그때의 일반 문인들의 행실은 더 말할 것이 없었을 것이다.

《한서(漢書)》 엄조전(嚴助傳)을 보면 무제의 좌우에는 앞에 든 여러 문인들이 늘 시종하고 있었고, 그 중에서도 특히 총애를 받은 이는 동방삭(東方朔)·매고(枚皐)·엄조(嚴助)·오구수왕(吾丘壽王)·사마상여(司馬相如)라 하였다.

그런데 무제는 이들을 자기를 즐겁게 해주고 황제로서의 생활과 위세를 장식해주는 고급 재주꾼 정도로 생각하고 부렸던 것 같다.《한서》 엄조전을 보면 앞에서 든, 특히 총애를 받은 사람들의 이름을 댄다음 "동방삭과 매고는 지론에 근거가 없어 임금은 아주 배우처럼 이들을 생각하고 먹여 살렸다."고 말하고 있을 정도이다. 오구수왕이 본시 젊어서 격오(格五)라는 일종의 노름을 잘하여 대조(待詔)가 되었다는 것은,28) 글을 짓는다는 것도 일종의 오락이나 같은 것이라고 생각했던, 당시의 상황을 암시하는 듯하다. 무제는 어떤 감동적인 사건이 일어나거나 특별한 경우를 당하면 흔히 이들에게 글을 짓게 하였다.29)

---

28) 《漢書》 卷64 上 吾丘壽王傳.
29) 《漢書》 卷64 上 嚴助傳 ; '有奇異, 輒使爲文.' 同 卷51 枚皐傳 ; '上有所

그러기에 이들은 황제가 제사를 지내러 가거나 지방에 출장을 나갈 때, 또는 사냥을 하러 가거나 놀이를 나갈 때도 늘 따라다니며 황제의 기분에 따라 글을 지어 바쳤다. 무제가 29세에 태자를 낳았을 적에는 동방삭(東方朔)과 매고(枚皐)가 이를 경하하는 부를 지었고,[30] 황후 위(衛)씨를 책립했을 적에도 이들은 부를 지어 올렸다. 그러면 천자는 이들에게 적절한 상여를 내렸다.

사마상여는 〈상림부〉를 지어 올린 덕분에 낭(郎)이 되었고, 매고(枚皐)는 처음 무제를 알현했을 적에 〈평악관부(平樂觀賦)〉를 지어 올려 가상(嘉賞)을 받았다 한다.[31] 때에 따라서는 양효왕(梁孝王)이 그랬듯이 이들에게 부작(賦作)을 경쟁케 하여 부를 제대로 못지은 사람에게는 벌주를 내리고, 좋은 작품을 지은 사람에게는 비단 같은 상을 주기도 하였을 것이다.[32]

이들이 부만을 지어 바쳤더라면 "배우처럼 먹여 살렸다."는 말은 안들었을런지도 모른다. 《한서》 동방삭전(東方朔傳)을 보기로 보면, 그는 글을 짓는 이외에도 우스갯소리와 우스갯짓으로 임금을 즐겁게 하고, 말재간으로 황제의 무료한 시간을 메꿔주고 있다. 키 3척여의 난쟁이들을 골림으로써 황제에게 키 9척여의 자신을 내세워 보이기도 하고, 사복(射覆)이라는 숨긴 물건 알아맞히는 놀이로 재능을 과시하

感, 輒使賦之.'

30) 《漢書》 卷51 枚皐傳.

31) 《漢書》 卷51 枚皐傳, 同 卷64 王褒傳에 '上令褒與張子僑等並待詔, 數從褒等放獵, 所幸宮館, 輒爲歌頌, 第其高下, 以差賜帛.'이라고 宣帝 때의 일을 記錄하고 있으나 이는 武帝 때의 流風일 것이다.

32) 《西京雜記》 卷4 ; '梁孝王遊於忘憂之館, 集諸遊士, 各使爲賦. ……韓安國作几賦, 不成, 鄒陽代作, ……鄒陽, 安國罰酒三升, 賜枚乘·路喬如絹人五匹.'

기도 한다.

그러기에 사마천(司馬遷)은 '매고(枚皐)·곽사인(郭舍人)과 더불어 좌우에 있으며 회조(詼調)나 할 따름이었다'고도 쓰고, 또 《한서》 동방삭전찬에서는 '동방삭은 말은 스승을 착실히 따르지 않고, 행동은 덕을 제대로 따르지 않아, 그가 남긴 풍도(風度)와 남긴 글들은 형편없는 것이었다(朔言不純師, 行不純德, 其流風遺書蔑如也).'고 한 양웅(揚雄, B.C. 53~A.D. 18)의 말을 인용하기도 한 것이다.

이렇게 보면 뒤에 양웅이 만년에 난쟁이 배우들이나 같은 자기의 행동을 뉘우치고 부 짓는 짓을 집어치웠듯이,33) 이들의 행실이나 대우는 옛 궁중에서 우스갯짓이나 하던 배우들과 다를 바 없었다. 뒤에 선제(宣帝, B.C. 73~B.C. 49 재위)도 궁중에 많은 문인들을 시종케 한 황제인데 사부(辭賦)는 '창우(倡優)나 박혁(博奕)보다는 훨씬 나은 것'이라 말하고 있다.34) 결국 부를 짓는다는 것은 창우의 우스갯짓이나 바둑 장기보다는 약간 고급의 오락이며, 문인들이란 창우보다는 약간 상급의 재주꾼들이라는 정도의 생각을 지녔던 것 같다.

사마천(司馬遷)이 《사기》 사마상여전(司馬相如傳)에서 〈자허부(子虛賦)〉를 소개한 뒤 '그 졸장(卒章)에선 절검으로 취지를 돌림으로써 풍간(風諫)을 하고 있다'고 말했듯이, 사부의 뜻을 풍유(諷諭)에서 찾으려던 사람들도 많았다. 문학론에 있어서는 그것이 전통이라 할 수 있는 이론이라 해도 과언이 아닐 것이다.35) 그러나 본시 이 시대의

---

33) 《漢書》 卷87 揚雄傳 ; '由是言之, 賦勸而不止明矣. 又頗似俳優淳于髡. 優孟之徒, 非法度所存, 賢人君子詩賦之正也. 於是輟不復爲.'

34) 《漢書》 卷63 王褒傳 ; '議者多以爲淫靡不急. 上曰 ; 不有博奕者乎? 爲之猶賢乎已. 辭賦, 大者與古詩同義, 小者辯麗可喜. ……賢於倡優博奕遠矣.'

35) 《漢書》 揚雄傳 ; '雄以爲賦者將以風之.' 班固 〈兩都賦序〉 ; '或曰 ; 賦

부(賦)의 풍유라는 것은 배우들의 우스갯소리 속에 간혹 감추어져 있던 풍자의 뜻과 큰 차이가 없었다고 느껴진다.

《한서(漢書)》 동방삭전에서 동방삭이 온갖 재능과 지략을 다 발휘하여 황제의 관심을 샀지만 결국 '부득대관(不得大官)'했음을 지적하고 있듯이, 이들 문인들이 황제를 시종하고 황제를 위해 일하며 멋진 글들을 지어 바쳤음에도 큰 벼슬을 못했던 것도 이들에 대한 황제의 선입견 때문이었는지도 모른다.

이 시대는 지식인들이 자기의 위치를 제대로 찾지 못하고 있던 때이니, 문인들이 자기 의식을 제대로 갖추지 못한 채 전제군주에게 봉사나 하고 있었다는 것은 당연한 일인지도 모른다. 따라서 이 시대 부 작가들은 그 사회에 있어 문인이란 어떤 존재인가, 문학이란 무엇이며 왜 하는가, 생각할 겨를도 없이 황제의 요구에 따라 자신의 재능을 다 발휘하고 그 보상이나 바랐던 것이다. 다행히도 이처럼 새로 이루어져가던 문화 분위기 속의 중심인물인 무제는 단순한 부의 애호가나 감상가였을 뿐만이 아니라 자신의 격정을 이 새로운 문체로 표현할 수 있는 작가이기도 하였다.

《한서》 권97 외척전(外戚傳)을 보면 사랑하던 이부인(李夫人)이 죽었을 때 그가 지었다는 부의 전문이 실려 있고, 《문선》 권45에는 하동(河東)으로 후토(后土)를 제사하러 나가 군신들과 한잔 마시다가 흥이 올라 지었다는 〈추풍사(秋風辭)〉 한 수가 실려 있다. 무제 자신은 아름답고 멋진 글을 그가 좋아하던 쾌락의 일종으로 알았겠지만, 스스로 뼈를 저미는 슬픔이나 억제하기 어려운 감흥을 직접 노래하면

者, 古詩之流也. ……或以抒下情以通諷諭, 或以宣上德而盡忠孝.' 이밖에 同人의 〈離騷贊序〉, 《漢書》 藝文志 詩賦略 ; 王逸의 《楚辭章句》 叙, 〈離騷〉 〈九歌〉 〈招魂〉 等 各 作品의 叙 참조.

서 어렴풋이나마 오락과는 다른 무엇을 느끼기도 했었을 것이다.

어떻든 부 작가나 부 자체가 대단한 것으로 받아들여지지는 않았다 하더라도, 적어도 문학이 그의 생활에 있어 필수적인 중요한 것으로 인식되기 시작하였다. 그리고 이때의 문인들 속에 존경할 만한 위인은 없었다 하더라도 많은 사람들이 본격적으로 자신의 이름을 내걸고 작품을 창작하기 시작한 것도 사실이다. 그래서 이 시대를 중국문학사가 본격적인 전개를 시작한 시기라고 하는 것이다.

그리고 그 문학사의 전개는 자연히 후세로 가면서 문인들의 자기의식과 구체적인 문학에 대한 개념이 이룩되어 아름다운 결실을 보게 될 것이기 때문에 큰 의의가 있는 것이다. 사마상여는 바로 이러한 시대에 살았고 이러한 문학조류 속에서의 중심 인물이었다. 그러기에 현대의 우리가 사마상여의 작품을 이해하기 위해서는 먼저 그의 생애와 인간 및 그 시대배경과 그 시대 지식인들의 일반적인 성격 등에 대해 올바른 인식을 갖지 않으면 안되는 것이다.

4. 사마상여 부(賦)의 특징

1) 사마상여의 부

《한서》 권30 예문지에는 시부 106가 중 부를 굴원(屈原)부·육가(陸賈)부·손경(孫卿)부·잡(雜)부의 사파로 구분하고 굴원(屈原)부에 속하는 20가 속에 '사마상여(司馬相如)부 29편'이라 기록하고 있다. 그러나 지금은 그 대부분이 전하여지지 않고 있다. 지금 전하는 그의 부로 가장 대표적인 것이 《사기》와 《한서》의 열전에 실려있는 〈자허부(子虛賦)〉〈애진이세부(哀秦二世賦)〉〈대인부(大人賦)〉의 3편이다.

소통(蕭統)의 《문선》에는 자허(子虛)가 초(楚)나라의 운몽(雲夢)과 초왕의 수렵을 묘사한 게 중심을 이루는 앞부분을 〈자허부(子虛賦)〉, 무시공(亡是公)이 천자의 상림(上林)과 그곳에서의 수렵을 묘사한 게 중심을 이루는 뒷부분을 〈상림부(上林賦)〉라 구분하여 권7과 권8에 각각 나누어 싣고 있다. 〈상림부〉는 작자가 무제를 알현한 뒤 다시 황제를 위해 지은 것이라 하더라도, 그 내용이 수미로 연결되고 있으니 《사기》나 《한서》에서처럼 한 작품으로 보는 게 좋을 듯하다.

이밖에도 《문선》에는 무제의 첫번째 황후인 진(陳)황후가 황제의 총애를 잃게 되자, 다시 그 총애를 되돌리기 위하여 황금 백근을 주고 사마상여에게 짓게 하였다는 〈장문부(長門賦)〉가 실려 있고, 송(宋)대 무명씨의 《고문원(古文苑)》에는 사마상여가 양효왕(梁孝王) 밑에 있을 적에 동료인 추양(鄒陽)이 그를 질시하여 "상여(相如)는 미모의 호색한이어서 임금의 후궁들을 건드린다."고 모함하자, 그것을 반증하기 위하여 읊었다고 한 〈미인부(美人賦)〉가 실려있다.

이 〈장문부〉와 〈미인부〉는 당(唐)대 구양순의 《예문유취(藝文類聚)》와 서견(徐堅)의 《초학기(初學記)》에도 그 전문 또는 그 일부가 수록되어 있고, 이선(李善)의 《문선》 주(注) 등에도 인용되고 있어 적어도 육조(六朝)시대에는 이것들이 사마상여의 작품으로 행세하고 있었음이 분명하다.

그럼에도 불구하고 청(淸) 장혜언(張惠言)이 《칠십가부초(七十家賦鈔)》에서 〈장문부〉는 '상여가 아니면 짓지 못할 것'이라 하면서도 〈미인부〉에 대하여는 '아마도 육조(六朝)인의 의작(擬作)일 것'이라 말한 것처럼 사마상여의 작임을 의심하는 이들도 있다. 또 그의 작품으로 〈이부(梨賦)〉(《文選》 注 引), 〈어저부(魚菹賦)〉(《北堂書鈔》 引), 〈재동산부(梓桐山賦)〉(《玉篇》에 보임) 등의 편명(篇名)만 전하는 것들이 있다.

이밖에도 《한서》 예악지(禮樂志)나 영행전(佞幸傳)의 이연년(李延年)에 관련되는 기록에 따르면, 사마상여는 무제의 조정에서 교묘(郊廟)나 연악에 쓰이던 악가 제작에도 참여하였다. 〈예악지〉에는 여러 편의 그러한 악가들이 실려 있는데, 그 중 어느 정도를 그가 지은 것인지 알 길은 없다. 이 밖에도 그의 열전에는 〈유파촉격(諭巴蜀檄)〉〈난촉부로(難蜀父老)〉〈간렵서(諫獵書)〉〈봉선문(封禪文)〉의 네 편의 산문이 실려 있다.

그 외에 서릉(徐陵)의 《옥대신영(玉臺新詠)》 권9에는 사마상여가 탁문군(卓文君)을 유혹할 때 불렀다는 금가(琴歌) 2수가 실려 있고, 〈보탁문군서(報卓文君書)〉(《全漢文》 권22) 같은 글도 전해지고 있으나 이것들은 특히 후인의 의작(擬作)일 가능성이 많은 것이다. 명(明)대의 장부(張溥)가 편찬한 《한위육조백삼명가집(漢魏六朝百三名家集)》속의 《사마문원집(司馬文園集)》에는 이상 언급한 부(賦) 6편·산문 5편·가(歌) 2편이 모두 모아져 있는데, 사마상여의 이름 아래 전하여지는 문장의 전부이다. 그러나 이들 중에서도 중심을 이루는 것은 부작(賦作)임은 두말할 나위도 없다.

2) 형식상의 특징

사마상여의 부 29편 가운데 지금 전해지고 있는 것은 대여섯 편에 불과한데, 그 중에서도 그의 대표작이라 할 수 있는 것은 〈자허부(子虛賦)〉이다. 한부는 《초사》 형식을 계승한 것인데, 특히 〈자허부〉는 《초사》와 한부의 분계를 확정지은 기념비적인 작품이라 할 수 있다. 따라서 형식이나 내용에 있어 사마상여의 부가 어떤 특징을 지니고 있는가 하는 문제를 풀기 위하여는 〈자허부〉를 검토하는 것이 지름길이 될 것이다.

첫째로 〈자허부〉는 3천 자가 넘는 거창한 장편인데, 이 작품 전체가 초(楚)나라 사자로 제(齊)나라에 온 자허(子虛)와 제(齊)나라의 명사인 오유선생(烏有先生) 및 무시공(亡是公)이라는 가탁된 3명의 인물들의 대화로 이루어져 있다. 이것은 곧 이 작품이 허구에 의한 희극적 성격의 구성임을 뜻하며, 이러한 큰 규모의 허구적인 작품은 중국 전통문학의 조류 속에서는 매우 희귀한 것이다.

물론 이미 《초사》 속에서도 〈이소(離騷)〉를 비롯하여 장편이라 할 수 있는 작품들이 몇 편 있다. 그러나 이처럼 전편이 허구적인 대화로 이루어지고, 또 그것이 어떤 사물의 묘사를 나열함으로써 이렇게 길어진 작품들은 없었다. 또 이미 굴원(屈原)의 〈복거(卜居)〉와 〈어부(漁父)〉를 비롯하여 송옥(宋玉)의 〈고당부(高唐賦)〉〈신녀부(神女賦)〉〈등도자호색부(登徒子好色賦)〉 등 대화체로 이루어진 작품들이 이전에도 있었으나, 〈자허부〉는 이를 가일층 발전시킨 것이다.

둘째로 〈자허부〉는 화려한 언어로 표현된 사물의 서술을 지나치게 사치스럽다고 할만치 연이어 나열한 작품이다. 보통 부는 앞머리에 서(序)에 해당하는 부분이 붙어있고, 중간에 부의 본문이 놓인 다음, 끝머리에 '난(亂)'(혹은 系·重·歌·訊) 같은 종결부분이 붙는 형식을 취한다. 〈자허부〉는 앞머리에 자허(子虛)가 제(齊)왕의 전렵(畋獵)을 수행한 다음 오유선생을 찾아가 대화를 하는 부분이 서(序)처럼 놓여있고, 끝머리에는 천자가 너무나 사치스런 전렵(畋獵)을 반성하고 덕정을 베푼다는 얘기를 하며 교훈을 늘어놓아 '난(亂)'의 역할을 하게 하고 있다.

그리고 본문은 후단으로 무시공(亡是公)이 천자의 상림(上林)의 정경을 얘기한 부분으로 이루어져 있는데, 이 양단의 중심부가 거의 모두 사물의 묘사의 나열이다. 전단(前段)에서 자허가 운몽(雲夢)의 정경을 얘기한 부분을 보면, 그는 먼저 운몽이란 곳의 형승(形勝)을 묘사한 뒤, 다음에는 그곳의 흙은 어떠어떠한 진기한 것이 있고, 돌에는

어떤 것들이 있으며, 그 동쪽에는 어떠어떠한 초목들이 있고, 그 남쪽
에는 무엇들이 있으며, 고조(高燥)한 곳에는 무엇무엇이 자라고, 비습
(卑濕)한 곳에는 어떤 것들이 자라고 있으며, 서쪽에는 어떠어떠한
것들이 있고, 가운데에는 무엇무엇이 있으며, 그 북쪽은 이러이러하
고, 위쪽은 어떠어떠하며, 아래쪽은 어떤 것들이 있는데, 거기에서 초
왕(楚王)은 어떻게 사냥을 하고 또 낚시질을 하며 또 여인들과 어떻
게 즐기는가 하는 묘사들을 죽 늘어놓고 있다.

그리고 난 뒤 무시공이 다시 입을 열어 천자의 상림(上林)의 정경
을 얘기하는데, 거기에는 더욱 여러 가지 사물들에 대한 서술들이 호
화롭게 나열되고 있다. 따라서 여기에는 온갖 종류의 토(土)·석
(石)·옥(玉)·초(草)·목(木)·조(鳥)·수(獸)와 갖가지 승경(勝景)
의 산(山)·수(水)와 전렵(畋獵)·익조(弋鳥)·조어(釣魚) 등의 여러
가지 양상과 여희(女姬)·연악(宴樂)·성색(聲色) 등의 갖가지 즐거
움이 총등장한다.

그러기에 〈자허부〉에서 시작된 한부의 이처럼 거창한 사물의 나열
때문에, 청대(淸代)의 원매(袁枚) 같은 이는 그의 《수원시화(隨園詩
話)》에서 한부란 후세의 '유서(類書)'나 같은 성질의 저술이라 단정
하고 있기도 하는 것이다.36) 그가 말한 '유서(類書)'란 지금의 일반
사전 또는 백과사전이나 같은 뜻인데, 부에서 흙을 묘사하기 시작하
면 온갖 진기한 흙이 다 동원되고 돌이나 그밖의 사물의 경우에도 다
그러하기 때문이다. 후세 사람들이 부의 자의(字意)를 사물을 늘어놓

---

36) 袁枚 《隨園詩話》; '古無類書, 無志書, 又無學彙. 三都·兩京賦, 言木
則若干, 言鳥則若干, 必待搜輯羣書, 廣採風土, 然後成文. 果能才藻富艷,
便傾動一時, 洛陽所以紙貴者, 直是家置一本, 當類書類志讀耳. 故成之
亦須十年五年. 今類書字彙無所不備, 使左思生於今日, 必不作此種賦.'

는다는 뜻에서 '포(鋪)' 또는 '부(敷)'의 뜻으로 해석한 것도 그 때문이다.37)

한대의 부가(賦家)들을 보면 사마상여는 〈범장편(凡將篇)〉, 양웅(揚雄)은 〈방언(方言)〉과 〈훈찬편(訓纂篇)〉, 반고(班固)는 〈속훈찬(續訓纂)〉 같은 그 시대에 유명한 자학서(字學書)를 지었는데, 모두 이러한 부의 특징 때문이었을 것이다.

이것도 사마상여의 창안이라 볼 수는 없다. 《초사》의 〈천문(天問)〉도 이미 나열의 수법을 쓴 것이며, 송옥(宋玉)의 〈초혼〉에서는 혼을 부름에 있어 동·남·서·북·상·하의 위해(危害)를 서술한 뒤 다시 초도(楚都) 안의 갖가지 쾌락과 아름다움을 열거하고 있다. 더욱이 〈고당부(高唐賦)〉 같은 데에서는 고당(高唐)의 산(山)·수(水)·수충(水蟲)·초목(草木)·산험(山險)·훼금(卉禽)·선(仙)·도사(禱祀)·사렵(射獵)·승여(乘輿) 등의 사물의 묘사를 나열하고 있다. 그러나 〈자허부〉처럼 오로지 사물에 대한 나열만을 적극적으로 밀고 나가지는 않고 있다. 이전의 작품들에서는 사물의 나열은 그밖에 따로 있는 주제를 강조하기 위한 수법의 하나였으나, 〈자허부〉에 이르러서는 그 나열 자체가 작품 구성에 있어 그 중심을 이루고 있는 것이다.

셋째로 〈자허부〉는 극도의 수사를 추구한 작품이다. 이미 한부의 전신인 《초사》 작품들이 《시경(詩經)》이나 그밖의 선진(先秦) 문장들에 비할 때 고도의 수사성을 지니고 있고, 그 구의 형식 자체가 단정한 사언(四言)보다는 훨씬 화려한 운율과 변화를 지니고 있음은 사실이다. 그러나 〈자허부〉를 보면 그 수사(修辭)는 궁극적인 경지에 도

---

37) 梁 劉勰 《文心雕龍》 詮賦篇 ; '賦者, 鋪也, 鋪采摛文, 體物寫志也.' 漢 劉熙 《釋名》 ; '賦者, 敷布其義謂, 之賦.'

달하여, 사치스럽고 화려한 표현들은 이미 일상적인 문자나 용어가 아닌 진귀하고 아름다운 것들의 수집과 나열이다.

 그 속의 일자(一字) 일구(一句)는 모두가 사람들이 흔히 보고 쉽게 알 수 있는 것들이 아니라 보통의 경우에는 여간해서 볼 수 없는 진기하고 아름다운 것들이다. 예를 들면 흙에는 단(丹)·청(靑)·자(赭)·악(堊)·자황(雌黃)·백부(白坿)·석(錫)·벽(碧)·금(金)·은(銀)이 나열되고, 돌에는 적옥(赤玉)·매괴(玫瑰)·임(琳)·민(瑉)·곤오(昆吾)·감강(瑊玏)·현려(玄厲)·연석(硬石)·무부(碔砆) 등 진기한 것들이 동원되고 있는 것도 사치스런 수식의 효과를 위한 것이다. 구의 형식도 《초사》처럼 육언(六言)을 기본으로 하는 같은 형식의 반복이 아니다.

 〈자허부〉는 처음에는 산문에 가까운 형식의 서술과 대화로 시작되지만, 곧 사부(辭賦) 본래의 구형인 6자구로서 요소요소를 굳혀가며, 4언과 3언·5언·7언 등을 엇섞어, 변화 많은 구형의 교착 속에 빈틈없는 해화(諧和)를 이룩하고 있다. 이 중에서도 4언이 가장 많이 쓰이고 있는 것은 그것이 진기한 물건의 나열에 가장 편리하기 때문일 것이다.

 그리고 6자구라 하더라도 《초사》에서 흔히 보던 '혜(兮)'자 같은 조자(助字)는 완전히 배제하고, 대신 지(之)·이(而)·이(以)·어(於) 같은 조사를 활용하고 있다.38) 물론 6언이라 하더라도 사부의 본래 구형의 변화가 아닌 것도 있고,39) 5·7언 중에도 사부의 본래 구형에서 온 것이라 볼 수 있는 것들도 있다.40)

---

38) 例 ; '左烏號之勁弓, 右夏服之勁箭.' '眇閶易以邮削.' '順天道以殺伐.' '實陂池而勿禁, 虛宮館而勿仞.' '醴泉湧於淸室, 通川過於中庭.'

39) 例 ; '山陵爲之震動, 川谷爲之蕩波.'

40) 例 ; '靑龍蚴蟉於東廂, 象輿婉蟬於西淸.' '擇肉而後發, 先中而命處.'

이미 굴원(屈原)의 작품들도 같은 구형의 반복뿐만이 아니라 보다 길거나 짧은 구절을 엇섞어 써서 변화를 추구하였다. 그것은 지나친 정제화에서 오는 무미함을 구제하려는 정도의 소박한 변화의 추구였다. 그러나 사마상여가 다양한 구형을 엇섞어 쓴 것은 의식적인 노력을 통한 진귀한 표현의 추구, 또는 다양한 것들의 해화(諧和)를 통한 궁극적인 화미(華美)의 추구에서 이루어진 것이다.

거기에 압운(押韻) 방식조차도 다양한 변화를 보이어, 매구를 압운한 부분이 있는가 하면 전혀 압운하지 않은 부분도 있고, 격구(隔句)의 방식이나 환운 방식도 부분부분이 다르며, 수미운(首尾韻)으로 압운한 곳조차도 있다.[41]

또 영국인 Arthur Waley가 일찍이 이 부는 논리나 수사보다도 완전히 절주(節奏)와 어언성색(語言聲色)의 아름다움에의 도취 때문에 효과를 얻고 있다고 말했을 정도로(《The Temple and Other Poems》 p.17), 압운뿐만 아니라 독음의 해화(諧和)도 쌍성(雙聲)·첩운(疊韻) 등의 활용으로 미려한 수식을 이루고 있다. 그리고 그밖의 여러 가지 대구법 등 수사에 필요한 온갖 방법은 전부 동원되고 있는 셈이다. 그가 〈자허부〉를 짓는 데 100일이 넘는 시간을 소비하였다는 애기도,[42] 그가 사용한 문자와 수사를 생각할 때 결코 허전(虛傳)된 것은 아니라고 생각된다.

〈자허부〉 이외의 사마상여의 작품들은 형식에 있어 특이한 점은 그다지 두드러지지 않는다. 〈대인부(大人賦)〉는 시종 '6자혜(兮), 6자' 형식으로 된 이른바 소체(騷體)의 형식을 사용하면서 간간이 4자 또

---

41) 例 ; '盧橘夏熟蕭, 黃甘橙榛. 枇杷撚柿, 亭奈厚朴蕭.'
42) 《西京雜記》 卷2 ; '司馬相如爲上林子虛賦, 意思散, 不復與外事相關, 控引天地, 錯綜古今, 忽然如睡, 煥然而興, 幾百日而後成.'

는 7자·8자·9자·10자구(字句) 등을 혼용하여 변화를 시도하고 있는 정도이다.

그 중에서도 '4자, 4자혜(兮), 4자, 4자' '10자혜(兮), 10자' '8자혜(兮), 4자, 4자' '4자, 4자혜(兮), 9자' '4자혜(兮), 4자, 4자' '7자혜(兮), 3자, 3자, 3자' '4자혜(兮), 3자, 4자혜(兮), 3자' 등의 구의 형식이 눈에 두드러진다. 〈장문부(長門賦)〉는 구형에 있어 〈이소(離騷)〉와 다를 바가 전혀 없으며, 〈애진이세부(哀秦二世賦)〉도 구형에 약간의 변화는 있으나 〈이소〉체를 그대로 응용한 것이라 해도 좋을 것이다.

가장 구형에 변화가 많은 것이 〈미인부(美人賦)〉인데, 대체로 '혜(兮)'라는 조자(助字)의 사용 없이 산문체를 간용하되, 중심 부분은 4언을 위주로 하고 가끔 6언을 혼용하여 요소들을 강조하고 있다. 다만 중간에 인용한 여인의 노래만은 '혜(兮)'라는 조사까지 사용한 소(騷)체이다. 그리고 부 전체가 대화로 이루어져 있다는 것도 특징의 하나라 할 것이다.

이처럼 부의 형식에서 볼 때, 사마상여가 한부의 대표적 작가라 하지만 그의 부를 대표할 만한 특징있는 작품은 〈자허부〉 한 편이라 할 것이다. 곧 〈자허부〉야말로 가장 극단적인 건축적·음악적 아름다운 구조물들의 거창한 화합체이기 때문이다.

3) 내용상의 특징

〈자허부〉를 보면 그 중심부분이 초(楚)나라 운몽(雲夢)과 천자의 상림(上林)의 산수(山水)·옥석(玉石)·조충(鳥蟲)·초목(草木)·전렵(畋獵)·연악(宴樂) 등을 묘사한 것이다. 그러면 왜 3천 자가 넘는 특이하고 아름다운 문자를 동원하고 정력과 학식을 다하여 이러한 것들을 묘사하고 있는가? 여기에 등장하는 인물들도 가탁(假託)된 사람들이지만, 이 중 한 대목만 읽어보아도 이러한 사물의 묘사가 사실적인 것이 아님은 쉽게 알 수 있다.

다만 〈상림부〉의 끝머리 '천자망연이사(天子芒然而思), 사약유망왈(似若有亡曰)……' 이하에서는 천자가 스스로 화사한 전렵(畋獵)과 놀이를 반성하고 인민들을 위해 덕정을 베푼다는 얘기에서 시작하여 인의(仁義)를 바탕으로 한 교훈을 늘어놓고 있다. 그래서 사마천(司馬遷)은 《사기(史記)》 사마상여전찬(司馬相如傳贊)에서 "상여는 비록 허사(虛辭)와 남설(濫說)이 많기는 하나 그 귀지(歸旨)는 절검(節儉)으로 끌어들이고 있으니, 이것이 시의 풍간(風諫)과 무엇이 다르겠는가?"라고 하면서, 사마상여의 부의 의의를 풍간(諷諫)에서 찾으려 하였다.

이 뒤로 부의 의의를 시나 마찬가지로 풍간에 두는 것이 전통적 개념으로 화하기까지 하였다.[43] 그리고 뒤에는 후한(後漢) 조일(趙壹)의 〈자세질사부(刺世疾邪賦)〉 같은 본격적으로 풍간에 목적을 둔 작품이 나오기도 하였다. 그러나 〈자허부〉의 경우를 보면 누구나 다 아는 도덕적인 교훈을 한마디 하기 위하여 그처럼 많은 사물들을 화려하게 묘사하는 데 고심해야만 했다는 것은 납득이 가지 않는다. 오히려 사마천의 표현을 빌면 여기에서는 '허사와 남설'이 위주이고 '절검(節儉)의 귀지(歸旨)'는 장식으로 끝머리에 붙여둔 것이라 봄이 옳을 것이다.

그러면 왜 사마상여는 이처럼 '허사(虛辭)와 남설'이라 할만치 값없는 기이하고 화려한 문자를 고심하여 동원하여 놓았는가? 이것은 작자의 사람됨, 또는 이 부의 제작동기나 그 시대 지식인들의 습성을 참작해보면(앞 2, 3장) 어느 정도 정확한 해답을 얻을 수 있을 것 같다.

---

43) 앞 註 35) 참조.

그가 매우 영리한 위에 시세에 잘 영합하며, 개인의 명리를 위하여
는 수단 방법을 가리지 않았고, 그 시대 지식인들, 특히 문인들은 황
제를 시종하며 황제를 즐겁게 하고 황제의 비위나 맞추는 일을 일삼
았었다는 사실을 상기해야 한다. 이를 근거로 하면 〈자허부〉를 지은
작자의 저의가 분명히 드러난다.

첫째, 그가 진기하고 화려한 문자를 고심하여 나열한 것은 자신의
문재와 학식을 과시하기 위한 것이었다. 둘째, 그가 황제와 후왕(侯
王) 주변의 사물들을 묘사함에 있어 수사에 극단적인 정력을 다 기울
였던 것은 독자인 황제 이하 귀족들의 미적 쾌감을 위한 것이었다.
셋째, 그가 이러한 세상에서는 흔히 볼 수 없는 진기한 사물들의 묘
사를 거창하게 나열한 것은 황제와 후왕(侯王)의 자존심을 만족시키
려는 것이었다. 넷째, 끝머리에 인정(仁政)과 절검(節儉)을 얘기한 것
도 황제와 군왕이 민지부모(民之父母)라는 사실을 확인시키려는 의도
가 풍간(諷諫)의 뜻보다도 강하다. 이렇게 볼 때 그 작품 자체는 '허
사(虛辭)와 남설'에 불과한 것이라 하여도 좋을 것이다.

〈대인부(大人賦)〉도 〈사마상여전〉에 의하면 그가 효문원령(孝文園
令)이 된 다음 무제가 신선을 좋아하는 것을 보고 '산택간(山澤間)에
숨어사는 열선(列仙)들을 보면 몰골이 깡말랐는데 이것은 제왕의 선
의(仙義)가 아니라' 생각하고는 자청하여 지은 것이다. 이것도 자신의
문재(文才) 발휘를 통하여 무제의 미적 쾌감과 자존심을 만족시키기
위하여 지은 것임이 분명하다.

이 작품 중간에 흰머리로 암혈(岩穴)에 사는 서왕모(西王母)를 묘
사하고 있고, 또 끝머리에 '아래로는 땅도 없고 위로는 하늘도 없으며,
보이는 것도 없고 들리는 것도 없으며, 허무를 타고서 위로 올라가는
데 무우(無友)하고 독존하게 된다'44)는 대의의 글로 끝맺고 있는데,
이것은 모두 무제의 신선의 추구가 허무한 것임을 가르치려는 교훈을

주기 위한 것이라 주장하는 학자도 있기는 하다.45)

그러나 그밖의 대부분을 차지하는 미사여구로 표현된 거침없는 신선의 놀이는 어떤 뜻을 지니는가? 오히려 서왕모(西王母)는 제왕의 선의(仙義)에 어긋나는 진부한 신선의 예로 잠깐 들은 것뿐이고, 끝머리는 천하에 군림하는 절대군주에 상응하는 신선의 극치를 묘사한 것이라 보는 게 옳을 것이다. 그러기에 무제는 이 부를 읽고 크게 기뻐했고, 훨훨 구름과 기운을 타고 천지간을 노니는 한의(閒意)를 느꼈다 하였다.46) 그리고 《서경잡기(西京雜記)》 권3에서는 사마상여는 이 부를 지어 바치고 네 필의 비단을 상으로 받았다고 하였다. 풍간(諷諫)의 효과가 전혀 없었던 것이 분명하다.

〈장문부(長門賦)〉는 처음부터 무제의 총애를 잃은 진(陳)황후에게서 황금 백근을 받고 지은 것이라고 서문에 명기하고 있으니 그 제작 의도가 뻔하다. 오지 않는 황제를 기다리며 깊숙한 궁전 속에 그리움과 기다림 속에 쓸쓸히 지내는 가인(佳人)을 묘사함으로써 황제를 감동시키자는 것이다. 아름다운 가인의 쓸쓸하고 슬픈 처경을 노래한 이 작품이 극히 아름답고 감동적이어서 이 부로 말미암아 진황후는 다시 무제의 친행(親幸)을 얻었다 한다.

이 작품이 극히 서정적인 최초의 궁원(宮怨)을 읊은 시임에는 틀림 없으나, 그 내용이 대단한 것이 될 수는 없는 것이다. 〈미인부(美人賦)〉도 그가 만났다는 미인과의 해후를 묘사한 부분은 기특함과 아름

---

44) '下崢嶸而無地兮, 上嶚廓而無天, 視眩泯而無見兮, 聽怳恍而無聞. 乘虛無而上遐兮, 超無友而獨存.'

45) 徐復觀 〈司馬相如的再發見〉《中國文學論集》臺灣 學生書局 pp.371~378). 이 論文에서 徐氏는 司馬相如의 모든 賦가 諷諫의 뜻을 지녔으니, 그의 文學은 形式과 內容이 相應하는 大作들이라 主張하고 있다.

46) 《史記》 卷117 司馬相如傳.

다움을 극한 미문임에 틀림없으나 이것도 독자인 귀족들의 미적 쾌감을 노린 유희적인 문장에 불과하다. 더욱이 그 내용은 송옥(宋玉)의 작이라는 〈등도자호색부(登徒子好色賦)〉와 비슷하며, 다 같이 육조인(六朝人)의 위탁일 가능성이 많은 것이다.

그의 작품 중에서 비교적 풍유(諷諭)의 뜻을 내세우기에 무리가 없는 것은 그 중에서 가장 짧은 〈애진이세부(哀秦二世賦)〉이다. 진(秦) 이세(二世)가 지신불근(持身不謹)해서 망국실세(亡國失勢)하고 또 신참불오(信讒不寤)해서 종묘가 망하였음을 읊고 있으니, 이 작품은 무제에게 지신(持身)을 잘하고 참언(讒言)을 믿지 말라는 교훈을 전하고 있는 것임은 사실이다. 그러나 그가 진(秦) 이세의 무덤 옆을 지나다가 산천은 의구한데 대진황국(大秦皇國)의 천자도 가버리고 그의 나라도 망했음을 절감하고 '오호애재(嗚呼哀哉)'를 거듭 부르짖었던 것은 상대가 황제였기 때문인 듯하다.

부의 전반이 진(秦) 이세 무덤이 있는 의춘원(宜春苑) 옆을 지나다가 본 의춘궁(宜春宮) 근처의 산수를 노래하고 있는 것을 보면 본격적인 풍유(諷諭)를 읊은 것이라 볼 수는 없다. 만약 상대가 황제만 아니었더면 그는 비감을 느끼지도 않았을는지 모른다.

어떻든 그의 부는 거창한 구성과 극려한 수사에도 불구하고 내용은 별것이 아니다. 진(晉)나라 지우(摯虞)가 《문장유별론(文章流別論)》에서, '가상(假象)이 지나치게 크면 곧 물류와 멀어지게 되고, 일사(逸辭)가 지나치게 장성하면 곧 사물과 서로 어긋나게 되고, 변언(辯言)이 지나치게 이치에 치우치면 곧 본뜻을 잃게 되고, 미려함이 지나치게 아름다우면 곧 실정과 서로 모순되게 된다.'[47]고 했는데, 이는 가

---

47) '假象過大, 則與類相遠 ; 逸辭過壯, 則與事相遠 ; 辯言過理, 則與義相失 ; 麗靡過美, 則與情相悖.'

상(假象)·일사(逸辭)·변언(辯言)·미려(靡麗)에만 치우치어 내용은 없는 사마상여의 부의 특징을 잘 지적한 말이라 하겠다.

4) 사마상여 부의 역사적 성격

《서경잡기(西京雜記)》를 보면 그의 친구 성람(聖覽)이 사마상여에게 부작(賦作)에 대하여 물었을 때 그는 다음과 같이 대답했다 하였다.

기조(綦組)를 합치어 무늬를 이룩하고 금수(錦繡)를 나열하여 바탕을 이루어, 일경일위(一經一緯)가 일궁일상(一宮一商)이 되는 것, 이것이 부(賦)의 자취이며, 부가(賦家)의 마음은 우주를 포괄하고 인사(人事)와 사물을 총람해야 한다.48)

《서경잡기》란 책은 출처가 불명하다 하지만 이 기록은 근거가 있는 듯하다. 그가 온갖 사물들에 대한 아름다운 수사를 나열하고 독음의 해화(諧和)에 고심하면서 거창한 〈자허부〉를 쓴 의도를 정확히 드러내고 있다고 생각되기 때문이다.

그러면 그는 어째서 아름다운 색깔의 비단실을 모아 무늬를 이루고 수놓은 비단을 나열하여 바탕을 이룬 것 같은 문장을 짓고, 또 우주를 포괄하고 인사(人事)와 사물을 총람한다는 웅대한 마음을 갖고 작품에 임했는가? 그것은 그가 살았던 무제시대가 지식인들로 하여금 형식은 그처럼 웅대하고 거창한 자세를 갖도록 만들었다고 보아야 할

---

48) 《西京雜記》 卷2 ; '其友人盛覽, ……嘗問以作賦. 相如曰 ; 合綦組以成文, 列錦繡以爲質, 一經一緯, 一宮一商, 此賦之迹也. 賦家之心, 苞括宇宙, 總覽人物.'

것이다. 사마상여의 시대는 바로 '웅재대략(雄才大略)'을 지닌 무제가 무력에 의한 정벌과 설득에 의한 외교로 사방으로 중국의 판도를 확장시키며 국세를 과시하던 시대이다.

무제의 시대는 나날이 새로운 군현(郡縣)이 불어나고 새로운 지역이 개통되어 내공(來貢)하는 외국 사자들이 장안으로 향하는 길에 줄을 이었을 정도였다. 이에 따라 기화요초(奇花瑤草)며 진금괴수(珍禽怪獸)를 비롯하여 희귀한 예물들과 함께 역외의 기담(奇譚)들이 쏟아져 들어와 진귀한 것들에 대한 관심이 크게 불어났다. 그리고 한나라의 지배계급들은 강성한 국세에 자신이 넘치고 풍성한 사물들로 명실공히 자기네가 바로 천하의 중심인 중화임을 자부하고 있었던 때이다.

〈자허부〉의 거창한 형식이며 진이(珍異)한 사물들의 아름다운 수식의 나열은 바로 이러한 그 시대 장안의 성격을 대변하는 것이다. 한나라의 풍성함으로서는 '기조(綦組)를 합치어 무늬를 이룩하고 금수(錦繡)를 나열하여 바탕을 이룬' 호사스런 것이 아니면 안되었다. 천하에 군림하는 자부심으로서는 '우주를 포괄하고 인사(人事)와 사물을 총람하는' 자세로써 글을 쓰지 않으면 안되었다. 〈자허부〉가 후왕(侯王)의 운몽(雲夢)과 전렵(畋獵)의 묘사에 이어 천자의 상림(上林)과 수렵을 연이어 묘사한 거창한 작품이라 하는 것은 거대한 한나라에 있어서는 당연한 것이었다.

나무 얘기가 나오면 목(木)변이 붙은 수많은 글자들, 돌 얘기가 나오면 옥(玉)변과 석(石)변이 붙은 수많은 글자들, 물고기 얘기가 나오면 어(魚)변이 붙은 수많은 글자들, 짐승 얘기가 나오면 마(馬)자가 붙은 글자만도 10자 가까이 동원되어, 그것은 무슨 나무 무슨 돌 무슨 고기 어떤 말들인지 알기가 어려울 정도이다. 그러나 천하의 진이(珍異)한 물건들이 매일 장안으로 모여들던 당시로서는 당연한 것이었다. 실제로 보통 사람들은 보지도 듣지도 못하던 물건들이 무수하였기 때문이다.

그리고 그것을 누리던 귀족들이 호사스러운 것은 당연한 것이기에 그때의 글은 건축적·음악적 수식을 극도로 추구해야만 했던 것이다. 곧 이 글은 천하의 중심을 이루는 한제국의 진귀한 사물의 풍성함과 호사스러움을 과시하려는 의욕의 발로라 할 것이다.

한편 이런 중에도 작자의 사상이나 감정은 담기지 않은 '허사(虛辭)와 남설(濫說)'에 가까운 글이라 할만치 그의 부에 알맹이가 없는 것은 사마상여란 작자의 인간성과 그 시대 지식인 또는 문인들의 입장을 잘 반영하는 것이다. 사마상여는 물론, 이 시대 문인들은 거의 모두가 황제에게 아부나 하며 황제의 비위나 맞추려던 사람들이었기 때문에 쓰는 글에 주견이나 개성이 강하게 드러날 수가 없었다.

그들 스스로 지식인으로서의 지위를 찾지 못하고 개인의 입신에만 급급하던 때라서 이들은 아직 지식인으로서의 사명감이나 책임감 같은 것은 미처 깨닫지도 못하고 있었다. 그대로 황제의 취향에 따라 문재(文才)를 발휘함으로써 황제의 상여(賞與)나 바라는 몸가짐이었기 때문에 값진 내용이 담길 수가 없었던 것이다. 즉 사마상여의 부는 형식에 있어서는 무제시대 한제국의 분위기와 기상을 대표하고 내용에 있어서는 그 시대 지식인 또는 문인들의 입장을 반영하는 것이다.

이러한 새로운 시대의 반영은 곧 새로운 문장의 가치 확립을 뜻하는 것이다. 이제껏 글이란 사상이나 감정을 전달하는 언어의 기록이란 의식 속에 그 가치가 중시되어 왔으나, 사마상여는 문자의 조립이 고도의 조화와 균형을 통하여 회화적·음악적 아름다움을 창조할 수 있는 수단임을 증명한 것이다. 그것은 공자(孔子)가 '말로 표현해도 무늬를 이루지 못하면, 행하여진다 하더라도 멀리 가지 못한다'[49]고 말했듯이, 뜻의 전달을 유효하게 하려는 의도 아래 닦여온 수사 기교

172

가, 그에 이르러는 수사 자체가 수단이 아니라 목적으로 의식되기 시작하였음을 뜻한다. 그것은 곧 한문이란 문장이 지니는 사상감정의 표현수단 이외의 가능성을 극대화함으로써 새로운 문학의 가치를 정립하였다는 것이다.

송옥(宋玉)이 〈구변(九辯)〉에서 추구하였던 미적 감각은 아름다운 수사를 통하여 강조되는 가을의 처절한 슬픔이 조화를 이루어, 곧 형식과 내용이 융화를 이루어 빚어내는 아름다움이었으나, 사마상여의 경우에는 내용에 관계없이 형식만으로 미적 쾌감을 이룩하는 문장이었다. 그의 이러한 형식적인 수사의 추구에도 불구하고 우리가 그의 작품에서 공소(空疎)함보다는 화미(華美)한 쾌감과 함께 넘치는 자신감과 힘찬 기상을 느끼게 되는 것은 그가 '우주를 포괄하고 인사(人事)와 사물을 총람하는 마음'을 가지고 수사의 극치를 추구하였기 때문일 것이다.

어떻든 예술로서의 문학의 가장 중요한 기능의 하나가 순수한 미적 쾌감을 목표로 하는 것이라면, 사마상여는 음악적·회화적인 방법으로 그 기능을 충족시켰던 것이다. 이것은 새로운 문학예술의 탄생을 뜻하며, 중국문학이 외국문학의 경우와는 다른 독특한 가치를 확인하게 되는 계기가 되는 것이다. 이러한 새로운 언어의 창조로 말미암아 그는 중국문학사의 개막시기의 주역의 지위를 차지할 수가 있었던 것이다. 그리고 개막시기의 주역의 이러한 특수한 성격은 곧 중국문학사의 전개를 외국의 경우와는 다른 방향으로 유도케 되는 중요한 원인의 하나가 되었다고도 할 수 있다.

---

49) 《左傳》 襄公二十五年.

5. 문학사상(文學史上)의 영향

이미 굴원(屈原)에 뒤이어 송옥(宋玉)이 〈구변(九辯)〉에서 화려한 수사를 추구하였고, 〈초혼(招魂)〉 같은 데에서는 묘사의 나열을 시도하기도 했었다. 그러나 그의 수사나 나열은 사상이나 감정 전달 방식의 보다 적극적인 추구였지 그것들 자체가 목적이 되는 새로운 문예 가치의 창조에까지 이르지는 못하였다. 한대에 들어와서는 가의(賈誼, B.C. 200~B.C. 168)가 〈조굴원부(弔屈原賦)〉〈복조부(鵩鳥賦)〉 같은 좋은 작품을 남겼지만, 그 독특한 개성에도 불구하고 한부가 지니는 섬려(贍麗)한 사조와 거창한 형식을 이루지는 못하였다.

매승(枚乘, ?~B.C. 141)의 칠발(七發) 같은 것은 문답을 반복시킨 새로운 형식이어서 한부의 시발점으로 보는 이들도 있다. 확실히 가의(賈誼)에 비하여 화미(華美)한 사조에 과장된 표현을 쓰고 있고, 또 내용이 사물을 묘사하여 나열하는 데 주력하고 있는 것은 사실이다. 그것은 이 작품이 《초사》의 영역을 벗어나 한부의 테두리 안으로 들어왔음을 뜻한다. 그러나 문장 기교가 그다지 뛰어나지 못하며, 내용도 겉으로는 풍유(諷諭)를 내세우는 듯하면서도 실제로는 뜻없는 문자를 나열한 문장유희에 불과하다.

따라서 그의 부가 사마상여에 앞서 한부의 시발이 되었는지는 모르나 한부의 성격을 확정짓는 위치에 오르지는 못하는 것이다. 사마상여와 같은 시기에도 동방삭(東方朔)을 비롯한 많은 부의 작가들이 있었다. 그러나 이들 중에는 매승(枚乘)의 수준을 넘을 정도로 한부의 특징을 분명히 드러낸 작품을 쓴 이는 없다. 따라서 섬려한 수사의 나열을 통하여 회화적·음악적 미의 극치를 이룸으로써 새로운 문학 가치를 창조한 사마상여야말로 새로운 중국문학사의 개막시기에 있어

174

주역이었다고 하는 수밖에 없는 것이다.

사마상여를 기점으로 하여 중국의 문인들은 자기의 이름을 내걸고 의식적으로 문장의 새로운 가치를 추구하는 작품의 창작을 전개한다. 사마상여를 뒤이어 선제(宣帝)시대에는 왕포(王褒, ?~B.C. 61)가 나와 〈동소부(洞簫賦)〉 등을 지음으로써 영물(詠物)의 수사를 통한 새로운 미적 감흥의 추구가 가능함을 확인해 준다.

그에 뒤이어 양웅(揚雄, B.C. 53~A.D. 18)이 나와 사마상여의 〈상림부(上林賦)〉를 본떠 〈감천(甘泉)〉 〈우렵(羽獵)〉 〈장양(長楊)〉 〈하동(河東)〉 등의 부를 지어 한부를 더욱 성행시킨다. 다시 반고(班固, 32~92)가 나와 〈상림부〉를 본뜬 〈양도부(兩都賦)〉를 지음으로써 한부는 성황을 이룬다. 그러나 이들에게서 시작된 모의(模擬)의 기풍은 곧 한부의 발전에 한계를 만들어 놓는 꼴이 되고 만다.

이에 이어 장형(張衡, 78~139)은 모의(模擬)의 기풍을 좇아 〈양경부(兩京賦)〉를 짓기도 하였으나 곧 모의의 한계를 깨닫고는 부의 가치를 다시 작자의 사상이나 감정의 표현이란 본래의 기능으로 돌려 〈귀전부(歸田賦)〉 〈촉루부(髑髏賦)〉 같은 짧은 부를 지었다. 이는 한부의 중요한 성격 전환을 의미한다. 이 뒤로 위진(魏晉) 남북조시대에 걸쳐 부는 사조(辭藻)의 미려함을 추구하는 한편 또 작자의 사상이나 감정을 담아보기도 하려는 양쪽의 노력이 병행되었다.

대체로 거창한 형식이 없어진 것은 한 무제시대와 같이 외부로 발전하여 온 천하를 포괄한다는 기상이 없어진 데서 오는 자연스런 현상인지도 모른다. 그 뒤로 당대(唐代)의 율부(律賦), 송대(宋代)의 문부(文賦) 등이 유행하고 과시(科試)에서 이루어진 팔고문(八股文)도 생겨났었지만, 부가 한대 이상의 발전을 이룩하지 못하고 전통문학 중에서도 가장 홀시되는 분야가 되고 만 것은 사마상여에서 비롯된 형식주의의 한계 때문인지도 모른다.

무제시대에 중국문학사가 개막되었고 또 그 시대의 주역이 사마상여였다는 것은 한부의 영향이 부 자체에만 극한되지 않고 중국의 전통문학 전반에 걸쳐 광범하게 끼쳤었음을 의미한다. 《사기》의 사마상여전에는 그의 부뿐만이 아니라, 산문으로 〈유파촉격(喩巴蜀檄)〉과 〈난촉부로(難蜀父老)〉〈상서간렵(上書諫獵)〉〈봉선문(封禪文)〉 같은 글이 실려 있는데, 그는 부에서 닦여진 수사 기능을 산문에도 이입시켜 실용문에 있어서도 완전한 형식과 성조의 해화(諧和)를 이룬 아름다운 문체를 창출하고 있다.

구절(句節)에는 3·4·5·6언 등의 변화가 자유롭지만 거의가 대구(對句)로 이루어지고 성운(聲韻)의 해화(諧和)에도 신경을 쓴 것이어서 산문이라 하지만 그 작문의식은 부나 다름없는 상황이다. 그에 앞서 진시황(秦始皇)의 승상(丞相) 이사(李斯)와 추양(鄒陽)·매승(枚乘) 같은 사람들이 각기 이와 비슷한 글을 짓기는 하였지만, 그 수사와 구식(句式)을 이토록 완정하게 다듬어 놓지는 못하였다. 사마상여에 이르러 실용문에서조차도 수사를 극도로 추구하게 되어 결국은 변려문(騈儷文)을 발전시키는 계기를 이루는 것이다.

그리고 사마상여가 시도한 부에 있어서의 구형의 변화는 4언·6언의 우수구(偶數句) 이외에도 5언·7언의 기수구(奇數句)도 시도하게 하였다. 〈자허부〉만 보더라도 '단수경기남(丹水更其南), 자연경기북(紫淵徑其北)' '소요호양양(逍遙乎襄羊), 강집호차굉(降集乎此紘)' 등의 오언(五言)구와 '청룡유료어동상(靑龍蚴蟉於東廂), 상여완선어서청(象輿婉蟬於西淸)' 등의 칠언(七言)구가 보인다. 특히 칠언(七言)구는 사마상여 이후로도 부의 '난(亂)'에 해당하는 부분에 많이 사용되어 칠언시(七言詩)의 발생과 유행에는 사부(辭賦)의 영향이 가장 컸음은 의심의 여지가 없다. 오언(五言)시의 발생과 발전에는 이 사부(辭賦)뿐만이 아니라 그 시대의 악부시(樂府詩)도 큰 역할을 한 듯하다.

그러나 문인들에 의한 부에서의 오언(五言)의 간용(間用)은 오언 (五言)의 묘미와 특장을 실제로 확인시켜 주는 계기가 되었을 것이 분명하다. 따라서 사마상여의 부는 한대에 생겨나 새로운 오언시(五 言詩)와 칠언시(七言詩)에 크게 작용했을 것으로 보여진다. 그리고 그 작용은 오언시(五言詩)와 칠언시(七言詩)의 형식에뿐만 아니라 내 용에도 가해졌을 것이다.

건안(建安)시대(196~219)에서 시작하여 문인들에 의한 오언시(五 言詩)의 창작이 활발해져 거의 중국 전통문학의 중심을 이루지만, 위 진(魏晉)에서 초당(初唐)에 이르기까지 오언시(五言詩)에 쓰이는 문 자들의 성운(聲韻)의 해화(諧和)에 의한 미의 추구가 가장 중시되었 다는 것도 부로 말미암은 문학의식의 발로라 할 것이다. 이처럼 중국 문학사의 개막의 주역을 담당했던 사마상여의 부는 중국 전통문학의 발전에 지대한 영향을 끼쳤던 것이다.

이밖에 〈자허부〉의 희극적인 구성과 부에서의 진기한 사물의 추구 는 후세 소설 발전에도 자극이 되었을 것이다.

6. 결 론

내용보다 형식에 치중하고, 그 형식의 섬려한 수사의 극단적인 추 구에서 얻어지는 미적 감각에서 새로운 문장가치를 발견하였던 사마 상여의 부는 중국문학사상 비로소 공용적 또는 실용적 문장관을 벗어 난 또다른 문장의 존재가치를 인식케 하였다. 그리하여 한대 이후로 수많은 지식인들이 부에서뿐만이 아니라 산문이나 시에 있어서조차도 아름답고 묘미있는 작품의 창작에 의식적으로 몰두하게 되었다.

그것은 일종의 순수문학 의식의 각성이라 말할 수도 있을 것이며, 사마상여가 열어놓은 이러한 미문 묘문의 추구 때문에 이후로 많은 지식인들이 문학을 하게 되고 많은 작품의 창작에 전념하여 중국문학이 발전을 거듭하게 되는 것이다. 이렇게 볼 때 그의 부의 내용이 아무리 공소(空疎)하였다 하더라도, 그가 발굴한 새로운 문장의 가치와 그가 중국문학사의 개막을 위하여 수행한 역할을 작게 평가할 수는 없는 것이다.

그러나 그가 부에 있어 내용은 제쳐놓고 형식상의 수사를 극단적으로 밀고 나갔다는 것은, 중국문학에 있어 유가의 예교주의(禮敎主義)로 말미암은 형식주의적 경향을 더욱 확정시키는 결과가 되었던 것도 사실이다. 산문에 있어서조차도 작문을 함에 있어 뜻의 정확한 전달이나 표현보다도 논(論)·서(序)·소(疏)·서(書) 등 문체에 따른 형식이 중시되고, 시나 사곡에 있어서는 감정이나 사상의 표현보다도 각체에 따른 격률(格律)이 중시된 것 같은 현상을 형식주의라 표현한 것이다.

심지어 전통의 계승에 있어서조차도 선인들의 문학정신이 아니라 그 표현형식이 더 중시되는 경향을 보여왔다. 내용은 제쳐놓고 거창하고 호화로운 형식에서 문장미의 진가를 찾으려던 문학에서 발단된 문학사의 조류라면 그것이 형식주의적인 경향을 띠었다는 것은 당연한 일인지도 모른다.

사마상여 이후의 작가들이 몇몇 한대의 부 작가를 제외하면 반드시 그처럼 수사의 극치를 통해서 문학의 가치를 추구하기만 했던 것은 아니다. 대체로 시나 문장에 담기는 정감이나 사상도 중시했던 것은 사실이지만, 외국의 경우에 비하여는 훨씬 내용보다 문장 자체의 묘미를 추구했던 것도 사실이다. 시문에 있어 전편의 대의와는 크게 상관도 없이 언제나 명구(名句)나 묘문(妙文)이 문제되어 온 것도 그 형식주의의 일면을 말해주는 것이다.

그 때문에 서양문학의 개념과는 달리 지금까지도 중국에 있어서는 내용이 공소(空疎)하다 할지라도 사마상여의 작품들은 명문으로 받아들여질 수가 있는 것이다. 그 발단은 그의 스승을 추도하는 글이면서도 앞단에서 수십구(句)를 동원하여 가을의 비수(悲愁)와 적막을 온 수사를 다하여 노래하고 그리고도 부족하여 그 뒤로도 거듭 이를 노래한 송옥(宋玉)의 〈구변(九辯)〉이었다 할 수 있다.

그러나 송옥은 충직하면서도 왕에게 쫓겨나 쓸쓸히 살다가 강물에 투신한 스승을 추도하려는 뜻을 조금도 외면했던 것은 아니다. 오히려 가을의 슬픔을 강조한 것은 스승을 추도하는 슬픈 마음을 더욱 강하게 드러내려는 수단이었을 것이다.

사마상여의 경우처럼 슬픈 가을의 묘사 그 자체가 문학의 목적은 아니었다. 한자로 표현되는 언어는 감정이나 사상의 전달과는 관계없이 문자의 균제(均齊)와 해화(諧和)를 이룬 결합에서 얻어지는 무늬나 음악 같은 아름다움은 그 자체가 예술의 목표가 될 수 있다는 것을 확인한 것은 사마상여라는 것이다. 그리고 이러한 새로운 문장가치의 정립을 통해서 지식인들로 하여금 의식적으로 순수한 문학작품을 쓰도록 만들기도 하였다는 것이다. 곧 이것은 지식인들의 문학행위를 보편화시켜 중국문학사가 정식으로 개막하는 데에 큰 역할을 하였다는 뜻이 된다.

이렇게 볼 때 사마상여의 부는 내용이 아무리 공소(空疎)하다 할지라도 그 문학사상의 의의는 적게 평가할 수 없으며, 그가 확인한 형식주의 때문에 중국문학에 있어서는 그의 부들은 여전히 명문일 수가 있는 것이다. 이것이 중국문학이 서양문학과 판이한 성격의 하나라 한다면, 서양문학과는 다른 중국문학의 길을 분명히 해놓은 것도 사마상여라 할 만하다.

　　서양 사람들이 언어를 바탕으로 하는 문학을 통하여 인간의 가능성을 다양하게 추구하였다면 중국 사람들은 인간의 덕성과 감정을 바탕으로 한자의 결합으로 표현되는 언어의 가능성을 최대한 추구해 왔다 할 것이다. 이처럼 서양문학과는 다른 중국문학의 성격을 확정짓는 데 가장 크게 작용한 이가 사마상여라 한다면 지나친 표현일까?

6. 《한서(漢書)》 예문지(藝文志)의 문학의식

1. 서 론

중국의 고대문학을 공부하는 사람으로서 가장 당혹을 느끼게 되는 것은 바로 그 시대 문학의 관념조차도 제대로 파악하기 어렵다는 점이다. 중국인들은 일찍부터 시를 비롯한 많은 글을 짓고 존중해온 위에 〈문(文)〉이나 〈문학〉이란 용어도 일찍부터 써왔으면서도, 양한(兩漢)대에 이르도록 문이나 문학의 정의를 내리거나 자기가 생각하는 문학의 관념은 어떤 것인지 구체적인 설명을 시도한 사람은 없다 해도 과언이 아니다.

따라서 우리는 지금도 그들의 실용적인 글과 문학적인 글은 어떻게 달랐는가, 다시 말하면 중국 고대의 유적(遺籍)인 경(經)·사(史)·자(子)·집(集)을 모두 문학사(文學史)에서 다루어야 하는가, 그렇지 않으면 그 일부만을 문학적인 작품으로 보아야 하는가 확정짓기 어려운 형편이다. 중국문학사가 한대(漢代)로부터 본격적인 전개를 보여주고 있고, 선진(先秦)시대에 비하여 그들의 문학에 대한 이념이 진일보 구체화했던 것은 사실이나 아직도 그들이 왜 문학을 하였고 무엇을 문학이라 생각했었는지 제대로 파악하지 못하고 있는 듯하다.

그것은 곽소우(郭紹虞)의 '중국문학비평사(中國文學批評史)'를 비롯한 거의 모든 중국문학론을 역사적으로 체계화한 저서들이 한대 문학론의 중점을 양웅(揚雄, B.C. 53~A.D. 18)의《법언(法言)》과 왕충(王充, 27~91)의《논형(論衡)》에 두고 있기 때문이다.

《법언》은 양웅이 부의 창작을 그만둔 뒤에 쓴 것이고, 왕충은 한대에 있어 비정통적인 학자이며 그의 저술을 읽은 사람들도 극히 적었다. 그들은 부가 성행하고 산문에 있어서도 수사를 중시하기 시작하고 또 고시(古詩)도 유행한 한대의 문학현상을 대변할 문학론으로서는 부적합한 저술들이다. 그들의 저술에서는 한대의 문학사조와는 어긋나는 이론을 쉽사리 발견하게 된다.[1]

이제 중국문학사의 본격적인 전개가 한대에서 시작되었다는 입장을 견지(堅持)한다면 우리는 선진은 덮어두더라도 적어도 한대인의 문학의식은 올바로 이해하도록 노력해야 할 것이다. 시작에서 어긋나면 뒤로 갈수록 오차가 더 커질 공산이 크기 때문이다. 그러나 한대에는 아직 문학론에 관한 전저(專著)가 없었기 때문에 그를 위해서는 여러 가지 간접자료들을 다각도로 분석 종합하는 노력을 다하는 수밖에 없다.

여기에서《한서(漢書)》예문지를 그 검토 대상으로 택한 것은, 거기에는 한대에 전해지던 전적들이 거의 망라되어 있어서 그것들에 대한 분류방법, 나열방식 및 그에 관한 해설은 그 저자의 문학의식을 추출할 수 있는 많은 자료를 담고 있기 때문이다. 심지어 "《한서》예문지에 통달하지 않으면 천하의 책을 읽을 수가 없다."고 한 이도 있

---

1) 보기 : 揚雄《法言》吾子篇 ; '或問, 吾子少而好賦? 曰 ; 然. 童子彫蟲篆刻. 俄而曰 ; 壯夫不爲也.'

　　王充《論衡》定賢篇 ; '以敏於賦頌爲弘麗之文, 爲賢乎? 則夫司馬長卿揚子雲是也. 文麗而務巨, 言眇而趨深, 然而不能處定是非, 辨然否之實.'

182

을 정도이기 때문이다.[2]

　다만 반고(班固, 32~92)는 유흠(劉歆, ?~B.C. 28)이 그의 아버지 유향(劉向)이 비부(秘府)의 책들을 정리하여 작성한 《별록(別錄)》을 이어받아 완성한 '칠략(七略)'을 근거로 하여 이 예문지를 쓴 것이기 때문에, 거기에는 유(劉)씨 부자의 의식도 다분히 뒤섞여 있기는 할 것이다. 그러나 《한서》가 지니는 정사로서의 무게를 생각할 때, 이는 오히려 양한(兩漢)에 걸친 한인들의 정통적인 문학관념, 또는 그 의식을 이해하는 데 장점이 될 수도 있으리라는 생각이 든다.

2. '예문(藝文)'의 함의와 분류상의 특징

　예문(藝文)의 '예'는 대체로 그 서문에서 "그 '칠략'을 상주하였는데…… 육예략이 있었다(奏其七略 …… 有六藝略)"고 말하고 있으니 유가의 경전을 뜻하는 '육예'[3]에서 따온 말임이 분명하다. 따라서 '예'란 유가(儒家)의 '경(經)'과 같은 말임을 알 수 있다. 그리고 제략(諸略) 중에서도 육예략이 가장 앞머리에 놓여 있으니, 여러 가지 책 중에서도 '육예'를 가장 존중하였음이 분명하다. 그리고 이를 〈예문지〉라 하였으니, 저자는 그 내용이 '예'와 '문'으로 이루어져 있다고 보고 '예문(藝文)'이란 말을 썼을 것이다. 그렇다면 육예 이외의 제자(諸子)·시부(詩賦)·병서(兵書)·수술(數術)·방기(方技)는 모두 '문(文)'에 속하는 게 된다.

---

2)　王鳴盛 《十七史商榷》 引金榜說 ; '不通漢藝文志, 不可以讀天下書.'

3)　賈誼 《新書》 六術 : '與書·詩·易·春秋·禮·樂六者之術以爲大義, 謂之六藝.'

여기에서 '문'은 선진대의 경우나 마찬가지로 광범한 뜻을 지니어[4] '문장'·'문학'을 다 포함한다고 보아야 할 것이다. 그러나 한대에 이르러는 '문'과 '학'의 구별이 전보다 분명해졌었음을 생각할 때,[5] 이곳에서의 '문'은 이전보다는 시부(詩賦) 등을 의식한 좁은 뜻으로 원용하였을 것 같다. 양한(兩漢)대의 다른 경우의 용례를 보더라도 '예문'이란 말뜻이 그다지 분명했던 것은 아니다.[6] 그러나 후대에 와서 '예문'이 학술이나 경술(經術)과 대가 되는 문장 또는 문학에 가까운 말로 쓰이게 된 것을 보면,[7] 이 말에 시부(詩賦)의 영향이 없었다고 할 수는 없을 것이다.

그러나 청(淸)대의 유천혜(劉天惠)는 다른 의견을 제시하고 있다. "한대에는 사부(辭賦)를 숭상하여 그들이 글을 잘 짓는다고 한 것은 반드시 부송(賦頌)을 잘 짓는 것을 뜻하였다. 예문지에서 육경을 앞에 놓고 다음에 제자, 다음에 시부, 다음에 병서, 다음에 수술, 다음에 방기를 놓고 있다. 육경을 육예라 하였고, 병서·수술·방기는 역시 자(子)인 것이다. 반고(班固)는 제자의 서문에서 '지금 여러 학파에서는 각기 자기네 장점을 밀고 나가면서 지혜를 다하고

---

4) 《論語》學而 : '行有餘力, 則以學文.' 鄭玄注 ; '文, 道藝也.'

5) 《漢書》만 보더라도 公孫弘卜式兒寬傳贊에선 '儒雅則公孫弘·董仲舒·兒寬, ……文章則司馬遷·相如.', 揚雄傳에선 '雄少而好學, 不爲章句……文怪屈原文過相如……' 등 儒雅와 文章 및 學과 章句·文을 구별하여 쓴 곳이 적지 않다.

6) 《漢書》淮南王傳 : '時武帝方好藝文, 以安屬爲諸父, 辯博善爲文辭, 甚尊重之.'

   《後漢書》禰衡傳 : 孔融上疏曰 ; '衡……初涉藝文, 升堂覩奧, 目所一見, 輒誦於口.'

7) 唐 常袞 授賀若察給事中制 ; '講求學術, 藻飾藝文.' 唐 呂溫 裵氏海昏集序 : '優游藝文, 惇悅經術.'

사려를 다하여 그들의 취지를 밝히고 있다. 비록 잘못과 단점이 있기는 하나 그들의 귀지(歸旨)를 종합해 보면 역시 육경의 가지이며 유파(流派)인 것이다. 이를 근거로 하면 서한대에는 경(經)과 자(子)를 육예라 하였고, 시부를 문(文)이라 했던 것이다."8)

곧 그는 '예문'의 '예'는 육예와 제자·병서·수술·방기의 제략을 모두 포괄하는 뜻을 지녔고, '문'은 시부를 가리키는 것이라 본 것이다. 그밖의 또 다른 의견도 있을 수는 있다. 그러나 너무 천착(穿鑿)하면 오히려 본뜻으로부터 멀어진다는 사실에 유의해야 할 것이다.

다음으로 이들 전적에 관한 분류를 보면 〈칠략〉이라고는 했지만 집략(輯略)을 빼고 나면 실제로는 육략(六略)이다. 첫머리가 육예(六藝)9)이고, 이 편의 이름을 '예문'이라 한 것도 이들 전적 중에서도 가장 소중한 게 이 육경(六經)이고 나머지 '문'에 속하는 것들은 모두 이 '예'(곧 유가의 經典)를 바탕으로 한 것이라는 뜻을 비추고 있다고 보는 것이 좋을 것이다.

어떻든 이들 육략을 대별하면 입언(立言)10)에 속하는 것으로 앞쪽에 육예와 제자(諸子)가 있고, 실용(實用)에 속하는 것으로 병서(兵

---

8) 劉天惠 《文筆考》(《學海堂初集》) ; '漢尙辭賦, 所稱能文, 必工於賦頌者也. 藝文志先六經, 次諸子, 次詩賦, 次兵書, 次數術, 次方技. 六經謂之六藝, 兵書·數術·方技亦子也. 班氏序諸子曰; 今異家者, 各推所長, 窮智究慮, 以明其指. 雖有蔽短, 合其要歸, 亦六經之支與流裔. 據此, 則西京以經與子爲六藝, 詩賦爲文矣.'

9) 《漢書》儒林傳 : '古今儒者, 博學虖六藝之文. 六藝者, 王敎之典籍, 先聖所以明天道, 正人倫, 致至治之成法也.'

10) 《左傳》襄公二十四年 : '太上有立德, 其次有立功, 其次有立言.' 《疏》;'立言謂言得其要, 理足可傳, ……' 《漢書》王莽傳 ; '其次有立言, 唯至德大賢, 然後能之.'

書)·수술(數術)·방기(方技)의 세 가지가 뒤편에 배열되어 있으며, 입언과 실용의 중간에 시부(詩賦)가 끼어있다. 중국의 옛사람들이 구체적인 사상과 경륜(經綸)을 적은 입언과 사람들이 살아가는데 실제로 필요한 실용을 존중한 것은 말할 것도 없다. 다만 그 두 가지 중 입언이 실용보다도 한층 더 고급의 것으로 여겨져 왔음은 더 말할 여지도 없다.

그런데 시부가 그 두 가지 중간에 끼어있다는 것은, 한대 사람들의 생각 속에서의 그 성격이나 중요도를 암시하는 듯하다. 곧 시부는 입언의 글도 아니려니와 실용적인 문장도 아니지마는, 실용적인 문장보다는 더 중요하고 더한층 고급의 문장이라 생각하였던 듯하다. 문학에 대한 각성이 뚜렷해진 시대조류를 드러낸 것이라 생각된다.

또 하나 특이한 것은 제자(諸子) 중에 유(儒)·도(道)·음양(陰陽)·법(法)·명(名)·묵(墨)·종횡(縱橫)·잡(雜)·농(農) 제가와 함께 소설(小說)이 그 뒤에 끼어있다는 것이다. 반고(班固) 스스로 "제자들 십가 중에 볼만한 것은 앞의 구가뿐이다(諸子十家, 其可觀者, 九家而已)."라고 하면서, 소설은 하잘것없는 것이라는 생각을 분명히 한 것은 사실이다. 그런데 제자의 글 속에 수없이 인용되고 있는 우언(寓言)이나 한대에 성행한 부(賦)의 구성 자체가 허구적인 성격의 것이었고, 그러한 성격은 바로 소설의 기본 요건이 되는 것이다.

따라서 중국인들이 옛부터 글을 씀에 있어서 사실의 기록인 기사(紀事)와 사상적인 기록인 입언(立言)을 존중했다고는 하지만, 글 쓰는 이들의 상상력은 허구가 지니는 매력을 버릴 수는 없었던 것이다. 말로는 소설은 "길거리의 애기와 골목의 애기 같은 것을 길거리에서 듣고 길가면서 애기하는 자들이 만들어 낸 것이다(街談巷語, 道聽塗說者之所造也)."라 설명하고 있지만, 거의 모든 제자들이 소설(小說)을 인용하면서 자기의 논리를 강화하고 있고, 한대에 유행한 부는 물론 고시(古詩)11)에 있어서조차도 소설적인 구성이 흔히 눈에 뜨이니 그 중요성은 간단히 부정할 수가 없는 것이다.

그리고 예문지의 서설(敍說)은 반고(班固)가 쓴 것이므로 서한(西漢)시대의 소설에 대한 개념이 아니라 동한(東漢)의 개념을 대표하고 있어 그런 말이 보이는 것인지도 알 수 없다. 어떻든 제자 중에 소설가가 들어있다는 것은 그만큼 소설이 존중되었기 때문일 것이다.

이상 예문지가 지닌 문학적인 특징은 매우 두드러진 것이기 때문에, 이를 중심으로 한대의 문학의식의 일면을 검토해 보려는 것이다.

3. 시부(詩賦)의 특징

시부가 육예(六藝)·제자(諸子)의 바로 뒤, 실용적인 병서(兵書)·수술(數術)·방기(方技)의 앞에 놓인 것은, 앞에서도 지적했듯이 한대 사람들로서는 시부란 경전이나 입언의 문장만큼 소중하지는 않지만 실용적인 글들보다는 귀중한 것으로 생각되었던 때문일 것이다. 그런데 시부에 있어 부를 앞쪽에 배열하고 시를 뒤쪽으로 미룬 것은 그 시대엔 시보다도 부가 더욱 존중되었음을 뜻한다.

그런데 육예 악류(樂類)에 '아가시(雅歌詩) 4편'이 수록되어 있는 데 비하여, '고조가시(高祖歌詩) 2편'·'태일잡감천수궁가시(泰一雜甘泉壽宮歌詩) 14편'·'종묘가시(宗廟歌詩) 5편' 등은 시부 시류(詩類)에 넣고 있다. 이는 비슷한 성격의 노래들로 보이는데 앞의 것은 보

---

11) 漢代의 古詩 중 秦嘉의 留郡贈婦詩, 孔融의 雜詩, 辛延年의 羽林郎, 宋子侯의 董嬌嬈, 蔡琰의 悲憤詩를 비롯하여, 無名氏의 陌上桑·相逢行·東門行·孤兒行·孔雀東南飛 등이 모두 小說的인 구성의 것들이다.

다 존귀한 육예 속에 들어있고, 뒤의 것은 시부에 넣고 있는 것이다. 아가시(雅歌詩) 뒤에는 다시 '아금조씨(雅琴趙氏) 7편' 등 세 가지의 '아(雅)'자가 붙은 것들이 수록되어 있는데,12) 이는 대체로 아송(雅頌) 계통의 음악이었음을 뜻한다.

이에 비해서 시부류에 들어 있는 것들은 한초부터 크게 유행한 초성(楚聲) 계열의 새로운 노래였음을 뜻하는 듯하다. 예를 들면 '고조가시 2편'은 한고조(漢高祖)의 〈대풍가(大風歌)〉와 〈홍혹가(鴻鵠歌)〉이다.13) 한대로 들어와 유행한 초성이나 무제의 악부(樂府) 설립 후 이연년(李延年)에 의하여 유행되기 시작한 신성(新聲)14)은 실질적으로 한대를 대표할 새로운 같은 계열의 시가였고 한대부터 유행하기 시작한 오언시(五言詩)의 발달에 크게 기여한 듯하다.15) 그럼에도 불구하고 한대의 학자들은 대체로 아송(雅頌) 계통의 음악을 정성(正聲)으로 받드는 한편, 새로운 시가들은 변성(變聲)으로 유행가에 가까운 것처럼 여겼던 듯하다.

또한 시부의 배열에 있어 부를 앞쪽에 놓고 시를 뒤로 미루고 있는 것을 보면 서한 사람들은 후세 변성(變聲)에 속하는 시보다는 부가 더 소중한 것이라 여겼음을 알 수 있다. 시부의 시가들이 옛 《시경(詩經)》 계통의 것들이라 생각했다면, 이들이 육예략의 시나 악류(樂類) 속에 배열되었을 가능성이 있고, 적어도 부보다는 중시되어 앞쪽에 배열되어 있을 것이다. 부는 '고시의 종류(古詩之流)'16)라고 생각하면

---

12) 雅琴師氏 八篇, 雅琴龍氏 九十九篇.

13) 王應麟 《漢書藝文志考證》 의거.

14) 《漢書》 佞幸傳: '李延年善歌, 爲新變聲……延年輒承意弦歌所造詩, 爲之新聲曲.'

15) 拙著 《漢代詩研究》 第三章 四節 五七言古詩의 形成과 流行 참조.

16) 班固 兩都賦序.

서도 오히려 시가(詩歌)는 새로 생겨난 비정통적인 것이라 여겼던 것이다. 시부략서(詩賦略敍)를 보더라도 그 글의 대부분을 부가 고시의 유파임을 설명하는 데 할당하고 있고, 시에 대하여는 끝머리에 무제가 악부를 설치함으로써 각 지방의 가요들인 '대나라와 조나라의 노래 및 진나라와 초나라의 가요(代趙之謳, 秦楚之風)'를 채집함으로써 존재하게 된 것임을 간단히 설명하고 있다.

부에는 '굴원부(屈原賦) 25편'이 첫머리에 놓여 있고 뒤이어 '당륵부(唐勒賦) 4편', '송옥부(宋玉賦) 16편'에 이어 가의(賈誼)·매승(枚乘)·사마상여(司馬相如) 등 한부의 명가들이 배열되어 있다. 굴원의 작품 속에는 〈소(騷)〉·〈가(歌)〉 등이 있어, 후세 사람들이 이를 한부(漢賦)와 구별하려들었던 태도[17]와 차이가 난다. 그리고 현재까지도 거의 모든 문학사에서 《초사》와 부가 완전히 다른 글인 것처럼 쓰고 있는데, 이들을 통틀어 부로 본 태도는 문학사가들에게 재고를 요구한다. 실제로 굴원의 〈이소(離騷)〉·〈구가(九歌)〉 등을 비롯하여 송옥의 작품들이 한부와 어떤 차이가 있는가? 어떻든 《한서》 예문지 속에는 전혀 《초사》라는 책 이름이 보이지 않는 점에 유의하여야만 할 것이다.

다시 부는 굴원 계열에 20가(家), 육가(陸賈) 계열에 21가, 손경(孫卿) 계열에 25가, 잡부(雜賦) 계열에 12가 배열되어 있는데, 많은 사람들이 이처럼 네 가지로 분류한 이유를 논하고 있으나[18] 모두 그 근거가 불확실하다. 무엇보다도 육가(陸賈)를 비롯하여 지금은 작품이 전혀 남아 있지 않은 작가들이 많기 때문에 그것은 어쩔 수가 없는 일이라 할 것이다. 다만 시대적으로 보면 순경이 굴원보다 빠른데도

---

17) 蕭統 《文選》·劉勰 《文心雕龍》 등.

18) 劉師培 《左盦集》 漢書藝文志書後, 章炳麟 《國故論衡》 辨詩 등.

그의 작품을 굴원보다 뒤쪽에 배열하고 있는 것은, 굴원이야말로 한 부의 정종(正宗)이라 생각했던 때문일 것이다.

끝으로 잡부(雜賦) 속에는 첫머리에 '객주부(客主賦) 18편'이 놓여 있는데, 이는 손님인 객과 주인의 대화로 이루어졌었을 것이다.[19] 그리고 끝머리의 '은서(隱書) 18편'에 대하여도, 안사고(顏師古)는 유향(劉向)의 《별록(別錄)》을 인용하여 "서로 문답하는 것인 듯하다."고 주(注)를 달고 있다.

《사기(史記)》 초세가(楚世家)를 보면 장왕(莊王)이 즉위하여 3년이 되도록 정치는 하지 않고 즐기기만 하면서도, 누구든 자기에 대하여 간하는 자가 있으면 죽여버리겠다고 한다. 이때 오거(伍擧)라는 사람이 들어가 "진은(進隱)할 것이 있다."고 하고는, "어떤 새가 언덕 위에 있는데 3년 동안 날지도 않고 울지도 않으니, 이건 어찌된 새이겠습니까?"하고 말한다. 장왕은 곧 "3년 날지 않았으니 날았다 하면 하늘로 치솟을 것이요, 울었다 하면 사람들을 놀라게 할 것이오. 그대는 물러가오. 내 그대 뜻을 알겠소."라고 대답한다.[20] 따라서 은서(隱書)라는 것은 사람들이 대화를 통해서 어떤 일을 깨우치게 하는 허구의 글임을 알겠다.

물론 정통파(正統派)인 굴원의 부라 알려진 〈복거(卜居)〉·〈어부(漁父)〉, 송옥(宋玉)의 〈고당부(高唐賦)〉·〈신녀부(神女賦)〉·〈등도자호색부(登徒子好色賦)〉를 비롯하여 사마상여(司馬相如)의 〈자허부(子虛賦)〉·〈상림부(上林賦)〉 등이 모두 허구적이고 대화를 활용하는 방법을 쓰고 있다. 그러나 잡부의 〈객주부〉나 〈은서〉는 더욱 가상

---

19) 沈欽韓 《漢書疏證》 ; '子墨, 客卿, 翰林, 主人, 蓋用其體.' 姚明煇 《漢志注解》 ; '揚雄長楊賦, 信翰林爲主人, 子墨爲客卿以諷.'
20) 이와 비슷한 얘기가 同書 滑稽列傳, 《呂氏春秋》 重言篇 등에도 보인다.

적 인물들의 대화를 중심으로 하여 이루어진 작품들이었던 것 같다. 중국에서는 소설·희곡이 뒤늦게 생겨나 발전하고 있지마는 문인들의 소설·희곡의 창작동기는 이처럼 일찍이 부에서 발휘되고 있는 것이다.

4. 소설의 특징

　예문지(藝文志)를 보면 "소설가의 무리란 낮은 관리들에게서 나왔다. 길거리에서 애기하고 오며가며 듣고 지껄이는 자들이 지어낸 것이다(小說家者流, 蓋出於稗官. 街談巷語, 道聽塗說者之所造也.)."고 설명하고 있다. '낮은 관리'를 애기한 것은 소설이 글로 씌어진 기록이기 때문일 것이며, 그 내용은 경(經)·사(史)나 제자(諸子)의 글과는 달리 어떤 사실이나 사상의 기록이 아닌 천박하고 허무맹랑한 애기들이 대부분이기 때문에 '길거리에 오가며 듣고 지껄이는 자들이 지어낸 것'이라 했을 것이다.

　소설 15가를 자세히 검토해 보면 대체로 다음과 같은 세 종류로 나누어진다. 첫째는 '이윤설(伊尹說) 27편(篇)'에서 '황제설(黃帝說) 40편'에 이르는 9가이고, 둘째는 '봉선방설(封禪方說) 18편'에서 '우초주설(虞初周說) 943편(篇)'에 이르는 5가이고, 셋째는 맨 끝머리 '백가(百家) 139권(卷)'이다. 첫째 종류 9가는 역사적인 사실이나 인물에 대한 정사(正史)와 다른 견문들을 적은 것이고, 둘째 종류 5가는 모두 한대 사람들이 지은 것으로, 방사(方士)나 신선(神仙)과 관계되는 허무맹랑한 애기를 적은 것이며, 끝머리 셋째 종류는 잡다한 기문(奇聞)들을 기록해 놓은 것인 듯하다.

　반고(班固) 스스로 '이윤설(伊尹說)'과 '사광(師曠)' 밑에 "그 말이

천박하니 의탁한 것인 듯하다(其語淺薄, 似依託也)."라는 설명을 덧
붙이고 있고, '천을(天乙)' 밑에도 "그 말이 은나라 때 것이 아니니 모
두가 의탁한 것이다(其言非殷時, 皆依託也)."고 설명하고 있는 것을
보면, 모두가 후세에 지어낸 근거 없는 얘기들이었던 것 같다. 방사나
신선과 관계되는 얘기란 모두 불로장생술(不老長生術)이나 유선(遊
仙)에 관한 얘기였을 것이니 더욱 근거도 없는 얘기들이었을 것으로
생각된다.

그러나 공자의 말을 인용하여 "비록 소도라 하더라도 반드시 볼만
한 것들이 있다(雖小道, 必有可觀者焉)."고 말하고 있듯이, 소설은 천
박하거나 가공적인 얘기이면서도 그 속에는 귀담아 들을 만한 뜻도
담겨 있다고 생각했던 것이다. 소설을 제자(諸子) 중의 한 유파로 다
룬 것은 글이 천박하고 내용이 가공적이라 하더라도 거의 제자들의
글이나 비슷한 뜻이 담긴 경우가 많다고 생각되었기 때문일 것이다.

황제(黃帝)에 관한 책은 '황제사경(黃帝四經) 4편' 등 도가 쪽에
더욱 많다. 소설가 속에서는 '황제설'을 제하고도 '송자(宋子)'에 대하
여도 반고가 그 밑에 "황로(黃老)의 뜻을 말하고 있다."고 주를 달고
있고, 셋째 종류인 '백가(百家)' 속에도 황제와 관계되는 글이 많다고
한다.21) 다시 둘째 종류 속에는 방사(方士)와 신선에 관계되는 글들
이 많다고 했으니 소설가는 특히 도가와 관계가 밀접함을 짐작할 수
있다.

소설가 속의 송자(宋子)는 송경(宋牼)22)임이 분명한데, 순자(荀子)
의 표현을 보면 묵가(墨家)인 듯하고 장자(莊子)의 표현을 보면 도가

---

21) 司馬遷 《史記》 五帝本紀贊 ; '百家言黃帝, 其文不雅馴, 薦紳先生難
言之.'

22) 《孟子》 告子下엔 宋牼, 《荀子》 非十二子, 《莊子》 天下篇 등엔 宋妍으
로 보이며, 《莊子》 逍遙遊편의 宋榮子도 同一人이라 한다.

192

(道家)나 명가(名家)에 속하는 사람인 듯하다. 어떻든 묵가나 도가 또는 명가에 속할 듯한 사람이 여기에선 소설가 속에 들어있다는 것은 결국 제자와 소설이 매우 밀접한 관계였음을 말해주는 것으로 보인다. 소설이 소도(小道)이기는 하지만 경우에 따라서는 ‘볼만한 것들’이 꽤 많다고 생각되었던 것이다.

또 소설가에 ‘이윤설(伊尹說)’·‘육자설(鬻子說)’이 있는데 도가 속에도 ‘이윤(伊尹) 51편(篇)’과 ‘육자(鬻子) 22편’이 보인다. 소설가의 것들은 비록 의탁(依託)이거나 후세에 만든 것(後世所加)23)이라 하더라도, 이것들이 전혀 근거없는 얘기일 수 없는 것임을 생각할 때, 매우 관계가 밀접한 것들로 보아야 할 것이다. 소설이 허구를 바탕으로 하고 있고, 도가가 현실과 일상적인 논리 같은 것을 초탈하려는 사상이었음을 생각할 때, 가공적이고 환상적인 성격면에서 이들은 특히 상통되는 수밖에 없었을 것이다.

《장자(莊子)》나 《열자(列子)》에 보이는 무수한 우언(寓言)들이 중국의 다른 어떤 문장보다도 더욱 소설에 가까운 글이라는 것을 생각할 때 더욱 그렇게 여겨진다. 그리고 앞에서 지적했듯이 소설가 중엔 방사나 신선과 관계되는 것들이 15가(家) 중 6가나 있고, 또 ‘송자(宋子) 18편’도 반고(班固)가 “그 말에는 황로의 뜻이 있다(其言黃老意).”고 주를 달고 있다는 사실도 그것을 증명하는 자료가 될 것이다. 또 소설에 ‘봉선방설(封禪方說) 18편’이 있는 데 비하여 육예략 예류(禮類)에 ‘고봉선군사(古封禪羣祀) 22편’·‘봉선의대(封禪儀對) 19편’·‘한봉선군사(漢封禪羣祀) 36편’ 등이 있으니, 소설도 멸시되기만 했던 것은 아니라 생각된다.

그리고 소설을 제자 속에 포함시켰던 것은 앞에서도 이미 지적했듯

---

23) 班固의 注語.

이 이 시대 사람들이 글을 쓰는 데 있어 소설적인 수법을 매우 중시
한데도 원인이 있는 듯하다. 제자(諸子)는 말할 것도 없고 한대에 성
행한 부나 고시(古詩)들도 모두 소설가적인 구성과 표현을 원용하는
수법이 일반화되어 있었다. 제영(緹縈)의 얘기를 노래한 반고(班固)
자신의 오언고시(五言古詩)인 〈영사(詠史)〉가 바로 그러하다.

그뿐만이 아니라 수술략 형법육가(刑法六家) 속에 '산해경(山海經)
13편'이 끼어 있고, 그 《산해경》 속에는 소설의 원형이라 할 만한 수
많은 신화 전설들이 들어있음을 생각할 때, 앞에서 실용에 속하는 것
이라 말한 병서·수술·방기에도 소설적인 성격의 글들이 많았을 것
같다. 특히 병서 중의 음양(陰陽) 16가(家)가 "오행상승(五行相勝)을
바탕으로 하고 귀신을 빌어 도움을 받는 내용"의 얘기라면, 허구적이
고 환상적인 용병례(用兵例)가 많았을 것이다.

또 수술(數術) 중의 천문(天文)24)·오행(五行)·시귀(蓍龜)·잡점
(雜占) 등에도 비현실적인 얘기가 많았을 것이니, 소설이나 비슷한
기록이 대부분이었을 것이다. 방기 중의 방중(房中)·신선(神仙)에
속하는 제가들도 역시 그러하다.

이렇게 볼 때 결국 소설은 육예를 제외한 모든 분야의 문장들과 그
형식이나 내용에 있어 깊은 관련이 있었다고 보아야만 할 것이다. 말
로는 소설을 '소도'라 하면서도 실제로는 중요한 자리에 배열해 놓은
뜻이 여기에 있다고 생각된다.

---

24) 天文 二十一家에는 '漢五星彗客行事占驗 八卷'·'漢日旁氣行事占驗 三
卷' 등 占驗에 관한 것이 七家나 있고, 나머지도 '圖書秘記 十七篇' 등
모두가 과학적인 천체연구서가 아니라 천문에 관한 신비스런 전설 같은
것의 기록인 듯하다.

5. 결 론

이상 《한서》 예문지의 문학의식을 검토해 볼 때, 우리는 이 글이 문장과 학술을 통틀어 '문학'이라 부르던 주진(周秦)의 경향에서 벗어나 문학과 학술을 구별하기 시작한 한대의 문학이념을 잘 나타내고 있음을 알겠다. 물론 이들의 의식 속의 문학은 시부(詩賦)가 그 중심을 이루었고, 시부 중에서도 부가 특히 존중되었다. 우리는 한대의 부가 형식적인 문장의 수사와 사물묘사의 포장(鋪張)에만 힘쓰고 내용은 없는 글이라 하여 매우 가벼이 여기는 경향이 있다.

특히 형식의 존중은 곧 부를 짓는 데에 있어 의고주의적(擬古主義的)인 경향을 유행시키어, 창작을 중시하는 문학에 있어서는 따돌림 받을 만한 성격의 것이었는지도 모른다. 그러나 한인들이 문장의 수사와 사물묘사의 포장을 통하여 새로운 문장의 미학적인 가치를 발견하고, 학문과 다른 문학의 가능성을 인식하였다는 점은 인정하지 않으면 안될 것이다.

그리고 시부 속에 포함되어 있는 시가들이 이전의 《시경》 계열의 시가와는 전혀 그 리듬이나 내용이 다른 초가(楚歌)나 이연년(李延年)의 신성(新聲)을 바탕으로 한 것들임을 주의해야 할 것이다. 이 시가는 한대에도 이미 상당한 유행을 보아 그 새로운 리듬은 시의 형식에 있어 오언(五言) 및 칠언(七言)의 새로운 고시를 발전시켰고, 내용에 있어서는 풍유(諷諭)의 뜻에만 그치지 않고 새로운 작가의 개성을 발견하기 시작했던 것 같다. 한대 이후 오언시가 중국문학의 주류를 이루게 되는 기틀이 여기에 마련되어 있었던 것이다.

보통 중국문학사에서는 소설이나 허구적인 문장이 옛부터 매우 경시되었다고 주장하고 있지만, 여기에서 우리는 소설이 한인들에게 매우 중시되었음을 알게 된다.

물론 그 소설이 후세 문학에 있어서의 소설의 개념과는 큰 차이가 있는 것이다. 그러나 한대에 있어서도 소설이 허구적이고 통속적인 얘기의 기록이었다는 점에 있어서 후세의 소설개념이 지니는 기본요 건만은 갖춘 것임에 틀림없다. 다만 이때의 소설이 현실적인 얘기보다는 초현실적인 성격의 것에 치우쳤다는 점이 흠이라면 흠일 것이다. 그러나 선진(先秦)시대의 모든 옛글들, 유가의 경전을 비롯하여 제자나 시부 및 실용적인 글에 이르기까지도 소설적인 구성이나 표현이 크게 원용되었다는 점에도 유의해야만 할 것이다. 이것은 중국의 희곡이 가무와의 결부아래 발전했던 사실과 표리를 이룬다.

중국인들도 일찍이 소설·희곡적인 문학 방법을 깨달았으나, 다만 그 표현 수법이 음악과 무용을 바탕으로 하여 그 발전이 서양의 경우보다는 보다 더 고답적인 방향에서 전개되었다는 차이가 있는 것이다.

이상과 같은 시부와 소설의 중시는 한인들이 실용 또는 입언(立言)이나 기사(紀事)의 문장과는 다른 새로운 문학의 존재를 확인하였음을 뜻한다. 이런 점에서도 중국문학사의 본격적인 전개가 한대에 비롯되었다는 견해에는 동조하지 않을 수가 없을 것 같다. 다만 한인들이 중시하던 부가 너무나 형식만을 중히 여기고 의고적(擬古的)인 수법을 유행시키어 새롭고 경쾌하면서도 개성적인 오언시에 완전히 밀려난 것은 애석하다.

그러나 중국문장에 있어서의 형식은 지금도 가벼이 여길 수는 없는 것이며, 또 중국전통문학 속에 이어져 온 형식의 존중도 문학사를 이해하는 데 있어 소홀히 다룰 수 없는 일이다. 한인이 존중한 소설도 비현실적인 허구에 너무 치우친데다가 그 기법이 시부나 다른 문장에 크게 원용된 때문인지 그 자체가 크게 발달하지 못한 것도 아쉬운 점이다.

중국소설사에 있어서는 보통 한위육조(漢魏六朝)에서는 지괴소설(志怪小說)을 논하는 데 그치고 있지마는 실상 지괴소설이란《한서》예문지에서 의식하고 있던 소설의 개념에서 볼 적에는 그 일부분에 지나지 않는 것이 아니었나 하는 생각이 든다.

여하튼 한대문학의 이론을 대표할만한 가장 중요한 자료는 다른 어떤 작가의 저술보다도《한서》예문지임은 증명되었다고 할 수 있을 것이다.

7. 왕충(王充) 문학론의 재검토

1. 서 론

　왕충(王充,　27~97)은 《비핍(備乏)》《금주(禁酒)》《기속절의(譏俗節義)》 12편 《정무(政務)》《양성(養性)》 16편[1]　및 《육유론(六儒論)》[2]과 100여 편[3]의 《논형(論衡)》을 저술한 한대(漢代)의 독특한 사상가이다. 그 중 《논형(論衡)》 30권 85편(제44 〈招致〉는 篇名만이 전하므로 실제로는 84편)이 전하는데, 이는 문학보다도 광범한 학술에 대한 비판을 시도한 전저(專著)이다.

　일인(日人)　산전승미(山田勝美)　등의 《논형사류색인(論衡事類索引)》[4]의 《논형》의 내용분류를 보면 크게 철학·자연과학·고전해석·역사·법형(法刑)·정치·경제·사회생활·문예 등 9류(類)로 나누고, 다시 각 류(類)를 여러 가지 세항(細項)으로 나눈 위에, 각 항을 다시 몇 가지 세목(細目)으로 분류하고 있다.

　이중 문예는 맨 끝머리에 놓여 있고, 다시 문자·문학·예술·비

---

1) 이상 《論衡》 對作·自紀篇 등에 보임.
2) 《後漢書》 卷79 王充傳 章懷太子 注 ; 引 袁山松書.
3) 《論衡》 自紀篇 ; ‘按古太公望,　近董仲舒,　傳作書篇百有餘.　吾書亦纔出百, 而云泰多.’ 同 佚文篇 ; ‘詩三百, 一言而蔽之, 曰思無邪. 論衡篇以百數, 亦一言也, 曰疾虛妄.’
4) 1958년 東京 大東文化研究所 刊.

평·자기(自紀)의 5항으로 나누었으며, 자기(自紀)를 제외한 4항을 다시 각각 문자해석·시법(諡法)(文字), 시문(詩文)·요(妖)(文學), 음악·회화(예술), 문체론·저술(비평) 등의 세목으로 나누고 있다. 이것을 통해 보더라도《논형》에 있어서 문학에 관한 기술이 차지하는 분량이란 극히 적은 일부분에 지나지 않음을 알 수 있다.

그러나 지금까지 나온 수많은《중국문학비평사(中國文學批評史)》또는《중국문학이론사(中國文學理論史)》등을 보면,《논형》에 보이는 단편적인 문론을 바탕으로 왕충(王充)의 문학이론을 한대(漢代)를 대표하는 문학론인 것처럼 크게 다루고 있다.

보기를 들면 차상원(車相轅) 교수의《중국고전문학평론사(中國古典文學評論史)》에서는 다른 사람들은 한두 페이지 분량으로 논술하면서 왕충은 pp.68~76의 분량으로 논하고 있으며, 최근에 나온 이병한(李炳漢)·이영주(李永朱) 공저《중국고전문학이론비평사(中國古典文學理論批評史)》에서도 양웅(揚雄, B.C. 53~A.D. 18)은 한 페이지 남짓, 반고(班固, 32~92)는 2페이지 반 정도의 분량으로 그들의 문학론을 다루고 있는 데 비하여 왕충의 경우는 7페이지에 달하는 분량을 할애하고 있다.

이는 중국의 경우도 거의 비슷하여 곽소우(郭紹虞)의《중국고전문학이론비평사(中國古典文學理論批評史)》에서는 pp.51~59의 분량, 나근택(羅根澤)의《중국문학비평사(中國文學批評史)》에서는 pp.104~118의 분량, 민택(敏澤)의《중국문학이론비평사(中國文學理論批評史)》에서는 pp.104~115의 분량, 유대걸(劉大杰)·이경갑(李慶甲)·왕운희(王運熙) 공저《중국문학비평사(中國文學批評史)》에서는 pp.76~82의 분량, 채종상(蔡鍾翔)·황보진(黃保眞)·성복왕(成復旺) 공저《중국문학이론사(中國文學理論史)》에서는 pp.134~247의 분량이나 왕충의 문학론을 다루고 있는 것이다.

비교적 책의 두께가 얇고 서술이 간략한 황해장(黃海章)의 《중국문학비평간사(中國文學批評簡史)》에서도 p.27~33이 왕충의 문학론에 할당되어 있고, 주훈초(周勛初)의 《중국문학비평소사(中國文學批評小史)》에서도 p.25~29가 할당되어 있다. 대체로 왕충의 문학론을 논술한 분량만을 소개하였지만, 이것을 통해서도 중국문학이론을 연구하는 학자들에게 왕충은 대단히 중시되고 있음을 알 것이다.

여기에서는 첫째로 왕충의 《논형》에 드러나는 문학론이 중국고전 문학이론 사상 한대(漢代)에 있어 정말로 그처럼 중시해야만 할 성질의 것인가, 또는 그처럼 한대의 문학론을 대표할 만한 것인가를 검토해 보려 한다. 그것은 왕충의 문학론이 중국고전 문학이론 발전에 정말로 큰 영향을 끼쳤는가? 또는 동한(東漢)의 문학 발전에 얼마나 영향을 주었는가? 또 후세 문학창작에 얼마나 공헌을 하였는가? 하는 따위의 문제를 중심으로 검토될 것이다.

둘째로는 《논형》에 보이는 왕충의 문학론의 성격은 어떤 것이며, 여러 중국문학 이론사가들은 그것을 올바로 파악하고 있는 것인가 하는 문제를 검토해 보려 한다. 그것은 《논형》 각 편에 보이는 문학론으로 알려진 중요한 논술들에 대한 올바른 해석과, 앞에 든 여러 '중국문학이론비평사(中國文學理論批評史)'에 있어서의 왕충의 문학론에 대한 해석이나 이해가 올바른 것인가 하는 문제에 대한 검토를 통해 이루어질 것이다.

2. 왕충의 문학론과 동한(東漢) 문학

왕충의 《논형》은 동한 사상계에 있어서 개성적이고도 특출한 저술임에 틀림이 없다. 그의 시대는 한(漢) 무제(武帝)가 동중서(董仲舒,

B.C. 187~B.C. 116)의 건의에 따라 오경박사(五經博士)를 두고 유학을 숭상하며 여타 백가들의 학문을 배척한 뒤에, 동중서에게서 비롯된 천인감응지설(天人感應之說)이 크게 성행하고 또 음양오행설(陰陽五行說)도 유학 속에 파고들어 크게 유행한 끝에 부서(符瑞)와 참위(讖緯)의 미신적인 경향과 허망한 이론들이 온세상에 범람하던 때였다. 그는 이러한 미신적인 학문 경향과 허망한 논리들을 비판하여 중국 학술의 방향을 올바로 이끄는 데《논형》 저술의 목적을 두고 있다. 그는 스스로,

> 《시경》 3백 편을 한마디로 표현하면 생각에 사악함이 없는 것이라 하였는데, 《논형》 백여 편도 한마디로 말한다면 허망함을 공격하는 것이라 할 것이다.5)

라고 《논형》 저술의 목적을 밝히고 있다. 그가 지었다는 《기속절의(譏俗節義)》 12편도 허망한 세상 습속을 공격하여 올바른 도의(道義)가 세상에 행해지도록 하자는 데 책의 주지가 있었을 듯하다. 게다가 가난한 집안에서 태어나 뛰어난 재능을 지녔으면서도 생활은 불우하여,

> 안으로는 시대와 운명이 험난한 것을 가슴아파하고, 밖으로는 세속의 허위를 미워하여(內傷時命之坎坷, 外疾世俗之虛僞.)6)

지은 것이 《논형》임에 틀림없다. 이처럼 비판적인 입장에서 쓴 것이기 때문에 《논형》은 그 내용이 그 시대에 특출한 것일 수밖에 없었을 것이다. 그러나 사상적인 한계 때문에 허망함을 반대한다는 것은

---

5) 《論衡》 佚文篇, 앞 주 3)에 인용됨.
6) 《四庫全書提要》 권120 子部 雜家 四의 《論衡》에 대한 평어임.

대체로 〈기요편(紀妖篇)〉에서 귀(鬼)를 반대하고 그것을 요(妖)로 대체하고 있는 수준 이상을 넘지 못하고 있다.

어떻든 《논형》의 이론은 세속을 비판하는, 또 세속과는 견해가 다른 성격의 것이었기 때문에, 한편 세상에서는 《논형》을 외면하고 읽지 않아 《논형》은 세상에 별로 유행하지 않았던 듯하다. 범엽(范曄)의 《후한서(後漢書)》 왕충전(王充傳)에서의 당(唐)대 이현(李賢)의 주(注)에는 다음과 같은 기록이 있다.

원산송(袁山松)의 책에 말하기를, 왕충이 지은 《논형》은 중원 땅에 전하여지는 것이 없었는데, 채옹(蔡邕, 133~192)이 오(吳)에 가서 비로소 그 책을 구해 가지고 언제나 비밀히 보면서 그것을 애깃거리로 삼았다 한다. 그 뒤 왕랑(王朗)이 회계(會稽) 태수가 되어 다시 그 책을 구하였는데, 그가 고향으로 돌아오자 사람들이 그의 재주가 발전했다고 말하게 되었다. 어떤 사람이 말하기를 이인(異人)을 만나지 않았다면 반드시 이서(異書)를 구하였을 것이라 하였다. 그에게 물어보니 과연 《논형》 덕분임이 밝혀졌다. 이로부터 마침내 《논형》이 전하여지게 되었다.

《포박자(抱朴子)》에서는 이렇게 말하고 있다. 그때 사람들이 채옹(蔡邕)이 이서(異書)를 구했을 것이라 생각하고 그의 장막 속의 숨겨놓은 곳을 수색하여 마침내 《논형》을 발견하고, 여러 권을 가지고 가버렸다. 채옹은 간곡히 부탁하기를, 오직 나와 당신만이 함께 알고 널리 전하지 마십시다라고 하였다.7)

---

7) 范曄 《後漢書》 王充傳 李賢注 ; '袁山松書曰 ; 充所作論衡, 中土未有傳者, 蔡邕入吳始得之, 恒秘玩以爲談助. 其後王朗爲會稽太守, 又得其書, 及還許下, 時人稱其才進. 或曰 ; 不見異人, 當得異書. 問之, 果以論衡之

202

이에 따르면 《논형》이 나온 뒤 이미 동한(東漢)에서조차도 대부분 사람들이 그런 책이 있다는 사실도 몰랐고, 또 설사 그것을 본 사람이 있다 하더라도 그것을 이서(異書)로 생각하고 있었던 것이다. 그리고 《논형》 100여 편은 이미 동한 때 여러 편이 없어져 버렸던 것으로 여겨진다. 곧 《논형》은 동한 때도 이미 세상 사람들이 그 존재조차도 잘 몰랐고 읽은 사람도 드물었던 것이다.

《논형》을 보면 〈문공편(問孔篇)〉과 〈자맹편(刺孟篇)〉을 중심으로 하여 공자를 가벼이 보고 맹자를 공격하는 태도를 취하고 있고, 또 여러 편에서 유자(儒者)와 유서(儒書)를 공격 대상으로 삼고 있으니, 중국의 옛사회의 일반적인 정서상으로도 그러한 저서는 제대로 받아들여지기 어려웠을 것이다.

그러한 현상은 후세로 갈수록 더욱 심하였을 것이다. 송(宋) 인종(仁宗) 경력(慶曆) 5년(1045)에 쓴 〈양문창각논형서(楊文昌刻論衡序)〉에는 다음과 같은 말이 보인다.

> (논형)이 사방에 유행된 지 지금은 거의 천년이나 된다. ……그러나 그 편권(篇卷)이 빠져 달아나고 글자가 일그러져 노(魯)자와 어(魚)자가 혼동되는 것 같은 경우가 많아지고 해(亥)자와 시(豕)자를 구별할 수 없게 된 것 같은 경우가 생겼으며, 혹은 수미(首尾)가 뒤바뀌어 연결이 되지 않고, 혹은 구두(句讀)가 뒤섞이어 종잡을 수 없게 되었다. 그래서 읽는 사람들은 거기의 이론을 이해하는 수가 없다.8)

益, 由是遂見傳焉. 抱朴子曰 ; 時人嫌蔡邕得異書, 或搜求其帳中隱處, 果得論衡, 抱數卷持去. 邕丁寧之曰 ; 惟我與爾共之, 勿廣也.'

8) '(論衡)流行四方, 今殆千戴. ……然其篇卷脫漏, 文字蹐駮, 魯魚甚衆, 亥豕益訛, 或有首尾顚躓而不聯, 或句讀轉易而不紀, 是以覽者不能通其讀焉.'

　따라서 《논형》은 그 시대 사람들이 읽지도 못하였으니 문학발전에도 아무런 영향을 끼치지 못했음이 분명하다. 왕충의 시대는 서한(西漢) 사마상여(司馬相如, B.C. 179~B.C. 118)에서 양웅(揚雄, B.C. 53~B.C. 18)으로 이어지면서 아름다운 문장을 포장(鋪張)하는 부(賦)가 어느 정도 자리를 잡으면서, 동한(東漢) 반고(班固, 32~92)의 〈양도부(兩都賦)〉와 장형(張衡, 78~139)의 〈양경부(兩京賦)〉를 짓게 한 때였다. 곧 반고(班固)가 〈양도부(兩都賦)〉의 서(序)에서 ‘부라는 것은, 고시의 한 유파이다.(賦者, 古詩之流也.)’라고 선언하고 있듯이 문장의 형식미를 통해서일망정 순수문학의 가능성을 어느 정도 깨닫기 시작하던 시대였다.

　반고(班固)가 《한서(漢書)》 예문지(藝文志)에서 육예략(六藝略)의 시가(詩家)와 달리 다시 시부략(詩賦略)을 따로 분류하고 있는 것도 그러한 추세를 반영하는 것이다.

　어떻든 이 무렵에 문장의 형식적인 아름다움의 추구를 통한 새로운 문학의 가능성을 발견한 문학의식은 그대로 후세에까지도 계승 발전되어 남북조(南北朝)에 이르러는 형식적인 유미주의가 극성을 이루게 된다. 이는 문장에 있어서는 내용과 실용성을 중시한 왕충의 기본 개념과 정반대 되는 경향이다.

　사회의 ‘허망(虛妄)’한 풍조를 반대한다는 것은 문장에 있어서는 내용은 아랑곳없이 수사(修辭)만을 중시하고 아무 실용적인 효과도 없는 글을 숭상하던 그 시대 문학풍조를 반대하는 것이 된다. 곧 왕충의 문학사상은 그 시대 문학조류를 정면으로 반대하는 것이 되는 수밖에 없는 것이다. 이것은 그 시대에 문장의 수사를 통해서나마 순수문학의 가능성을 깨닫기 시작한 문인들의 수준에도 왕충은 미치지 못하였음을 뜻한다고도 볼 수 있다. 다시 말하면 왕충은 순수문학에 대한 의식이 그 시대의 발전단계보다도 더 뒤처져 있었다고까지 말할 수 있을 것이다.

따라서 왕충의 문학론이 동한(東漢)의 문학에도 별 영향을 행사하지 못하였음은 말할 것도 없고, 초당(初唐)에 이르기까지 이후 유미주의적인 방향으로 발전했던 문학사의 조류와도 거의 무관한 것이었다고 할 것이다.

3. 《논형》 문학론의 성격

앞머리에 든 8종의 《중국문학이론비평사(中國文學理論批評史)》에서 왕충의 문학이론을 설명하기 위하여 《논형》 85편 중 가장 많이 인용되고 있는 것은 제39 초기(超奇), 제61 일문(佚文), 제82 서해(書解), 제84 대작(對作), 제85 자기(自紀)의 5편이며, 그밖에 제26 유증(儒增), 제27 예증(藝增), 제56 제세(齊世), 제42 견고(譴告), 제60 수송(須頌), 제80 택현(宅賢), 제83 안서(案書) 의 7편에서 한두 줄의 글이 인용되고 있을 뿐이다. 따라서 《논형》 중에서도 문학과 관계되는 가장 중요한 자료는 앞에 든 5편의 기록이라 할 수 있다.

먼저 〈초기편〉의 중심을 이루는 논술은, 글을 공부하는 사람들을 유생(儒生)·통인(通人)·문인(文人)·홍유(鴻儒)의 네 종류로 나누고, 그 중 홍유(鴻儒)가 가장 뛰어났다는 내용이다.

한 가지 경전이라도 해설할 수 있는 사람은 유생(儒生)이고, 고금의 것을 널리 읽은 사람은 통인(通人)이고, 옛글들을 모아 엮어서 주기(奏記)를 지어 올리는 사람은 문인(文人)이며, 정세(精細)히 사색하여 편장(篇章)을 연결시킨 글을 짓는 사람은 홍유(鴻儒)이다. 그러므로 유생은 속인(俗人)보다 뛰어나고, 통인은 유생(儒

生)보다 훌륭하고, 문인은 통인보다 나으며, 홍유는 문인을 뛰어넘는 것이다.9)

　여기에 '문인'이란 말이 나오지만 '전서(傳書)를 주워 모아 주기(奏記)를 상서(上書)하는 사람'이니, 지금 우리가 말하는 문학자가 아니라 실용문을 짓는 사람, 또는 글을 짓는 관리에 해당하는 사람이다. 이밖에 다른 어떤 종류의 사람도 문학과 관계되는 사람들은 없다. 이 편에서는 '글이란 가슴속으로부터 나오는 것이어서, 마음은 글로써 표면을 삼는다.'10)는 등의 글 쓰는 문제를 여러 곳에서 얘기하고 있지만, 이것도 문학보다는 왕충이 존경한 환담(桓譚)의 《신론(新論)》 같은 논설적(論說的)인 저술을 두고 한 말이다. 그리고 여기서 그가 가장 뛰어난 지식인이라 내세운 홍유(鴻儒)는 '정세히 사색하여 편장(篇章)을 연결시킨 글을 짓는 사람'이니, 《신론(新論)》을 지은 환담이나 《논형》을 지은 자기 같은 인물을 지칭하는 말일 것이다.
　뒤의 서해(書解)편에서는,

　　저작을 하는 사람은 문유(文儒)이고, 경전을 해설하는 사람은 세유(世儒)이다.11)

라고 하면서, 지식인을 문유(文儒)와 세유(世儒)로 나누고 있다. 이곳의 문유도 작게는 앞에서 말한 '문인', 크게는 '홍유(鴻儒)'까지가

---

9) '能說一經者爲儒生, 博覽古今者爲通人, 采撮傳書以上書奏記者爲文人, 能精想著文連結篇章者爲鴻儒. 故儒生過俗人, 通人勝儒生, 文人踰通人, 鴻儒超文人.'
10) '文由胸中而出, 必以文爲表.'
11) '著作者爲文儒, 說經者爲世儒.'

이에 해당하는 것이어서 문학과는 아무런 관계도 없다. 곧 문유란 《여씨춘추(呂氏春秋)》를 지은 여불위(呂不韋)나 《회남자(淮南子)》를 지은 유안(劉安) 같은 사람들이다.

이 편에서도 앞머리에 글이란 '문(文)과 질(質)' 또는 '화(華)와 실(實)'을 갖추어야 함을 강조하고 있지만, 이것도 문학보다는 논설문 또는 실용문을 두고 한 말이다. 그가 말하는 '문과 질'이란 '문채(文彩)와 문덕(文德)'이어서 문학보다도 사회논리적인 뜻에서 나온 말인 것이다.

또 일문편(佚文篇)에서는 이른바 '오문(五文)'을 얘기하고 있다.

오경과 육예가 문이 되고, 제자의 옛글들이 문이 되고, 논리를 따라 저작을 하여 문이 되고, 임금에게 올리는 글들이 문이 되고, 덕을 나타내는 무늬를 지닌 의표(儀表)가 문이 된다.

五經六藝爲文, 諸子傳書爲文, 造論著說爲文, 上書奏記爲文, 文德之操爲文.

이 오문 중에서도 문학에 가장 가까운 것은 '조론저설위문(造論著說爲文)'일 것이다. 그러나 이것은 앞 초기편(超奇篇)에 보인 '홍유(鴻儒)'의 일로 역시 문학과 직접 관계되는 글은 아니다. 그는 이어서,

조론저설위문(造論著說爲文)은 특히 수고로운 것이다. 왜냐하면 가슴속의 생각을 펴내어 세속(世俗)의 일을 논하는 것이어서 한갓 옛 경전이나 읊고 옛글을 이어놓는 것이 아니기 때문이다. 이론은 가슴속에서 나오고 글은 손안에서 이루어지는 것이어서, 경전을 해설하는 사람들로서는 가능한 일이 아니다.12)

---

12) '造論著說之文, 尤宜勞焉. 何則, 談胸中之想 論世俗之事, 非徒諷古經續

라고 하였다. 그가 중시한 것은 문학적인 글이 아니라 논설문이었음이 분명하다.

대작편(對作篇)에서는 글을 짓는 행위를 '작(作)'과 '술(述)'과 '논(論)'의 세 가지로 나누어 얘기하고 있다. 성인(聖人)이 오경(五經) 같은 것을 짓는 것이 '작(作)'이며, 사마천(司馬遷)의 《사기(史記)》·유향(劉向)의 《신서(新序)》·반표(班彪)의 《한서(漢書)》처럼 옛일을 기술하는 것이 '술(述)'이며, 환담(桓譚)의 《신론(新論)》·추백기(鄒伯奇)의 《검론(檢論)》처럼 자기 생각으로 세상의 여러 가지 문제를 논하고 비판하는 것이 '술(述)'이다. 이것들도 모두 직접 문학과는 무관한 것이다.

그는 자기편(自紀篇)에서도 그의 저술이 '형체가 다 드러나 보기가 쉽다(形露易觀)' '세속(世俗)에 위배된다(違詭於俗)' '순미하지 못하다(不能純美)'는 등의 일반적인 평가에 대한 변명을 하면서 문장에 대하여도 많은 얘기를 하고 있다. 그러나 그의 문론이 모두 논설문을 전제로 한 것임을 명심해야 할 것이다. 대작편(對作篇)에서는 《논형》 저술에 대하여 다음과 같이 스스로 말하고 있다.

그러므로 《논형》이 지어진 것은 여러 책들이 모두 사실에서 벗어나 허망(虛妄)한 말들이 진실과 아름다움을 이기고 있다는 데 연유한 것이다. 진실로 허망한 말들을 몰아내지 않으면 화려한 문식이 없어지지 않을 것이고, 화려한 문식이 쫓겨나지 않는다면 실질적인 일이 쓰여지지 않게 될 것이다. 그러므로 《논형》이란 가볍고 무거운 이론을 따지고 진실되고 거짓된 것의 기준을 세우려는 근거이니, 구차히 문사(文辭)를 꾸며 가지고 기위(奇偉)한 모양을 이루

古文也. 論談胸臆, 文成手中, 非說經藝之人所能爲也.'

려는 것은 아니다. 그 근본은 모두 인간 세상에 그릇됨이 있다는 데에서 생겨났으므로, 생각을 다하고 마음을 다 써서 세속을 비판한 것이다.13)

여기에서 보면 '화려한 문식'이라는 것도 진실로 아름다운 수사를 뜻하는 것이라기보다는 '허망한 말'과 통하며, 진실되지 못한 거짓된 글이란 뜻이 더 강하게 담겨져 있음을 알 것이다.

이것은 《논형》에서 문장을 논하고 있는 여타의 경우에도 마찬가지이다. 따라서 《논형》에는 문장론과 관계되는 글이 여러 곳에 보이고는 있지만, 모두가 본격적인 문학론이라 볼 수는 없는 성격의 것이다. 그뿐 아니라 위에 인용한 '화려한 문식(文飾)'의 부정 같은 것은, 오히려 왕충에게는 그 시대에 문장의 형식미를 통하여 싹트기 시작하고 있었던 초보적인 문학의식조차도 없었던 것으로 여겨지게 한다.

4. 문학사가들의 왕충 문학론의 이해에 대한 비판

무엇보다도 중국에서는 근래 왕충을 유물주의자, 또는 유물철학자라 내세우면서, 그의 독창적인 사상을 크게 평가하고 있다. 따라서 곽소우(郭紹虞)의 《중국고전문학이론비평사(中國古典文學理論批評史)》(1981)에서는 제3장 서한(西漢) 4.유물론자적문학론(唯物論者的文學論)이란 표제 아래 왕충의 문학론을 근대적인 문학론자처럼 다

---

13) '是故論衡之造也, 起衆書並失實, 虛妄之言勝眞美也. 故虛妄之語不黜, 則華文不見息, 華文不放流, 則實事不見用. 故論衡者, 所以銓輕重之言, 立眞僞之平, 非苟調文飾辭, 爲奇偉之觀也. 其本皆起人間有非, 故盡思極心, 以譏世俗.'

루고 있다.

이밖에 주훈초(周勛初)의 《중국문학비평소사(中國文學批評小史)》(1981)에서도 그의 사상을 '유물주의사상가'로서 크게 평가하고 있다. 그래도 이에 대하여는 채종상(蔡鍾翔)·황보진(黃保眞)·성복왕(成復旺) 공저인 《중국문학이론사》(1987)의 견해가 보다 냉철하다고 생각되어 다음에 인용한다.

응당히 지적해야만 할 것은 왕충의 사상은 매우 복잡하다는 것이다. 주류를 보면 그는 유물주의사상가이다. 그러나 그의 학설 중에는 또 유심주의의 잡된 바탕도 포함되어 있다. 예를 들면 그는 참위(讖緯)와 미신을 반대하면서도 또 골상(骨相)과 천명(天命)을 믿고 있고, 그는 귀신을 부인하면서도 어떤 때에는 또 신비주의의 수렁 속에 빠져들기도 하고 있다. 그는 사유방법에 있어서 형이상학적인 경향을 보여주고 있다.

곧 왕충의 사상 속에는 유물론적인 주장이 있는 것은 확실하나 그가 분명한 숙명론자였고(命義·逢遇·命祿·氣壽·幸偶 등 편 참조), 심지어 봉우편(逢遇篇)과 행우(幸遇)·우회편(偶會篇) 등에서는 우연론까지 내세우고 있으니 유물론자라 규정할 수는 없는 일이다. 따라서 그의 문학론을 유물주의적 입장에서 이해하고 해석하려고 하는 것은 잘못이 아닐 수가 없다.

그리고 앞에 든 모든 《중국고전문학이론사》들이 왕충은 문학에 있어서도 '허망(虛妄)함을 반대하고 진실(眞實)된 글'을 주장했다, 또는 '부화(浮華)하고 거짓된 글'과 '화려한 수식' 및 '과장'을 반대했음을 논하고 있다. 그가 대작편(對作篇)에서 《논형》 저작의 목적을 설명하면서,

미혹된 마음이 깨닫게 되고 허실의 분수를 알게 되기 바라는 것이다. 허실의 분수가 정해지면, 화미하고 거짓된 글이 없어질 것이고, 화려하고 거짓된 글이 없어지면 순수하고 정성된 교화가 날로 불어나게 될 것이다.14)

라는 등의 주장을 하고 있는 것은 사실이다. 그러나 여기의 '화위지문(華僞之文)'이 논설에 있어서의 '화미(華美)하고 거짓된 글'을 뜻하는 것이지 '화미(華美)하고 거짓된 문학'을 가리키는 것이 아님이 분명하다. 왕충은 어증(語增)·유증(儒增)·예증(藝增) 등 편에서 여러 가지 과장에 대한 비판을 가하고 있는데 《시경(詩經)》의,

> 학이 높은 언덕에서 우니 소리가 온 하늘에 번지네.
> 鶴鳴九皐, 聲聞于天.

> 주나라의 백성들에는 남아있는 자가 없네.
> 維周黎民, 靡有孑遺.15)

라고 읊은 글들도 과장된 표현이라 보기로 들고 있다. 이를 보면 왕충은 시에 대한 기초적인 이해도 되지 않고 있는 인물이었다. 따라서 그는 문학에 대하여는 거의 무관심했거나 기초적인 인식도 갖고 있지 않았던 사람이라고 할 수 있을 것이다.

이밖에도 중국학자들은 왕충이 ① '옛것을 훌륭하게 여기며, 이전

---

14) '冀悟迷惑之心, 使知虛實之分. 虛實之分定, 而華僞之文滅 ; 華僞之文滅, 而純誠之化日以滋矣.'

15) 《詩經》 小雅 鶴鳴 및 大雅 雲漢편의 구절임.

사람들의 글을 모의(模擬)하는 것을 반대하고, 독창적이고 개성적인 글을 주장했다.' ② '세상에 유용한 글을 주장했다.' ③ '문장의 내용과 형식의 조화를 주장했다.' ④ '언문일치를 주장했다'는 등의 문학론을 전개하고 있다.

그러나 왕충을 이렇게 설명하게 된 《논형》의 글들이 모두 그가 문학을 의식하고 한 말이 아니라, 논설문에 있어서의 문장의 성격을 두고 그러해야 한다고 논한 것들이다. 그는 어떻게 하면 자기의 사상 또는 사회의 여러 가지 모순에 대한 비판을 제대로 저술할 수 있는가 하는 문제에만 관심이 집중되어 있었던 것이다. 따라서 앞에 든 여러 문학이론사가들의 왕충 문학론에 대한 이해는 모두가 확대 해석한 말을 근거로 한 것이라고 보아야 할 것이다.

5. 결 론

왕충의 《논형》에는 실제로 문학론이라 할 만한 내용은 없다고 보아야 한다. 그의 문학에 대한 이해는 문장의 수사를 통하여 순수문학의 가능성을 인식하기 시작했던 당시의 다른 문인들보다도 훨씬 뒤진 것이었다고 할 수 있다. 곧 그는 진정한 문학의 가능성은 상상조차도 못하고 있던 학자였던 것이다.

따라서 왕충의 문학론에 대한 여러 문학이론사가들의 해설과 이해는 확대 해석된 것을 바탕으로 전개된 것이다. 《논형》에는 일부분에 논설문을 올바로 쓰는 데 필요한 문장론이 있을 따름이다. 그리고 수송편(須頌篇)을 보면,

인주(人主)로서는 신자(臣子)를 칭송하고, 신자(臣子)로서는 군

212

부(君父)를 포양(襃揚)해야만 한다는 것은 뜻이 분명한 일이다. 순(舜)임금 때에는 천하가 태평하여 기(夔)는 순(舜)의 덕을 노래하였고, 선왕(宣王)은 주(周)나라에 혜정(惠政)을 베풀어 시송(詩頌)이 행하여졌으며, 소백(召伯)이 자기 직책을 잘 수행하여 주(周)나라에서는 당수(棠樹)를 노래하였다. 그러므로 주송(周頌) 31편, 은송(殷頌) 5편, 노송(魯頌) 4편 도합 송(頌) 40편은 시인이 임금을 기린 노래였던 것이다. 이로써 말할 것 같으면 신자(臣子)는 찬송(讚頌)해야만 함이 분명한 일이다.16)

라 하였고, 일문편(佚文篇)에서도,

주(周)나라에서 진(秦)나라에 이르는 시대에는 제자(諸子)들이 아울러 일어났으며 모두 다른 일들만 논하고 임금을 찬송(讚頌)하지 않아 나라에 이익이 없었고 교화(敎化)에 도움이 되지도 않았다.17)

라고 하였다. 이를 보면 왕충은 시나 문장에 대하여 무척 봉건적이며 고루한 견해를 가졌던 사람이라고도 말할 수 있다. 곽소우(郭紹虞) 같은 이는 왕충을 현실주의 문학이론에는 아직 미치지 못했지만 유물론자적 문학관을 지닌 전투적인 사상가라고 했지만, 수송(須頌)·재세(齊世)·일문(佚文) 등 편에서는 한덕(漢德)을 칭송해야만 한다는 필요성을 강조하고, 또 선한(宣漢)·회국(恢國)·험부(驗符)

---

16) '夫以人主頌稱臣子, 臣子當襃君父, 於義較矣. 虞氏天下太平, 夔歌舜德. 宣王惠周, 詩頌其行. 召伯述職, 周歌棠樹. 是故周頌三十一, 殷頌五, 魯頌四, 凡頌四十篇, 詩人所以嘉上也. 由此言之, 臣子當頌明矣.'
17) '周秦之際, 諸子並作, 皆說他事, 不頌主上, 無益於國, 無補於化.'

등 편에서는 실지로 한조(漢朝)의 성덕을 가송(歌頌)하고 있는 것을 보면 실제로는 진취적인 면만이 있는 것도 아니다.

그의 시대는 '문(文)'과 '학(學)' 또는 '학술(學術)'과 '문학(文學)'을 구별하기 시작한 때였으나 왕충만은 '문(文)'과 '학(學)' 또는 '학술(學術)'과 '문학(文學)'을 분별하지도 못하고 광범한 뜻으로 '문(文)'이나 '문학(文學)' '문인(文人)'이란 말을 사용한 것이다.

《논형(論衡)》에는 또한 독특하고 창조적인 이론이 없는 것은 아니다. 앞에서 얘기한 왕충의 이론들을 문학론이 아니라고 본다 하더라도 여기에는 뛰어난 독창적인 요소가 적지 않은 것은 사실이다. 그러나 《논형》은 실제로 동한(東漢)에서 청(淸) 말엽에 이르기까지 세상에 별로 알려지지도 않았고 널리 읽혀지지도 않았던 책이다. 따라서 《논형》의 이론은 그 시대 문학은 물론 후세 문학에 대하여도 별로 이렇다 할 영향을 끼치지 못하였다.

따라서 많은 《중국고전문학이론사》들이 지금처럼 왕충을 한대(漢代)의 가장 중요한 문학론자인 것처럼 다루고 있는 태도에는 전혀 찬성할 수 없는 일이다. 설사 《논형》 가운데 문학론이라 할 수 있는 대목들이 있다 하더라도, 그것은 한대의 문학의식을 대표할 수 도 없고 또 한대의 문학과도 전혀 관계가 없는 것이다.

8. 한(漢)·위진(魏晉)·남북조(南北朝) 악부고시(樂府古詩)와 고사(故事)

1. 서 론

　필자는 〈서한(西漢) 학자들의 《시경(詩經)》 해설에 대한 새로운 이해〉(《중국문학사론》, 서울대 출판부, 2001 所載)에서 모시(毛詩)나 삼가시(三家詩)에서 《시경》의 시들에 대하여 현대인들이 보기에 '우곡(迂曲)한' 해설을 하고 있는 것은(屈萬里 〈先秦說詩的風尙和漢儒以詩教說詩的迂曲〉), 그 시들이 강창(講唱)이나 희곡(戱曲) 형식으로 연출되고 있던 고사(故事)와의 관계를 바탕으로 해설하였기 때문이라고 하였다.

　그리고 〈중국 고적(古籍)의 성격고(性格考)〉(上同 所載)에서는 중국의 선진(先秦) 고적(古籍)들은 모두가 설서(說書)의 대본 같은 성격을 띤 것임을 증명하려 하였다. 그리고 《초사(楚辭)》를 비롯하여 한대(漢代)의 사부(辭賦)가 모두 희곡적인 성격을 지녔던 것임도 증명하였다(上記 첫째 논문). 그러니 한대에서 남북조(南北朝)에 이르는 시대의 시가인 악부(樂府)와 고시(古詩)도 그러한 고사의 연출과 무관할 수가 없을 것이다.

　따라서 이 논문은 한에서 남북조에 이르는 기간의 악부고시가 고사의 연출과 어떤 관련을 어떻게 갖고 있는가를 밝히려는 데에 목적이 있다. 청대(淸代) 주건(朱乾)이 《악부정의(樂府正義)》에서 '고시십구수(古詩十九首)는 모두가 악부(樂府)이다'고 말하였듯이 이 시대의 고시는 악부와 구별하기 어려웠기 때문에 여기에서는 '악부고시'란 말을 쓰고 있는 것이다.

2. 한대(漢代)의 악부고시

서릉(徐陵, 507~583)의 《옥대신영(玉臺新詠)》 권1의 고시팔수(古詩八首) 중의 제6수는 다음과 같이 시작되고 있다.

사방 자리에 계신 분들 시끄럽게 떠들지 말고,
내 노래 한 마디 들어보소!
동으로 만든 향로(香爐) 얘기하리이다.
높이 솟은 모습 남산 같고
윗가지는 소나무와 잣나무인데
아래 뿌리는 동판에 서려있네.

四座且莫誼, 願聽歌一言.
請說銅鑪器, 崔嵬象南山.
上枝以松柏, 下根據銅盤.

이에 대하여는 양계초(梁啓超, 1873~1929)가 "바로 조덕린(趙德麟)의 〈상조접련화서(商調蝶戀花序)〉에서 '노래꾼 수고롭게 하여 먼저 가락을 고른 다음 뒤에 거친 얘기 들어봅시다(奉勞歌伴, 先調格調, 後聽蕪詞.)'고 한 말이나, 북관별서주인(北觀別墅主人)의 〈과양력

대고서인백(誇陽歷大鼓書引白)〉에서 ‘현악기 줄을 튀기면서 이 회를 노래하겠소(把絲絃兒彈起來就唱這回)’라고 한 말과 같다. 모두가 노래하는 사람이 청중들에게 시작을 알리는 말이다.”[1]고 한 말이 시의 성격을 잘 설명해주고 있다.

다만 양계초는 ‘우리에게 전해지고 있는 작자 불명의 고시는 모두가 악부이다’라는 결론을 이끌어내기 위한 말이어서, 위의 인용한 말을 한 사람을 ‘노래하는 사람(歌者)’이라 말하고 있지만, 실은 노래를 하면서 얘기를 들려준 강창자(講唱者)의 말이라 함이 올바른 설명이 된다. 한편 그것은 한위(漢魏)의 고시가 일부는 강창으로 민간에 연출되었음을 증명해주는 것이기도 하다.

한대 악부시 중에서도 가행(歌行) 종류의 것은 특히 고사의 연출과 관계가 많은 듯하다. 가(歌)는 《초사(楚辭)》 구가(九歌)로부터 발전한 것이라 본다면, 거기에 강창이나 희곡의 성격이 뚜렷하다 하더라도 이상할 것이 없다. 당산부인(唐山夫人)의 〈안세방중가(安世房中歌)〉가 이미 가무희의 가사 같은 성격을 띄고 있고, 한(漢) 고조(高祖)의 〈대풍가(大風歌)〉와 〈홍혹가(鴻鵠歌)〉, 항우(項羽)의 〈해하가(垓下歌)〉 등은 짧은 시임에도 불구하고 모두 상당히 구체적인 고사와의 관련 아래 노래 불리어진 것이라 전해지고 있다.

그에 비하여 행(行)은 거의 모두가 직접 고사를 노래하는 서사적(敍事的)인 것들이 주류를 이루고 있다. 보기를 들면 〈동문행(東門行)〉 〈서문행(西門行)〉 〈고아행(孤兒行)〉 〈부병행(婦病行)〉 〈상봉행(相逢行)〉 등 모두 열거할 수 없을 정도로 많은 시들이 구체적인 고

---

1) 余冠英의 《樂府詩選》 序文에는 梁啓超의 《中國美文及其歷史》의 말이라 하고 인용하고 있는데, 필자가 지닌 책(臺灣 中華書局板)에는 그런 글이 보이지 않는다.

사를 노래하고 있다. 특히 나부(羅敷)란 여인의 얘기를 읊은 〈맥상상 (陌上桑)〉이라고도 하는 〈염가나부행(艷歌羅敷行)〉은 대표적인 것이 라 할 것이다. 고시위초중경처작(古詩爲焦仲卿妻作, 一作 孔雀東南 飛) 같은 것도 이러한 가행체(歌行體) 계열의 작품이라 할 것이다. 보기로 〈맥상상〉을 읽어보기로 한다.

맥상상(陌上桑)

해가 동남쪽에 솟아올라
우리 진씨네 누각 비치고 있네.
진씨 집에는 어여쁜 딸이 있는데
스스로 이름을 나부라 하네.
나부는 뽕누에 치기 좋아하여
성 남쪽으로 뽕잎 따러 갔다네.
푸른 실로 바구니 줄 매었고
계수나무 가지로 바구니 고리 만들어 달았네.
머리 위에는 짧은 쪽머리 늘어졌고
귀에는 명월주(明月珠) 달렸으며,
감색 비단 치마에
자주색 비단 저고리 입었네.
길가던 자들은 나부를 보면
짐 내려놓고 수염 쓰다듬고,
젊은이들이 나부를 보면
관을 벗고는 망건 매만지며,
밭 갈던 사람은 쟁기를 잊고
김매던 사람은 호미를 잊는다네.

집으로 돌아가서는 모두 화만 내는데
그건 오직 나부를 보았기 때문이라네.　　　(이상 一解)

고을 태수(太守)가 남쪽으로부터 오다가
수레 끌던 오마(五馬)를 멈추게 하고는
관원을 보내어 어느 집 딸인가 물어보게 하였네.
"진씨 댁의 어여쁜 딸이온데 이름을 나부라 한다 하옵니다."
"나부의 나이는 몇인고?"
"스물은 아직 덜되었고
열다섯은 훨씬 넘었다 하옵니다."
태수께서 나부에게 인사를 하고,
"내 수레에 함께 타고 가면 어떻겠는가?" 하니,
나부 앞으로 나와 하는 말이 ;
"태수께선 어째서 그토록 어리석으십니까?
태수께선 부인이 계실 것이고
나부에겐 정해진 남편이 계십니다." (이상 二解)

"동방의 천여 기병 중에서도
그분이 맨 앞머리에 서시는데,
어떻게 그분을 식별하나 말씀드리리까?
흰 말에 검은 망아지 거느리고 있는데
푸른 실을 말꼬리에 매었고
황금으로 말머리 장식했으며,
허리에는 녹로검(鹿盧劍)을 찼는데
그 값이 천만 금(金)을 넘는다 하더이다.
열다섯 살엔 부(府)의 소사(小史)가 되었고

스무 살엔 조정의 대부(大夫)가 되었으며,
서른 살엔 시중랑(侍中郎) 되었고
마흔이 되어서는 한 성을 차지하고 계십니다.
사람의 생김새 깨끗하고도 희고
길다랗게 적지 않은 수염이 있고,
점잖게 공부(公府)를 걸어다니시고
의젓이 부중(府中)을 왕래하십니다.
한 자리에 수천 명이 모여도
모두들 그분이 빼어나다고 한답니다." (이상 三解)

日出東南隅, 照我秦氏樓.
秦氏有好女, 自名爲羅敷.
羅敷喜蠶桑, 採桑城南隅.
青絲爲籠係, 桂枝爲籠鉤.
頭上倭墮髻, 耳中明月珠.
緗綺爲下裙, 紫綺爲上襦.
行者見羅敷, 下擔捋髭鬚.
少年見羅敷, 脫帽著帩頭.
耕者忘其犁, 鋤者忘其鋤.
來歸相怒怨, 但坐觀羅敷. (一解)

使君從南來, 五馬立踟躕.
使君遣吏往, 問是誰家姝.
秦氏有好女, 自名爲羅敷.
羅敷年幾何? 二十尙不足, 十五頗有餘.
使君謝羅敷, 寧可共載不?

羅敷前置辭; 使君一何愚?
使君自有婦, 羅敷自有夫. (二解)

東方千餘騎, 夫壻居上頭.
何用識夫壻? 白馬從驪駒.
青絲繫馬尾, 黃金絡馬頭.
腰中鹿盧劍, 可直千萬餘.
十五府小史, 二十朝大夫.
三十侍中郎, 四十專城居.
爲人潔白晳, 鬑鬑頗有鬚.
盈盈公府步, 冉冉府中趨.
坐中數千人, 皆言夫壻殊. (三解)

이것들을 사대부(士大夫)들이 민간에 연출되고 있는 강창이나 희곡의 창사(唱詞)를 보고 흉내내어 지은 것들이라 한다면, 민간에는 여러 가지 형태의 고사의 연창(演唱)이 상당히 발달하고 있었을 것으로 여겨진다.

게다가 한대 악부에는 이 〈맥상상〉처럼 여러 해(解)로 이루어진 이른바 대곡(大曲)이 있다. 곽무천(郭茂倩, 1084 전후)의 《악부시집(樂府詩集)》 권26 상화가사(相和歌辭)의 해제에서 인용하고 있는 《고금악록(古今樂錄)》에서는 왕승건(王僧虔)의 말을 인용하여

옛날에는 장(章)이라 했고 지금은 해(解)라 하는데, 해에는 많고 적은 것이 있다. 본시 먼저 시(詩)가 있고 뒤에 음악이 있게 된 것인데, 시는 서사(敍事)를 하고 소리는 무늬를 이룩하여, 반드시 뜻은 시에서 다 표현케 하고 소리는 곡조에서 다 표현케 하였다.2)

라고 대곡(大曲)을 설명하고 있다. 그리고 대곡에는 염(豔)과 추(趨)와 난(亂)이 있다는 설명도 붙이고 있다. 그러니 많은 대곡들이 가무희(歌舞戲)의 가사였을 가능성이 많다. 지금 우리에게 전해지고 있는 〈염가나부행(艷歌羅敷行)〉을 비롯한 여러 해로 이루어진 대곡의 악부들은 모두 실상은 민간의 가무희 가사(歌辭)의 변신인 듯하다.

《악부시집》 권29 상화가사(相和歌辭)의 고사(古辭) 왕자교(王子喬)의 해제를 보면 유향(劉向, B.C. 77~B.C. 6)의 《열선전(列仙傳)》을 인용하여 왕자교(王子喬)란 시에 대하여 이런 설명을 하고 있다.

왕자교는 주(周)나라 영왕(靈王)의 태자 진(晉)인데, 생(笙)을 잘 불어 봉황새의 울음소리를 내었다. 이수(伊水)와 낙수(洛水) 사이에서 놀았는데, 도사(道士) 부구공(浮丘公)이 그를 데리고 숭고산(嵩高山)으로 올라갔다. 30여 년 뒤에 산 위에서 찾아내었는데 환량(桓良)을 보고 말하기를 "우리집에 7월 7일날 구씨산(緱氏山) 꼭대기에서 나를 기다리라고 전해주시오."라고 부탁하였다. 그때가 되자 과연 흰 학을 타고 와 산꼭대기에 머무는데, 그를 바라보기만 하였지 그가 있는 곳에는 가지 못하였고, 손을 들어 당시 사람들에게 인사를 하고 수일만에 떠나갔다. 그를 위해 구씨산(緱氏山) 아래와 숭고산(嵩高山) 위에 사당(祠堂)을 세웠다.3)

다시 같은 책 권34 상화가사(相和歌辭) 동도행(董逃行) 오해(五

---

2) '古曰章, 今曰解, 解有多少. 當時先詩而後聲, 詩敍事, 聲成文, 必使志盡於詩, 音盡於曲.'

3) '王子喬者, 周靈王太子晉也, 好吹笙作鳳鳴. 遊伊洛之間, 道人浮丘公接以上嵩高山. 三十餘年後, 求之於山上, 見桓良曰 ; '告我家, 七月七日待我於緱氏山頭.' 至時, 果乘白鶴駐山頭, 望之不得到, 擧手謝時人, 數日而去. 爲立祠於緱氏山下及嵩高之首焉.'

解)에 대한 해제에서는 최표(崔豹)의 《고금주(古今注)》를 인용하여

> 동도가(董逃歌)는 후한(後漢)의 유동(游童)들이 지은 것이다. 끝
> 내는 동탁(董卓)이 난을 일으켰고, 마침내는 도망쳤다. 후인들이 그
> 것을 익히어 가장(歌章)으로 만들었고, 악부에서 그것을 연주하여
> 경계케 하였던 것이다.4)

라고 설명하고 있다.

이상과 같은 시들은 가무희의 가사에서 나온 것임이 거의 틀림없는
노래들이라 여겨진다.

다시 《악부시집》 권54 무곡가사(舞曲歌辭)의 고사(古辭) 〈건무가
(巾舞歌)〉는 〈공막무가(公莫舞歌)〉라고도 하는데, 그 해제(解題)에
서 《당서(唐書)》 악지(樂志)를 인용하여 이런 설명을 하고 있다.

> 공막무(公莫舞)는 진(晉)나라와 송(宋)나라에서는 건무(巾舞)라
> 부른다. 거기에 대하여 전하는 말에 '한나라 고조(高祖)와 항우(項
> 羽)가 홍문(鴻門)에서 만날 적에, 항장(項莊)이 칼춤을 추면서 고
> 조를 죽이려 했는데, 항백(項伯)도 춤을 추면서 옷소매로 그를 막
> 았고, 또 항장(項莊)에게 말하기를 "공은 그러지 마오(公莫)."라 하
> 였다. 옛날 사람들은 서로 공(公)이라 불렀고, 공은 한왕(漢王)을
> 해치지 말라는 말이었다. 한나라 사람들은 그 일을 은덕(恩德)으로
> 여겼기 때문에 수건을 사용하여 춤을 추면서 항백(項伯)이 옷소매
> 로 막던 방법을 형상화한 것이다라고 하였다.5)

---

4) '董逃歌, 後漢游童所作也. 終有董卓作亂, 卒以逃亡. 後人習之爲歌章, 樂
　　府奏之爲徵誡焉.'

5) '公莫舞, 晉宋謂之巾舞. 其說云；漢高祖與項籍會鴻門, 項莊舞劍, 將殺高

이 건무(巾舞)는 가무희임이 분명한 춤이다. 홍문연(鴻門宴) 얘기는 시대마다 가무희로 다양하게 전하여져 당(唐)나라 시대에는 번쾌 배군난(樊噲排君難)이란 이름 아래 연출되고 있었다(拙著《중국고대의 가무희》제5장 5절 당대에 생겨난 가무희, 明文堂, 2001 참조).

이와 비슷한 가무로 파유무(巴渝舞)도 있다.《진서(晉書)》권22〈악지(樂志)〉에는 공막무(公莫舞)와 함께 잡무(雜舞)에 속하던 파유무(巴渝舞)에 대한 다음과 같은 설명이 있다.

파유무는 한나라 고조(高祖)가 지은 것이다. 고조가 촉한(蜀漢)으로부터 삼진(三秦)을 평정하려 했을 적에 낭중(閬中)의 범인(范因)이 종인(賨人)을 거느리고 고조를 따르면서 전봉(前鋒)이 되었는데, 그들을 판순만(板楯蠻)이라 불렀으며 용감하고 전투를 잘하였다. 진중(秦中)을 평정하고 나서 범인(范因)을 낭중후(閬中侯)로 봉(封)하고 종인(賨人)들의 칠성(七姓)을 회복시켜 주었다. 그들 풍속은 춤을 좋아하였는데, 고조는 그 사납고 매서운 춤을 좋아하여 자주 그 춤을 구경하였고, "주(周) 무왕(武王)이 주(紂)왕을 정벌할 적의 노래이다."고 말하였다. 뒤에는 악공들로 하여금 그 춤을 익히도록 하였다. 낭중(閬中)에는 유수(渝水)가 있는데, 그들이 사는 고장의 이름을 근거로 하여 그 춤을 파유무(巴渝舞)라 불렀다. 무곡(舞曲)에는〈모유본가곡(矛渝本歌曲)〉〈노유본가곡(弩渝本歌曲)〉〈안대본가곡(安臺本歌曲)〉〈행사본가곡(行辭本歌曲)〉의   네 편이 있다.

그 가사는 오래되어 그 구두(句讀)도 알 수가 없다.6)

祖, 項伯亦舞, 以袖隔之, 且語莊云 ; 公莫! 古人相呼曰公, 言公莫害漢王也. 漢人德之, 故舞用巾以像項伯衣袖之遺式.'
6) '巴渝舞, 漢高帝所作也. 高帝自蜀漢將定三秦, 閬中范因率賨人從帝爲前

224

〈공후인(箜篌引)〉 같은 것도 최표(崔豹)의 《고금주(古今注)》[7]에 의하면 복잡한 정절(情節)이 있으니 한대에 그것이 이루어졌을 무렵의 민간에는 가무희로 연출되고 있었을 가능성이 많다. 《고금주》의 기록을 다음에 인용한다.

〈공후인〉은 조선(朝鮮)의 강나루 사공 곽리자고(霍里子高)의 처 여옥(麗玉)이 지은 것이다. 자고(子高)가 아침에 일어나 배를 젓고 잇는데, 한 머리가 흰 무모한 남자가 머리를 풀어헤치고 술병을 들고 어지러운 물흐름 속을 건너고 있었다. 그의 처가 뒤에서 말렸으나 말을 듣지 않아 마침내 그는 강물에 빠져 죽었다. 그러자 그의 처가 공후(箜篌)를 끌어안고 치면서 노래하였다. "임에게 강물 건너지 말라 하였는데도, 임은 강물 그대로 건너가다가, 강물에 빠져 죽었으니, 우리 임 어이하면 좋을고?" 노랫소리 매우 처절하였고, 노래를 마치자 역시 강물에 몸을 던져 죽었다. 자고(子高)가 집으로 돌아와 그 얘기를 여옥(麗玉)에게 하자, 여옥은 가슴아파하면서 곧 공후를 갖고 와 그 곡조를 연주하였는데, 듣는 사람들은 모두가 눈물을 흘리며 울었다.[8]

鋒, 號板楯蠻, 勇而善鬪. 及定秦中, 封因爲閬中侯, 復賨人七姓. 其俗喜歌舞, 高帝樂其猛銳, 數觀其舞, 曰;武王伐紂歌也. 後使樂人習之. 閬中有渝水, 因其所居, 故曰巴渝舞. 舞曲有矛渝弩渝安臺行辭本歌曲四篇. 其辭既古, 莫能曉其句度.'

7) 郭茂倩 《樂府詩集》 卷26 相和歌辭 箜篌引 解題 引.

8) '箜篌引者, 朝鮮津卒霍里子高妻麗玉所作也. 子高晨起刺船, 有一白首狂夫, 被髮提壺, 亂流而渡, 其妻隨而止之, 不及, 遂墮河而死. 於是援箜篌而歌曰;公無渡河, 公竟渡河, 墮河而死, 將奈公何? 聲甚悽愴, 曲終亦投河而死. 子高還, 以語麗玉. 麗玉傷之, 乃引箜篌而寫其聲, 聞者莫不墮淚飮泣.'

한대의 악부고시는 특히 민간에서 노래될 적에는 고사의 연창(演唱)과 관계가 많았을 것으로 여겨진다.

3. 위진(魏晉)의 악부고시

1) 위진대의 가무백희(歌舞百戲)

위(魏)·진대(晉代)로 들어와서도 악부고시(樂府古詩)의 가행(歌行)들은 한대(漢代)와 별다른 변화가 없는 발전을 보이고 있다. 따라서 그 점은 여기에서 더 언급하지 않기로 한다.

다만 위(魏)나라를 일으킨 무제(武帝) 조조(曹操, 155~200)와 그의 아들 문제(文帝) 조비(曹丕, 187~226년), 진사왕(陳思王) 조식(曹植, 192~232)의 삼부자는 모두가 뛰어난 문재(文才)를 지녀 중국문학을 본격적으로 발전시킨 문인이었다. 따라서 문인들의 본격적인 시 창작이 시작된 시대이므로 민간의 시가와는 거리가 보다 멀어졌음은 부인할 길이 없다.

그러나 그들 모두 음악과 무용도 좋아하였으니, 그들의 시도 가무(歌舞)와 무관할 수가 없었을 것이다. 《삼국지(三國志)》〈위서(魏書)〉 무제기(武帝紀) 배송지(裴松之, 422년 전후)의 주(注)를 보면, 《위서(魏書)》를 인용하여 조조(曹操)는 '낮에는 무책(武策)을 공부하고, 밤에는 반드시 시를 읊었으며, 새로운 시를 짓게 되면 관현(管絃)으로 연주하여 모두 악장(樂章)을 이루었다'9)라고 하였으며, 또 〈조만전(曹瞞傳)〉을 인용하여 '음악을 좋아했고 창우(倡優)들을

---

9) 《三國志》注 ; '晝則講武策, 夜則思經傳, 登高必賦. 及造新詩, 被之管絃, 皆成樂章.'

곁에 두고 낮부터 밤까지 늘 함께하였다'10)라고도 하였다.

조비(曹丕)도 위왕(魏王)이 된 다음 남정(南征)을 마치고 초(譙)라는 곳에서 잔치를 크게 베풀었는데, 배송지(裵松之)의 주(注)에서는 《위서(魏書)》를 인용하여 이때 '기악백희(伎樂百戲)를 베풀었다'11)고 하였다. '기악백희'란 장형(張衡)이 〈서경부(西京賦)〉에서 읊은 한(漢) 평악관(平樂觀)에서 연출되던 '각저지묘희(角抵之妙戲)'와 같은, 여러 가지 '가무희'를 비롯하여 어룡만연지희(魚龍漫衍之戲) 및 백희(百戲)의 상연을 뜻할 것이다. 그리고 이는 옛날의 산악(散樂)과 같은 말이라고 볼 수 있다.

그리고 조조의 밑에서는 태악령(太樂令) 두기(杜夔)를 비롯하여 등정(鄧靜)·윤제(尹齊)·윤호(尹胡)·풍숙(馮肅)·복양(服養) 등 수많은 아악(雅樂)과 가무의 전문가들이 활약하였고, 조비의 밑에서는 정성(鄭聲)인 신성(新聲)을 전문으로 하는 좌연년(左延年)·시옥(柴玉) 등이 총애를 받으며 활약하였다.12)

앞에서 이야기한 기악백희(伎樂百戲)는 진(晉)나라 때까지 그대로 이어진다. 《진서(晉書)》 권 23 악지를 보면, 동진(東晉) 성제(成帝)의 함강(咸康) 7년(341)에 산기시랑(散騎侍郎) 고진(顧臻)이 상표(上表)하여 아악(雅樂)에 힘쓰고 '말세지희(末世之戲)'는 없앨 것을 건의한 결과, '고긍(高絚)·자록(紫鹿)·기행(跂行)·별식(鼈食)·제왕권의(齊王捲衣)·작아(筰兒) 등의 음악은 없애 버렸다'13)라고 하였다.

---

10) 《三國志》注 ; '好音樂, 倡優在側, 常以日達夕.'

11) 《三國志》注 ; '設伎樂百戲.'

12) 《三國志》 권 29 〈魏書〉 杜夔傳 및 《晉書》 권 22 樂志 참조.

13) 《晉書》 ; '散騎侍郎顧臻表曰, 臣聞聖王制樂, ……諸伎而傷人者, 皆宜除之. ……於是除高絚·紫鹿·跂行·鼈食及齊王捲衣·筰兒等樂, 又減其稟, 其後復高絚·紫鹿焉.'

이 없애 버렸다는 일부 잡기(雜伎)의 명칭을 통하여, 이 시대의 각저희(角抵戱)의 규모가 상당히 컸음을 짐작할 수 있다.

다시 《삼국지(三國志)》 권 29 두기전(杜夔傳) 배송지(裵松之)의 주를 보면, 부현(傅玄, 217~278)의 글을 인용하여 마균(馬鈞)이란 사람이 나무를 조각해서 물의 힘으로 작동하는 정교한 인형을 만들어 놀이를 하였던 이야기를 기록하고 있다.

여악무상(女樂舞像)을 만들어 놓고, 심지어 나무인형들로 하여금 북을 치고 퉁소를 불며, 산악(山嶽)도 만들어 놓고, 나무인형으로 하여금　도환(跳丸)·척검(擲劍)·연환(緣組)·도립(倒立)을　하게 하였는데, 그들의 출입이 자유로웠으며, 절구질·맷돌질과 투계(鬪鷄) 등 변화와 기교가 수없이 많았다.14)

이에 의하면 그 시대에 기악백희(伎樂百戱)도 성행되었음은 물론 물을 이용하는 일종의 수괴뢰(水傀儡)도 행하여졌음을 알 수 있다.

《삼국지(三國志)》〈위서(魏書)〉 명제기(明帝紀) 배송지(裵松之)의 주에서도 《위략(魏略)》을 인용하여, 황제의 밑에는 각종 여관(女官)과 함께,

기가(伎歌)를 익히는 자들도 각각 천(千)을 헤아릴 정도가 있었다.15)

---

14) 《三國志》 注 ; ‘以大木彫構, 使其形若輪, 平地施之, 潛以水發焉. 設爲女樂舞像, 至令木人擊鼓吹簫, 作山嶽, 使木人跳丸擲劍, 緣組倒立, 出入自在. 百官行署, 舂磨鬪鷄, 變巧百端.’
15) 《三國志》 注 ; ‘習伎樂者, 各有千數.’

라고 하고는, 다시 이어서,

> 곡수(穀水)를 구룡전(九龍殿) 앞으로 끌어들여 ……물로 백희(百戲)가 돌아가게 하였다. 연초(年初)에는 거수(巨獸)와 어룡만연(魚龍漫延)과 농마도기(弄馬倒騎) 등도 연출케 하여, 모든 것이 한(漢) 서경(西京)의 제도와 같았다.16)

라고 하였다.
《진서(晉書)》 권20 〈예지(禮志)〉를 보면,

> 위나라 무제가 정월달에 죽었는데, 위나라 문제는 그 해 7월에 기악백희(伎樂百戲)를 연출하였으니, 곧 위나라는 상사(喪事) 때문에 음악을 폐하지는 아니하였다.17)

라고 하였다. 이로써도 위진대(魏晉代)에 '기악백희' 또는 '산악'이 성행하였음을 알 수 있을 것이다.
다시 곽무천(郭茂倩)의 《악부시집(樂府詩集)》 권31 상화가사(相和歌辭) 평조곡(平調曲)에는 〈동작대(銅雀臺)〉 또는 〈동작기(銅雀妓)〉라는 시가들이 실려 있는데, 《업도고사(鄴都故事)》를 인용하여 그 유래에 대해 다음과 같이 이야기를 하고 있다.

> 위무제(魏武帝)가 유언으로 여러 자식들에게 명하여 말하였다.

---

16) 《三國志》 注 ; '通引穀水過九龍殿前, ……水轉百戲. 歲首, 建巨獸, 魚龍漫延, 弄馬倒騎, 備如漢西京之制.'

17) 《晉書》 ; '魏武以正月崩, 魏文以其年七月設伎樂百戲, 是則魏不以喪廢樂也.'

"내가 죽은 뒤에 업(鄴)의 서강(西崗) 위에 장사지내고 ……첩과 기인들을 모두 동작대(銅雀臺)로 보내어 매월 보름날 아침이면 언제나 장막 앞에서 작기(作伎)토록 하라."18)

동작대(銅雀臺)는 건안 15년(210)에 조조(曹操)가 업(鄴)에 세운 웅장한 누대이다. 어떻든 이를 통해서도 조조가 가무를 얼마나 사랑했는가를 알 수 있다. '작기(作伎)토록 했다'는 것은 단순한 가무뿐 아니라 여러 가지 '기악백희' 또는 '산악'을 연출하도록 했음을 뜻할 것이다.

2) 잡무가사(雜舞歌辭)

위나라로 들어오면서 한대의 '가무희'인 파유무(巴渝舞)·건무(巾舞)·비무(鼙舞) 등이 모두 아화(雅化)하여 단순한 가무인 잡무(雜舞)의 일종으로 변하고 그 명칭까지도 바뀌는 것들이 생겨난다. 그러나 진(晉)나라 때의 '잡무'들을 살펴보면 아직도 '가무희'적인 성격을 간직하고 있는 것들이 여러 가지 전해지고 있었던 듯하다.

《악부시집(樂府詩集)》권54 무곡가사(舞曲歌辭)의 잡무(雜舞)에 실려 있는 진(晉)나라 때의 〈불무가(拂舞歌)〉를 보면, 작자를 알 수 없는 백구(白鳩)·제제(濟濟)·독록(獨漉)·갈석(碣石)·회남왕(淮南王)의 다섯 가지가 전한다. 《송서(宋書)》 권19 악지(樂志)에서는 진(晉) 양홍(楊泓)의 《무서(舞序)》의 다음과 같은 기록을 인용하고 있다.

---

18) 《鄴都故事》; '魏武帝遺命諸子曰, 吾死之後, 葬於鄴之西崗上, ……妾與伎人, 皆著銅雀臺, ……每月朝十五, 輒向帳前作伎.'

230

강남으로 와서 백부무(白符舞)를 보았는데, 간혹 백부구무(白鳧
鳩舞)라고도 하며, 이미 수십 년을 전해 내려온 춤이라고 한다. 그
가사의 뜻을 살펴보면, 곧 오(吳)지방 사람들이 손호(孫皓)의 학정
(虐政)을 걱정하면서 진(晉)나라에 붙게 되기를 바라는 내용이
다.19)

백구(白鳩)는 백부(白符) 또는 백부구(白符鳩)라고도 불렀으며,20)
지금 전하는 백구무(白鳩舞)의 진(晉)나라 때의 가사 내용이 앞의 양
홍(楊泓)의 설명과 다른 것은 후에 다시 개작된 가사이기 때문일 것
이다.21) 어떻든 백구는 '가무희'적인 노래와 춤이었던 듯하다.

다시 제제무(濟濟舞)와 독록무(獨漉舞)에 대하여 《남제서(南齊
書)》권11 악지(樂志)에서 진(晉)나라 때 가무는 두 가지가 각각 '육
해(六解)'였다라고 하였으니, 그 춤과 노래가 표현하는 이야기 줄거리
의 규모가 간단하지 않은 것이었음이 분명하다. 갈석(碣石)도 《남제
서(南齊書)》악지(樂志)에,

위무제(魏武帝)의 가사로써, 진(晉)나라에서는 갈석무(碣石舞)도
만들었으며, 그 가사는 4장이었다.22)

---

19) 楊泓 《舞序》 ; '自到江南見白符舞, 或言白鳧鳩舞, 云有此來數十年矣.
　　察其辭旨, 乃是吳人患孫皓之虐政, 思屬晉也.'
20) 《南齊書》 권11 樂志에서도 《舞序》를 인용하여 '白符, 或云白符鳩舞,
　　出江南, 吳人所造. ……言白者金行, 符合也, 鳩亦合也. 符鳩雖異, 其
　　義是同.'이라고 하였다.
21) 《宋書》 권19 〈樂志〉 의거.
22) 《南齊書》 樂志 ; '右一曲, 魏武帝辭, 晉以爲碣石舞歌, 詩四章.'

라고 하였다. 《악부시집(樂府詩集)》 해제(解題)에서는 다시 《악부해제(樂府解題)》를 인용하여,

첫째 장(〈觀滄海〉)은 동쪽으로 갈석(碣石)에 가서 창해(滄海)의 넓음과 해와 달이 그 속에서 나왔다 들어갔다 하는 것을 표현한 것이다. 둘째 장(〈冬十月〉)은 농사일이 끝나고 장사꾼들이 왕래하는 것을 표현하고, 셋째 장(〈土不同〉)은 향토가 같지 않음을 따라서 사람들의 성격이 각기 다른 것을 표현하고, 넷째 장(〈龜雖壽〉)은 늙은 천리마(千里馬)가 마구 위에 엎드려 있기는 하지만 뜻은 천리 저 멀리에 있고, 열사는 나이 늙었어도 한창 때 마음이 없어지지 않고 있음을 표현한 것이다.23)

라고 하였다. 이 정도의 이야기 줄거리를 지녔으면 가무극(歌舞劇)이라 해도 좋을 듯하다.

끝머리의 회남왕(淮南王)에 대하여는 악지(樂志)에서 '진(晉)나라 회남왕무가(淮南王舞歌)도 육해(六解)'라고 하였다. 진(晉)나라 최표(崔豹)의 《고금주(古今注)》에서,

〈회남왕(淮南王)〉은 회남소산(淮南小山)이 지은 것이다. 회남왕(淮南王)은 선식(仙食)을 하면서 신선의 도를 닦으며 방사(方士)들을 두루 찾아다니다가 마침내는 팔공(八公)과 함께 세상을 떠나 간 곳을 알지 못하게 되었다. 소산(小山)의 무리들은 그를 사모한 나

---

23) 《樂府解題》; '首章言, 東臨碣石, 見滄海之廣, 日月出入其中. 二章言, 農工畢而商賈往來. 三章言, 鄕土不同, 人性各異. 四章言, 老驥伏櫪, 志在千里, 烈士暮年, 壯心不已也.'

232

머지 〈회남왕곡(淮南王曲)〉을 지었던 것이다.24)

라고 하였다. 그러므로 회남왕(淮南王)은 한대(漢代)에 시작되어 진
(晉)나라 때에도 유행하였던 신선과 관계되는 '가무희'였다.
　다시 《악부시집》 권56　무곡가사(舞曲歌辭)　잡무(雜舞)에는 〈제세
창사(齊世昌辭)〉가 실려 있는데, 《남제서(南齊書)》 악지(樂志)에서는,

　　오른편의　일곡은　진(晉)나라의　배반가(杯盤歌)이며　10해(解)인
데 ……제(齊)나라에서　제세창(齊世昌)으로　고쳤다.25)

라는 등의 설명을 하고 있다. 위의 《악부시집》과 《남제서》에 실려
있는 가사들이 6해(解) 또는 10해로 이루어진 무가(舞歌)의 한두 해
(解)라면, 이 노래들은 전체적으로 볼 때 모두가 '가무희'의 가사라고
보아도 좋을 것이다. 위와 같이 한대의 '가무희'였던 잡무(雜舞)의 대
부분이 아화(雅化)하여 단순한 가무로 변해갔다고 했지만, 진대(晉
代)까지도 '가무희'의 모습을 거의 그대로 보존했던 것들도 있었음이
분명하다. 곧 《악부시집》에 실려있는 위진대의 잡무가사에는 그대로
가무희적인 연출을 할 적의 가사였던 것들이 적지 않은 것으로 여겨
진다.

3) 왕명군(王明君)
곽무천(郭茂倩)의 《악부시집(樂府詩集)》 권29　상화가사(相和歌辭)

---

24)　崔豹, 《古今注》 ; '淮南王, 淮南小山之所作也. 淮南王服食求仙, 遍禮方
　　士, 遂與八公相攜俱去, 莫知所往. 小山之徒, 思戀不已, 乃作淮南王曲焉.'
25)　《南齊書》 ; '右一曲, 晉杯盤歌十解, ……齊改爲齊世昌.'

음탄곡(吟歎曲)에는 진(晉) 석숭(石崇, 249~300)이 지은 〈왕명군(王明君)〉이 실려 있는데,《구당서(舊唐書)》권 29 악지(樂志)에는 다음과 같은 설명을 하고 있다.

청악(淸樂)이란 것은 남조(南朝)의 옛 음악이다. ……측천무후(則天武后) 때(684~701)에도 63곡이 있었는데, 지금 그 가사가 남아 전하는 것은 다만 〈백설(白雪)〉〈공막무(公莫舞)〉〈파유(巴渝)〉〈명군(明君)〉…… 등 32곡이다. ……〈명군(明君)〉은 한곡(漢曲)이다. 원제(元帝) 때 흉노(匈奴)의 선우(單于)가 입조(入朝)했을 때에, 조명(詔命)으로 왕장(王嬙)을 그에게 짝지어 주었는데, 그가 소군(昭君)이다. 떠나기에 앞서 들어와 인사를 드리는데 광채가 사람들에게 비쳐서 좌우 사람들을 감동시키니 천자도 후회를 하였었다. 한나라 사람들은 그가 멀리 시집가게 된 것을 동정하여 이 노래를 지었던 것이다. 진(晉)나라 석숭(石崇)의 기생 녹주(綠珠)는 춤을 잘 추었는데 이 곡조를 가르치어 스스로 새로운 노래를 짓게 되었다.26)

〈왕명군(王明君)〉은 〈왕소군(王昭君)〉이라고도 부르는 한대의 노래인데, 적어도 진(晉)나라 때에 이르러서 그것이 완전히 가무로 연출되었음을 알 수 있다. 동진(東晉)의 갈홍(葛洪, 250?~330?)이 지었다는 《서경잡기(西京雜記)》에는 '왕소군(王昭君)'에 대하여 다음과

---

26)《舊唐書》樂志 ; '淸樂者, 南朝舊樂也. ……武太后之時, 猶有六十三曲, 今其辭存者, 惟有白雪·公莫舞·巴渝·明君……等 三十二曲. ……明君, 漢曲也. 元帝時, 匈奴單于入朝, 詔以王嬙配之, 卽昭君也. 及將去, 入辭, 光彩射人, 悚動左右, 天子悔焉. 漢人憐其遠嫁, 爲作此歌. 晉石崇妓綠珠善舞, 以此曲敎之, 而自製新歌.'

같은 이야기가 실려 있다.

　　원제(元帝)에게는 후궁(後宮)이 너무 많아 늘 만나볼 수가 없어서 화공(畵工)으로 하여금 그들의 모양을 그리도록 하고는 그림을 보고 그들을 불렀다. 후궁 사람들은 모두 화공에게 뇌물을 바쳤는데, 많은 사람은 10만, 적은 사람도 5만 금에서 더 내려가지 않았다. 소군(昭君)은 홀로 뇌물을 주지 않았다. 그 때문에 화공이 그를 추하게 그려 끝내 임금을 만날 수가 없었다.

　　뒤에 흉노(匈奴)가 입조(入朝)하여 미인을 구해 연지(閼氏)로 삼고자 하니, 원제(元帝)는 그림을 보고 소군(昭君)을 골라 보내도록 하였다. 보내기에 앞서 불러 보니 용모가 후궁 중에서 첫째갈 정도였으며, 말씨도 훌륭하고 거동도 우아하였다. 황제는 후회를 하였으나, 이미 이름을 알리어 결정한 일이고 외국에 대한 신의도 중하기 때문에 다시 사람을 바꾸지 못하였다. 그러나 그 일을 추궁한 끝에, 화공(畵工)들을 모두 기시(棄市)하였고, 그들의 재산을 조사하여 수만이 넘는 재산 모두를 몰수하였다.[27]

이토록 복잡한 정절(情節)의 이야기를 가무로 연출하였으니, 그것은 '가무희'적인 성격의 것이 되지 않을 수 없었을 것이다. 《악부시집(樂府詩集)》 해제(解題)에서는 다시 《고금악록(古今樂錄)》을 인용하여,

---

27) 《西京雜記》；'元帝後宮旣多, 不得常見, 乃使畵工圖形, 案圖召幸之. 諸宮人皆賂畵工, 多者十萬, 少者亦不減五萬, 獨王嬙不肯, 遂不得見. 匈奴入朝, 求美人爲閼氏, 於是上案圖以昭君行. 及去召見, 貌爲後宮第一, 善應對, 擧止閑雅. 帝悔之, 而名籍已定, 帝重信於外國, 故不復更人. 乃窮案其事, 畵工皆棄市, 籍其家資, 皆巨萬.'

〈명군(明君)〉 가무란 것은 진(晉)나라 태강(太康) 연간(280~289)에 계륜(季倫)이 만든 것이다. 왕명군(王明君)은 본시 이름이 소군(昭君)이나 문제(文帝)의 휘(諱)에 저촉되어 명군(明君)이라 부르게 되었던 것이다.28)

라고 설명을 덧붙이고 있다. 악사(樂史, 930~1007)의 《녹주전(綠珠傳)》에도 이에 관한 기록이 있다.

녹주(綠珠)는 저(笛)를 잘 불었고, 또 명군무(明君舞)를 잘 추었다. 명군(明君)은 한비(漢妃)이다. 한나라 원제(元帝) 때 흉노(匈奴)의 선우(單于)가 입조(入朝)했는데, 왕장(王嬙)을 조명(詔命)으로 그에게 짝지어주었으니, 그가 바로 명군(明君)이다. 떠나기에 앞서 들어와 인사를 하는데 광채가 사람들을 쏘는 듯하여 천자가 후회하였으나 다시 바꾸기가 어려웠다. 한나라 사람들은 그가 멀리 시집가는 것을 동정하여 이 노래를 지었다. 석숭(石崇)은 이 곡을 그에게 가르치고, 또 다음과 같은 새로운 노래를 스스로 지었다.

나는 본시 양가집 딸이었는데
　흉노 선우의 궁전으로 시집가게 되었네.
　……
（이하 《악부시집》에 실린 石崇의 시와 같음)29)

---

28) 《樂府詩集》卷 29 ‘古今樂錄曰, 明君歌舞者, 晉太康中季倫所作也. 王明君本名昭君, 以觸文帝諱, 故晉人謂之明君.’

29) 《綠珠傳》;‘綠珠能吹笛, 又善舞明君. 明君者, 漢妃也. 漢元帝時, 匈奴單于入朝, 詔王嬙配之, 卽昭君也. 及將去, 入辭, 光彩射人, 天子悔焉, 重難改更. 漢人憐其遠嫁, 爲作此歌. 崇以此曲敎之, 而自製新歌曰, 我本

다시 《악부시집》 해제에서는 《금집(琴集)》을 인용하여, 〈명군〉은 300여 농(弄)인데, 그 중 훌륭한 것이 4농(弄)이며, 또 호가(胡茄)의 〈명군별(明君別)〉은 5농(弄)이라고도 하였다. 왕소군(王昭君)은 그 시대 '가무희'에서 부르던 노래 가사임이 분명하다.

4. 남북조(南北朝)의 악부고시

남북조시대로 들어오면서 악무(樂舞)도 북방의 흉노(匈奴)·선비족(鮮卑族), 서쪽의 강족(羌族) 및 구자(龜玆) 같은 서역 여러 나라와 인도 등의 영향을 받아 더욱 다양하게 발전한다. 우선 본래는 북방의 통치자였던 사람들이 남쪽으로 옮겨와 세운 남조(南朝)의 경우를 보면, 한위(漢魏)의 옛 음악도 그대로 계승하여 아무(雅舞)와 잡무(雜舞)가 교묘조향(郊廟朝饗)과 연회(宴會) 때 조정에서 그대로 쓰였다.

특히 잡무(雜舞)의 공막무(公莫舞)·파유무(巴渝舞) 등 '가무희'였던 악무(樂舞)들도 그대로 계승되었는데, 다만 새로운 속악(俗樂)과 외국음악의 수입으로 이것들은 훨씬 아화(雅化)하여 '가무희'로서의 특성을 크게 상실했던 듯하다. 그러나 그 시대에 새로 등장했던 민가(民歌)와 외국음악 속에서 '가무희'의 성격을 지닌 여러 가지 악무들이 발견되고 있다. 그리고 《악부시집》에 실린 여러 가사(歌辭)들 속에도 '가무희'의 가사에 근접한 성격을 띤 것들이 다수 발견된다.

1) 전계가(前溪歌)
먼저 남조(南朝)의 민가로서 오성가곡(吳聲歌曲)과 서곡가(西曲歌)

良家子, 將適單于庭……'

가 있는데,[30] 오성가곡은 《진서(晉書)》 권 15 악지(樂志)에서 '본시는 모두가 도가(徒歌)'라고 하였으나, 그 중 〈전계가(前溪歌)〉만을 《악부시집(樂府詩集)》 해제(解題)에서 《악부해제(樂府解題)》를 인용하여 '무곡(舞曲)'이라고 설명하고 있다.

《송서(宋書)》 권 19 악지(樂志)에서는 '전계가(前溪歌)라는 것은 진(晉)나라 거기장군(車騎將軍) 심충(沈充)이 만든 것'[31]이라고 하였는데, 일곱 수로 된 고사(古辭)를 보면 남녀가 창화(唱和)한 가사인 듯하다. 곧 '가무희'의 가사였을 가능성이 많은 노래이다.

2) 화산기(華山畿)

〈화산기(華山畿)〉 25수도 《악부시집》 해제에서 《고금악록(古今樂錄)》을 인용하여 다음과 같이 그 유래를 설명하고 있다.

〈화산기(華山畿)〉라는 것은 송(宋)나라 소제(少帝) 때(423~424)의 오뇌(懊惱)라는 한 곡조였는데, 또한 변곡(變曲)이었다. 소제 때 남서(南徐)의 한 선비가 화산기(華山畿)로부터 운양(雲陽)으로 가다가 객사에서 18, 9세의 여자를 만났는데, 좋아하면서도 어찌할 길이 없어 마침내 마음의 병이 들고 말았다. 그의 어머니가 그 까닭을 묻자 그는 모두 사실대로 이야기하였다.

어머니는 곧 화산(華山)으로 찾아가 그 여자를 만나서 아들이 병이 든 까닭을 이야기해 주었다. 그 여자는 앞치마를 벗어 어머니에게 주면서 몰래 아들이 누워 있는 요 밑에 깔아 두면 나을 것이라

---

30) 郭茂倩 《樂府詩集》 권 44~47 淸商曲辭 吳聲歌曲 및 同 권 47~49 淸商 曲辭 西曲歌 참조.

31) 《宋書》 樂志 ; '前溪歌者, 晉車騎將軍沈充所制.'

고 하였다. 며칠 뒤 정말로 병이 나았다. 그런데 아들이 우연히 요를 들다가 앞치마를 발견하고는 끌어안고 나서 그것을 삼키고 죽어 버렸다. 숨이 끊어지려 할 때 그가 어머니에게 말하였다. "장사지낼 때 상여를 화산(華山) 아래로 지나가게 해주십시오." 어머니는 그의 뜻을 따라 주었다.

상여가 여자의 집 문앞에 이르자 상여를 끌던 소가 움직이지 않았다. 채찍질을 해도 꼼짝 않았다. 여자가 잠깐 기다려 달라 하고는, 목욕을 하고 화장을 한 다음 나와서 노래를 불렀다.

> 화산기(華山畿)에서
> 임은 나 때문에 죽었는데
> 홀로 누굴 위해 산단 말인가?
> 나를 어여삐 보았을 때처럼 좋아한다면
> 나 위해 관 뚜껑 열어 주오!

관 뚜껑이 노랫소리에 따라 열리자 여자는 관 안으로 빨려들어갔다. 가족들이 관을 두드렸지만 어찌할 수가 없었다. 마침내 합장을 하고는 신녀총(神女冢)이라 부르게 되었다.[32]

---

[32] 《古今樂錄》曰 ; '〈華山畿〉者, 宋少帝時懊惱一曲, 亦變曲也. 少帝時, 南徐一士子者, 從華山畿往雲陽. 見客舍有女子年十八九, 悅之無因, 遂感心疾. 母問其故, 具以啓母. 母爲至華山尋訪, 見女具說聞感之因. 脫蔽膝令母密置其席下臥之, 當已. 少日果差. 忽擧席見蔽膝而抱之, 遂呑食而死. 氣欲絶, 謂曰, 葬時車載, 從華山度. 母從其意. 比至女門, 牛不肯前, 打拍不動. 女曰, '且待須臾.' 妝點沐浴, 旣而出. 歌曰, '華山畿, 君旣爲儂死, 獨活爲誰施? 歡若見憐時, 棺木爲儂開.' 棺應聲開, 女透入棺, 家人叩打, 無如之何. 乃合葬, 呼曰神女冢.'

이 정도의 이야기 줄거리를 지닌 가무라면 '가무희'라 하지 않을 수
가 없지만, 아름다운 여자가 앞치마로 병을 낫게 하고, 이후에 노래를
부르며 죽은 남자의 관 속으로 빨려들어가고, 이들을 합장한 뒤에 그
무덤을 신녀총(神女冢)이라 불렀다는 전후의 상황을 미루어 보아 그
여자는 무(巫)였음에 틀림이 없다. 그가 무당이라면 노래뿐만 아니라
춤도 추었을 것이고, 또 그것은 '가무희'의 성격을 띤 것이었을 게다.

3) 신현가(神弦歌)

다시 청상곡사(淸商曲辭)의 오성가곡(吳聲歌曲) 끝머리에는 〈신
현가(神弦歌)〉 18수의 독특한 노래들이 실려 있다. 숙아(宿阿) · 도군
(道君) · 성랑(聖郞) · 교녀(嬌女) · 백석(白石) · 청계소고(靑溪小姑) ·
호취고(湖就姑) · 고은(姑恩) · 채릉동(採菱童) · 명하동(明下童) · 동생
(同生)의 11종의 노래(이 중 7종은 2수임)인데, 육간여(陸侃如)는 《악
부고사고(樂府古辭考)》에서

〈신현가(神弦歌)〉는 남조(南朝) 민간의 제가(祭歌)이므로 곽무
천(郭茂倩)은 이것을 청상곡(淸商曲)에 열입(列入)하였다. 나는 그
것들 모두가 제가(祭歌)여서 오성가(吳聲歌) 및 서가(西歌)와는 비
슷하지 않으므로 이에 교묘가(郊廟歌)의 뒤에 옮겨 붙여 놓는다.[33]

라고 하였다. 이들 곡명(曲名)이나 가사로 미루어 보더라도 이들은
단순한 제가(祭歌)가 아니라 무가(巫歌)임이 분명하다. 첫 번째 〈숙

---

33) 《樂府古辭考》 二. 郊廟歌(丁) 神弦歌 '侃如按, 神弦歌蓋南朝民家的祭
　　歌, 故郭茂倩列入淸商曲. 我因爲他們都是祭歌, 與吳聲歌及西歌不類,
　　故移附郊廟歌之後.'

아(宿阿)〉는 '강신곡(降神曲)'임이 확실하다.

　　소림(蘇林)이 하늘 문 열고
　　조존(趙尊)이 땅의 문 닫네.
　　신령도 길을 함께하여
　　진관(眞官)께서 지금 내려오시네.

　　蘇林開天門, 趙尊閉地戶.
　　神靈亦道同, 眞官今來下.

　소림(蘇林)과 조존(趙尊)은 옛 신선이며, 강신(降神)할 때에 왕유(王維, 701~761)가 〈사어산신녀가(祠漁山神女歌)〉의 '영신(迎神)'에서 '무당이 나와, 어지러이 춤을 추네(女巫進, 紛屢舞)'라고 하며 노래하였듯이, 음악 연주와 함께 무당은 노래를 하며 춤을 추었다. 다시 《악부시집(樂府詩集)》에서는 〈청계소고곡(靑溪小姑曲)〉에 해제를 하면서 다음과 같은 양(梁)나라 오균(吳均, 469~520)의 《속제해기(續齊諧記)》의 청계묘신(靑溪廟神)에 관한 기록을 인용하고 있다.

　회계(會稽)의 조문소(趙文韶)는 송(宋)나라 원가(元嘉) 연간(424~453)에 동궁부시(東宮扶侍)가 되었는데, 관사가 청계(靑溪) 중교(中橋) 옆에 있었다. 가을 밤 달빛 아래 거닐면서 문득 고향 생각이 간절하여 문에 기대어 〈오비곡(烏飛曲)〉을 불렀다. 갑자기 나이가 열대여섯쯤 되는 하녀가 문앞으로 다가와 말하였다. "저희 아가씨께서 노랫소리를 들으시고는 마음이 끌리시어 달빛을 좇아 노닐다가 일부러 저를 보내어 뵐 수 있을까 여쭈어 보도록 하셨습니다." 문소(文韶)는 전혀 그를 의심하지 아니하고 잠시 들러도 좋다고 초청하였다.

　잠시 후에 아가씨가 오는데 나이는 18, 9세 정도였고, 용모가 절색이었다. 그 여자가 문소(文韶)에게 말하였다. "선생님의 훌륭한 노래를 들었사온데, 다시 한 곡 불러 주실 수 있겠습니까?" 문소는 곧 그를 위하여 〈초생반석하(草生盤石下)〉를 불렀는데 노랫소리가 매우 아름다웠다. 아가씨는 하녀에게 공후(箜篌)를 가져오게 하여 연주하였는데, 깨끗한 것이 초곡(楚曲) 같았다. 다시 다른 하녀에게 〈번상(繁霜)〉을 노래하게 하고는, 자신은 금비녀를 빼 공후(箜篌)를 치면서 이에 화하였다. 하녀는 이런 노래를 불렀다.

　　된서리 노래하니
　　된서리 새벽 장막으로 스며드네.
　　무엇 때문에 외로운 밤 지키며
　　앉아서 된서리 내리기만 기다리나?

　그대로 머물러 즐기다 자고 난 후에 아침에 떠나갈 때에 금비녀를 문소에게 주었다. 문소도 그에게 은주발과 유리숟가락을 선물하였다. 다음날 청계묘(青溪廟) 안에서 그것들을 발견하고는 곧 지난 밤 만난 이가 청계신녀(青溪神女)임을 알게 되었다.34)

---

34) 吳均, 《續齊諧記》; '會稽趙文韶, 宋元嘉中爲東宮扶侍, 廨在青溪中橋. 秋夜步月, 悵然思歸, 乃倚門唱〈烏飛曲〉. 忽有青衣, 年可十五六許, 詣門曰; '女郎聞歌聲, 有悅人者, 逐月遊戲, 故遣相問.' 文韶都不之疑, 遂邀暫過. 須臾, 女郎至, 年可十八九許, 容色絶妙. 謂文韶曰, '聞君善歌, 能爲作一曲否?' 文韶卽爲歌〈草生盤石下〉, 聲甚清美. 女郎顧青衣, 取箜篌鼓之, 泠泠似楚曲. 又令侍婢歌〈繁霜〉, 自脫金簪, 扣箜篌和之. 婢乃歌曰; '歌繁霜, 繁霜侵曉幕. 何意空相守, 坐待繁霜落.' 留連燕寢, 將

이 〈청계소고곡(靑溪小姑曲)〉의 유래 이야기를 보더라도 〈신현가(神弦歌)〉 18수는 무무가(巫舞歌)이며, '가무희'적인 놀이의 가사였음을 알 수 있다.

4) 서곡가(西曲歌)

서곡가(西曲歌)는 《고금악록(古今樂錄)》에 〈석성악(石城樂)〉〈오야제(烏夜啼)〉〈막수악(莫愁樂)〉 등 34곡의 곡명을 열거하며, 다시 〈석성악(石城樂)〉 등 16곡의 곡명을 열거한 후에 '모두가 무곡(舞曲)'이라 설명하고 있다.35) 《고금악록》에는 이들 무곡(舞曲) 대부분이 '옛날에는 16명이 춤추었다'라고 설명하고, 다시 그 중 일부에 '양(梁)나라에서는 8명이 춤추었다'라는 말을 덧붙이고 있다.

이 중 〈오야제(烏夜啼)〉에 대하여 《악부시집(樂府詩集)》 해제에서 《교방기(敎坊記)》를 인용하여 노래와 춤의 유래를 다음과 같이 설명하고 있다.

〈오야제(烏夜啼)〉라는 것은, 원가(元嘉) 28년(451) 팽성왕(彭城

旦別去, 以金簪遺文韶. 文韶亦贈以銀盌及瑠璃匕. 明日, 於靑溪廟中得之, 乃知得所見靑溪神女也.'(《五朝小說大觀》本보다는 서술이 간략하며, 두 곳을 그것을 참고로 고쳤음.)

35) 《樂府詩集》 권 47 〈西曲歌〉 解題 ; '古今樂錄曰, 西曲歌有石城樂·烏夜啼·莫愁樂·估客樂·襄陽樂·三洲·襄陽蹋銅蹄·採桑度·江陵樂·青陽度·青驄白馬·共戲樂·安東平·女兒子·來羅·那呵灘·孟珠·翳樂·夜度娘·長松標·雙行纏·黃督·黃纓·平西樂·攀楊枝·尋陽樂·白附鳩·拔蒲·壽陽樂·作蠶絲·楊叛兒·西烏夜飛·月節折楊柳歌三十四曲(夜黃 한곡이 빠짐). 石城樂·烏夜啼·莫愁樂·估客樂·襄陽樂·三洲·襄陽蹋銅蹄·採桑度·江陵樂·青驄白馬·共戲樂·安東平·那呵灘·孟珠·翳樂·壽陽樂, 並舞曲.'

王) 의강(義康)이 죄를 짓고 쫓겨나 심양(潯陽)을 지나다 머물게 되었는데, 강주자사(江州刺史)인 형양왕(衡陽王) 의계(義季)가 붙잡아 두고 잔치를 벌여 술을 마시게 하며 열흘이 지나도 떠나 보내지 않았다. 황제가 그 이야기를 듣고 노하여 두 사람을 모두 잡아 가두었다. 회계공주(會稽公主)는 그들의 누님이었는데, 황제와 잔치에서 즐기다가 중간에 그 자리에서 일어나 절을 하였다. 황제는 그 뜻을 알지 못하고 그런 행동을 몸소 만류하였다. 공주는 눈물을 흘리면서 말하였다. "거자(車子)는 한 해가 저무는 지금도 폐하에게 받아들여지지 못하고 있습니다."

거자(車子)는 의강(義康)의 소자(小字)이다. 황제는 장산(蔣山)을 가리키며 말하였다. "결코 그런 일은 없을 거요! 그렇지 않다면 곧 아버님의 뜻을 어기는 거지요." 무제(武帝)가 장산(蔣山)에 묻혔기 때문에 선제(先帝)의 능(陵)을 가리키며 맹세를 하였던 것이다. 그리고는 남은 술을 봉하여 의강(義康)에게 보내주면서 다음날 아침에 말하였다. "어제는 회계(會稽)의 누님과 술을 마시며 즐기다가 아우 생각이 났기 때문에 마시던 술을 그곳으로 보내는 것이오." 그리고는 마침내 그를 용서하였다.

사신이 심양(潯陽)에 도착하기 전에 형양(衡陽)의 집 사람들이 두 왕이 잡혀 있는 집의 문을 두드리면서 말하였다. "어젯밤 까마귀가 밤에 울었으니, 관청에서 마땅히 사면이 있을 것입니다." 조금 뒤에 사신이 도착하여 두 왕이 풀려나 이 곡이 있게 된 것이다.36)

---

36) 《敎坊記》曰 ; '烏夜啼者, 元嘉二十八年, 彭城王義康有罪放逐, 行次潯陽, 江州刺史衡陽王義季, 留連飮宴, 歷旬不去. 帝聞而怒, 皆囚之. 會稽公主, 姊也, 嘗與帝宴洽, 中席起拜. 帝未達其旨, 躬止之. 主流涕曰, 車子歲暮, 恐不爲陛下所容! 車子, 義康小字也. 帝指蔣山曰, 必無此, 不爾, 便負初寧陵. 武帝葬於蔣山, 故指先帝陵爲誓. 因封餘酒寄義康, 旦日曰 ; 昨與

이런 정도의 이야기 줄거리를 지닌 가무라면 '가무희'라 불러도 좋을 듯 싶다.

이들 이외에도 청상곡사(淸商曲辭)에 보이는 〈막수악(莫愁樂)〉〈삼주가(三洲歌)〉〈고객악(估客樂)〉〈양양악(襄陽樂)〉 등이 그 악곡의 유래로 보아 '가무희'와 관련이 있는 가사인 듯하며, 〈강릉악(江陵樂)〉〈안동평(安東平)〉 등 그 가사의 내용으로 보아 '가무희'라고 여겨지는 작품들도 적지 않다.

5) 상운악(上雲樂)

다시 《악부시집(樂府詩集)》 권51 청상곡사(淸商曲辭)에는 양(梁) 무제(武帝, 502~549 재위)와 주사(周捨, 469~524)[37]가 지은 〈상운악(上雲樂)〉이 실려 있다. 양무제의 것은 도합 7곡인데, 모두가 청묘(淸妙)한 선유(仙遊)의 경지를 노래한 것들이다. 거기에 비하여 주사의 작품은 〈노호문강사(老胡文康辭)〉라고도 불렀다는데,[38] 그 내용을 자세히 읽어 보면 〈상운악〉이란 '가무희'의 연출모습을 노래한 것임이 분명하다. 《수서(隋書)》 권13 음악지(音樂志)에는 양(梁) 삼조(三朝)의 설악(設樂)으로 49설(設)이 기록되어 있는데, 그 중 제44설은,

사자도(寺子導)·안식(安息)·공작(孔雀)·봉황(鳳凰)·문록(文鹿)·호무(胡舞)와 상운악(上雲樂) 가무기(歌舞伎)를 연이어 연출하는 것.[39]

會稽姊飮樂, 憶弟, 故附所飮酒往. 遂宥之. 使未達潯陽, 衡陽家人扣二王所囚院曰, 昨夜烏夜啼, 官當有赦. 少頃使至, 二王得釋, 故有此曲.'

37) 郭茂倩은 題辭에서 '간혹 范雲(451~503)의 작품이라고도 한다.'라고 하였다.

38) 《樂府詩集》 권51 題辭 의거.

으로 되어 있다. 임반당(任半塘)도 《당희롱(唐戲弄)》(제1장 總說 三. 溯源)에서 이 제44설(設)에 보이는 전부가 실은 한 가지 '가무희'이며, 그 중심만은 〈상운악〉에 있으나 모두가 연이어 상연된 것일 것이라 하였다. 이것을 종합해 보면 〈상운악〉은 '가무희'임이 확실하다. 두우(杜佑, 735~812)의 《통전(通典)》 권 145에는,

> 양(梁)나라의 오안태(吳安泰)는 노래를 잘하였는데, 뒤에는 악령(樂令)이 되었으며 성률(聲律)에 정통했고, 처음으로 〈별강남(別江南)〉〈상운악(上雲樂)〉 네 곡을 개작하였다.[40]

라고도 하였다. 그러면 주사(周捨)의 〈상운악〉을 먼저 읽고, 그 '가무희'의 구성 및 내용을 분석해 보기로 하자.

> 서쪽의 늙은 오랑캐
> 그 이름은 문강(文康)인데
> 천지 사방으로 노닐면서
> 삼황(三皇)에게도 거만하게 구네.
> 서쪽으론 해지는 몽사(濛汜)를 구경하고
> 동쪽으론 해뜨는 부상(扶桑)에 노니네.
> 남쪽으론 남극해에 배를 띄우고
> 북쪽으론 북극 불모의 땅에 이르네.

---

39) 〈寺子導〉도 무엇인지 알 길이 전혀 없고, '登連上雲樂歌舞伎'의 '登連'을 '연이어 연출하는 것'이라 번역하였다.

40) 《通典》; '梁有吳安泰, 善歌, 後爲樂令, 精解聲律, 初改四曲, 別江南·上雲樂.' 네 곡이라 하였으나 곡명은 두 곡만이 보인다.

옛날에는 신선인 약사(若士)와 벗하였고
팽조(彭祖)와 함께 자랐다네.
옛날에 잠시 곤륜산에 갔다가
다시 요지(瑤池)에서 술을 들게 되었는데
주제(周帝)는 맞이하여 윗자리에 앉혔고
왕모(王母)는 불사약 옥장(玉漿)을 대접하였다네.
그래서 목숨은 남산처럼 끝없이 되었고
뜻은 금강(金剛)처럼 단단하게 되었다네.

푸른 눈은 아련하고
흰 머리는 기다랗네.
가는 눈썹은 수염난 곳까지 뻗었고
높다란 코는 입 위로 처져 있네.
놀이를 잘할 뿐만 아니라
술도 잘 마신다네.
퉁소와 저가 앞에서 울고 있고
제자들이 뒤를 따르고 있는데
많은 사람들이 공경스런 모습으로
각기 맡은 일을 하고 있네.

봉황새는 늙은 오랑캐 집안의 닭이요,
사자는 늙은 오랑캐 집안의 개라네.
천자께서는 어지러운 세상을 올바르게 다스리어
다시 해와 달과 별빛을 밝게 하셨네.
은택이 내리는 비처럼 베풀어지고
교화가 바람처럼 백성들을 휩쓸었네.

자연현상을 살피어 모든 이치를 밝혀내고
양(梁)나라를 방문하기로 뜻을 세워
수레 끄는 사마(駟馬)를 배로 늘이고 길을 닦은 뒤
비로소 천자가 계시는 도읍에 이르렀다네.

궁전 앞에 엎드려 절하면서
옥당(玉堂)을 우러르는데,
따라온 하인들이 줄지어 벌여 섰고
모두가 염치와 절의를 알고
다같이 의로운 도리를 알고 있는 듯하네.
노랫소리 피리소리 은은히 울리고
북소리 둥둥 울리어
울림은 하늘에 진동하는데
그 소리는 봉황새 울음 같네.

나서고 물러섬이 모두 규칙에 맞고
나아가고 물러감이 모두 가락에 맞네.
모든 재주가 다 좋기는 하지만
오랑캐춤은 그 중에서도 가장 잘 추네.
늙은 오랑캐가 부쳐온 상자 속에는
더 기이한 악장들이 있다네.
수만 리 길을 가져다가
성상께 바치고자 한다는 거네.

이것을 차례차례 이야기하려 하여도
늙은지라 잊은 것이 많다네.

다만 바라건대 밝으신 폐하께서
천만 년 장수하시어
즐거움이 다하는 일 없으시기를!

西方老胡, 厥名文康,
遨遊六合, 傲誕三皇.
西觀濛汜, 東戲扶桑.
南泛大蒙之海, 北至無通之鄕.

昔與若士爲友, 共弄彭祖扶床.
往年暫到崑崙, 復値瑤池擧觴.
周帝迎以上席, 王母贈以玉漿.
故乃壽如南山, 志若金剛.

靑眼眢眢, 白髮長長,
蛾眉臨髭, 高鼻垂口.
非直能俳, 又善飮酒.
簫管鳴前, 門徒從後,
濟濟翼翼, 各有分部.

鳳凰是老胡家鷄, 獅子是老胡家狗.
陛下撥亂反正, 再朗三光,
澤與雨施, 化與風翔.
觇雲候呂, 志遊大梁,
重馴修路, 始屆帝鄕.

伏拜金闕, 仰瞻玉堂,

從者小子, 羅列成行,
悉如廉潔, 皆識義方.
歌管愔愔, 鏗鼓鏘鏘!
響振鈞天, 聲若鵾皇.

前却中規矩, 進退得宮商.
擧技無不佳, 胡舞最所長.
老胡寄篋中, 復有奇樂章,
齎持數萬里, 願以奉聖皇.

乃欲次第說, 老耄多所忘.
但願明陛下, 壽千萬歲,
歡樂未渠央.

위의 시를 근거로 하여 양대(梁代) 〈상운악〉은 대체로 어떤 내용과 형식을 지닌 '가무희'였던가 분석해 보기로 한다.

등장인물

여기의 주인공은 말할 것도 없이 서역(西域)으로부터 온 늙은 오랑캐 '문강(文康)'이다. 그는 많은 종자(從者)들을 거느리고, 또 봉황과 사자도 데리고 다닌다. 이 봉황과 사자도 모두 사람들이 분장했을 것이다. 다시 축수를 받는 천자가 있었을 가능성도 있으며, 문강의 내력을 설명하는 앞 대목에서는 약사(若士)와 팽조(彭祖)·주제(周帝)·서왕모(西王母) 같은 신선과 선녀들이 나와 함께 어울려 춤추었을 것이다.

이 신선들의 춤은 적어도 수십 명에 달하는 인원이 가무에 동원되었을 것이다. 이 신선들의 춤은 〈상운악〉 본래의 모습을 보여주는 부분이다.

분장

문강(文康)은 눈이 새파랗고 흰 머리가 길며, 긴 눈썹에 높은 코를 가졌으니 호인(胡人)의 얼굴 모양을 한 가면을 쓰고, 반인반선(半人半仙)의 모습으로 분장했을 것이다. 이에 따라 여러 종자들도 서역인의 복색을 하고 호인(胡人)의 얼굴 모양을 한 가면을 모두 썼을 것이다. 약사와 팽조·주제·서왕모 등은 제각기 어울리는 분장과 화장을 하였을 것이며, 역시 가면을 썼을 가능성이 많다. 봉황과 사자도 제각기 사람들이 봉황새와 사자 모양의 껍질을 뒤집어 쓴 것일 게다.

이야기 줄거리

서역에 문강(文康)이란 신인(神人)이 있었다. 그는 우주 안을 멋대로 노닐면서 약사(若士)나 팽조(彭祖) 같은 신선들과 어울리기도 하고 주제(周帝)와 서왕모(西王母)의 초청으로 그곳에 가서 대접을 받기도 한다.

그는 외모도 독특하지만 우스갯소리도 잘하고 술도 잘 마신다.

그리고 많은 종자들과 봉황 및 사자가 따라다니며 함께 춤을 춘다. 그는 마침내 양(梁)나라 천자의 성덕(聖德)을 전해 듣고 멀리 중국을 찾아와 종자들을 거느리고 호무(胡舞)를 추고 기악(奇樂)을 연주하며 축수를 한다.

춤

문강은 처음에 등장하여 화려한 춤을 춘다. 다음엔 약사·팽조와 어울리어 신선의 춤을 춘다. 그리고 주제와 서왕모의 잔칫자리에서는 술과 옥장을 마시면서 술에 취한 모습과 우스갯짓을 하며 호무를 출 것이다. 이 호무는 후세에 더욱 성행한다. 이어 종자들의 정제한 군무(群舞)가 전개된다.

다음엔 봉황과 사자가 나와 문강 및 종자들과 어울리어 양나라 천자의 성덕을 기리는 춤을 춘다. 그리고 모두 함께 다양한 춤들을 추며 천자에게 축수를 한다.

대체로 추려 보더라도 신선무·봉황무·사자무·호무 등이 있었을 것이다. 후세 〈서량기(西涼伎)〉[41] 등에 보이는 사자무(獅子舞)나 호등무(胡騰舞)[42] 같은 것은 이곳의 사자무와 호무가 발달한 것이라고 할 수 있을 것이다. 다시 말하면 후세의 여러 가지 사자춤과 호인(胡人)이 술 마시고 우스갯짓을 하는 호무는 모두 여기에 바탕을 두고 있다고 할 수 있다.

상연절차

대체로 이 〈상운악〉 가무희는 다음과 같은 7장으로 이루어졌었을 것이다. 제1장에서는 문강(文康)이 반인반선(半人半仙)의 모습으로 등장하여 자신을 소개하는 화려한 노래와 춤을 연출하였을 것이다. 제2장에서는 천지 사방을 노닐면서 여러 신선들과 어울려 노는 가무,

---

41) 白居易(772~846)의 新樂府와 元稹(779~831)의 新題樂府에는 각각 〈西涼伎〉 시가 있으니 참조 바람.

42) 李端(785년 전후), 〈胡騰兒〉; '胡騰身是涼州兒, 肌膚如玉鼻如錐. 桐布輕衫前後卷, 葡萄長帶一邊垂. 帳前跪作本音語, 拈襟擺袖爲君舞. 安西舊牧收淚看, 洛下詞人抄曲與. 揚眉動目踏花氈, 紅汗交流珠帽偏. 醉却東傾又西倒, 雙靴柔弱滿燈前, 環行急蹴皆應節, 反手叉腰如却月. 絲桐忽奏一曲終, 嗚嗚畫角城頭發. 胡騰兒, 胡騰兒, 故鄉路斷知不知?'

제3장에서는 술에 취한 문강과 여러 종자들이 어울려 추는 군무, 제4장에서는 봉황새와 사자가 나와 태평세대를 상징하는 춤, 제5장에서는 문강이 양나라 천자를 찾아뵙고 공덕을 칭송하는 가무, 제6장에서는 여러 가지 변화가 많은 호무와 새로운 음악, 제7장에서는 천자의 천년 만년의 수를 비는 가무가 전개되었을 것이다.

양 무제의 〈상운악〉은 모두 7곡인데 신선세계를 노래한 것들이다. '상운(上雲)'이란 본시 '구름을 타고 신선세계로 올라가 노님'43)을 뜻한다. 그리고 이 시들은 위의 '상연절차'에서 설명한 〈상운악〉 가무희의 7장 중 제2장에서 불리도록 지어진 노래라고 보아야 할 것이다. 그리고 이 부분이 〈상운악〉이란 가무희의 본래의 중심을 이루는 부분이었을 것이다.

6) 〈배가사(俳歌辭)〉와 〈봉황함서기사(鳳凰銜書伎辭)〉

《악부시집》권 56에는 무곡가사(舞曲歌辭)의 부록으로 산악(散樂)이 붙어 있는데, 작자를 알 수 없는 〈배가사(俳歌辭)〉와 송(宋)·제(齊)의 〈봉황함서기사(鳳凰銜書伎辭)〉 두 수가 들어 있다. 〈배가사(俳歌辭)〉는 그 해제에 '주유도(侏儒導)라고도 부르며, 옛날부터 있어온 창우희(倡優戲)이다'44)라고 하였다. 《남제서(南齊書)》권 11 악지(樂志)에 같은 〈배가사〉를 인용하고 '이 주유도(侏儒導)는 춤추는 사람 자신이 노래 불렀다. 옛날 가사는 여덟 곡이었는데, 이것은 맨 앞의 한 편이며, 22구였는데 지금 주유(侏儒)들이 노래 부르는 것은 여

---

43) 《莊子》天地 ; '千歲厭世, 去而上仙, 彼乘白雲, 至於帝鄕.'《黃帝九鼎神丹經》; '乘雲駕龍, 上下太淸.' 여기에서 '上雲'이란 구름을 타고 '帝鄕'이나 '太淸'으로 올라감을 뜻하는 것임을 알 수 있다.
44) 《樂府詩集》; '一曰侏儒導, 自古有之, 蓋倡優戲也.'

기에서 일부를 취한 것이다.'45)라는 설명을 붙이고 있다.

다시 《수서(隋書)》 권13 악지(樂志)에 양삼조설악(梁三朝設樂)의
제16으로 〈설배기(設俳伎)〉가 있고,46) 《고금악록(古今樂錄)》에서는
이에 대하여 다음과 같은 설명을 하고 있다.

연기자가 푸른 천으로 만든 주머니에 대바구니를 넣고, 다시 그
속에 두 난쟁이를 들어가게 한 다음, 그것을 짊어지고 나와 땅에
쏟아놓으면 가무를 하는데, 아이들 두 사람이 난쟁이 머리 위에
무동을 서기도 하였다. 그리고 다음과 같은 배가(俳歌)를 읊었
다…….47)

이상을 종합하면, 〈배가사(俳歌辭)〉는 대체로 난쟁이들이 연출하던
우희(優戱)에서 발전한 '가무희'의 가사였음을 알 수 있다. 난쟁이가
주연이었기 때문에 '주유도(侏儒導)'라고도 불렀고, 전부 여덟 곡이나
되었다니 규모도 작지 않은 '가무희'였을 것이며, 《남제서》 악지(樂志)
및 《악부시집》과 《고금악록》의 〈배가사〉가 비슷하면서도 서로 다르
고 모두 알 수 없는 구절들이 대부분인 것으로 보아, 그것은 옛날부
터 전해 내려오던 '가무희'였음을 짐작할 수 있다. 그리고 그 내용은
난쟁이들이 연출한 것이니 우스갯짓, 곧 골계(滑稽) 위주의 것이었을
게다.

---

45) 《南齊書》; '右侏儒導, 舞人自歌之. 古辭俳歌八曲, 此是前一篇, 二十二
     句. 今侏儒所歌, 摘取之也.'
46) 《隋書》 樂志에는 '魏晉 때 〈侏儒導〉引이 있었으나 隋文帝 때 그것을
     파하였다'라는 기록도 있다.
47) 《古今樂錄》; '技兒以靑布囊盛竹篋, 貯兩踒子, 負束寫地歌舞, 小兒二
     人, 提沓踒子頭, 讀俳云 ; ……' (《樂府詩集》 解題 引)

〈봉황함서기(鳳凰銜書伎)〉는 《수서(隋書)》 권 13 악지(樂志)에도 '송(宋)·제(齊) 때부터 있었다'라고 하였고, 《남제서(南齊書)》 권 11 악지(樂志)에는 이에 대하여,

앞의 〈봉황함서기(鳳凰銜書伎)〉 가사는 대체로 어룡(魚龍)의 종류이다. 초하룻날 시중(侍中)이 전전(殿前)에 꿇어앉아 그 글을 받았다. 송(宋)나라 때의 글은 이런 내용이었다. ……제(齊)나라 초기에 중서랑(中書郎) 강엄(江淹)에게 명을 내리어 개작케 하였다.[48]

라고 설명하고 있다. 그리고 《악부시집》 해제에는 '양(梁) 무제(武帝) 보통(普通) 연간(520~526)에 조령(詔令)을 내리어 그것을 파하였다'라는 말이 덧붙여져 있다. 본시 그것은 봉황새를 빌어 중국이 태평성세라는 것과 천자의 덕이 위대함을 기리는 놀이였던 듯하다. 사자춤과 함께 봉황새춤이 〈상운악(上雲樂)〉에 끼어들면서 단조로운 이 〈봉황함서기(鳳凰銜書伎)〉는 없어지게 된 것인 듯하다.

다시 최영흠(崔令欽, 749 전후)의 《교방기(教坊記)》, 단안절(段安節, 890 전후)의 《악부잡록(樂府雜錄)》, 두우(杜佑, 735~812)의 《통전(通典)》, 《구당서(舊唐書)》 음악지(音樂志) 등에는 당대(唐代)에 유행하던 가무희로 답요랑(踏搖娘)·소중랑(蘇中郎)·난릉왕(蘭陵王) 등에 관한 기록이 보이는데, 모두 북조(北朝) 때에 시작된 것이란 설명이 덧붙여 있다.

이에 따르면 남조뿐만이 아니라 북조도 가무희가 민간에 상당히 성행되었음을 알게 된다. 따라서 한대(漢代)에서 남조에 이르는 시기의

---

48) 《南齊書》; '右鳳凰銜書伎歌辭, 蓋魚龍之流也. 元會日, 侍中於殿前跪取 其書. 宋世辭云, ……. 齊初詔中書郎江淹改.'

악부고시의 성격으로 보아 북조의 악부시들도 여러 가지 고사의 연출과 무관할 수는 없었을 것이다.

5. 맺는 말

이상 살펴본 바와 같이 한(漢)을 대표하는 악부고시들도 이전의 시부(詩賦)와 마찬가지로 본시는 고사의 연출과 밀접한 관련이 있던 것이었다. 위나라 때로부터 문인들이 본격적으로 자기 이름을 내걸고 시를 쓰기 시작하였지만, 남북조에 이르기까지 민간에는 여전히 악부체의 노래가 성행하였고, 문인들이 지은 악부고시는 약간 형식화하는 경향을 보이기는 하지만 근본적으로 고사의 연출로부터 완전히 분리된 것은 아니었다.

이를 통해서 이미 선진(先秦)시대부터 중국 민간에 설창(說唱) 또는 희곡(戱曲) 형식으로 연출되던 전설이나 역사적인 얘기들 같은 고사(故事)는 한대 이후 남북조에 이르는 시기의 악부고시에도 그 흔적을 많이 남기고 있음을 알게 되었다. 따라서 이 시기의 악부고시도 서정(抒情) 위주가 아닌 다른 각도에서의 연구도 필요로 하고 있는 것이다.

[ㅂ]

[ㅌ]

漢代의 文學과 賦

初版 印刷 ● 2002年　　4月　　6日
初版 發行 ● 2002年　　4月　　10日

著　者 ● 金　學　主
發行者 ● 金　東　求

發行處 ● 明　文　堂
　　　　서울특별시 종로구 안국동 17~8
　　　　대체　010041-31-001194
　　　　전화　(영) 733-3039, 734-4798
　　　　　　　(편) 733-4748
　　　　FAX 734-9209
　　　　Homepage www.myungmundang.net
　　　　E-mail　　om@myungmundang.net
　　　　등록　1977. 11. 19. 제1~148호

● 낙장 및 파본은 교환해 드립니다.
● 불허복제.

값 15,000원
ISBN 89-7270-676-0 93820

中國學 東洋思想文學 代表選集

공자의 생애와 사상 金學主 著 신국판

공자와 맹자의 철학사상 安吉煥 編著 신국판

老子와 道家思想 金學主 著 신국판

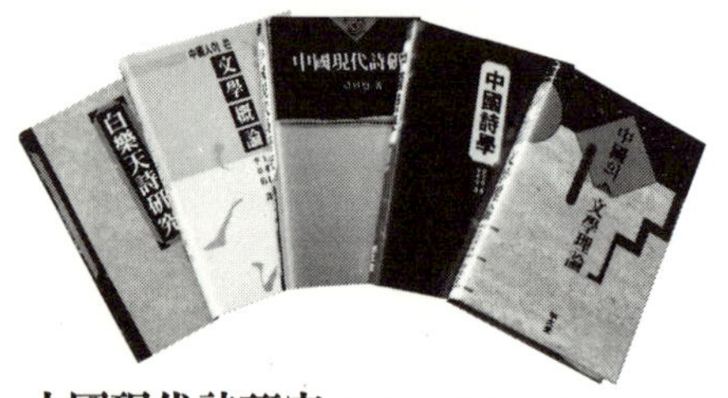

中國現代詩研究 許世旭 著 신국판 양장

白樂天詩研究 金在乘 著 신국판

中國人이 쓴 文學槪論 王夢鷗 著 李章佑 譯

中國詩學 劉若愚 著 李章佑 譯 신국판 양장

中國의 文學理論 劉若愚 著 李章佑 譯

梁啓超 毛以亨 著 宋恒龍 譯 신국판

동양인의 哲學的 思考와 그 삶의 세계 宋恒龍 著

東西洋의 사상과 종교를 찾아서 林語堂 著 · 金學主 譯

中國의 茶道 金明培 譯著 신국판

老莊의 哲學思想 金星元 編著 신국판

原文對譯 **史記列傳精解** 司馬遷 著 成元慶 編譯

新譯 **史記講讀** 司馬遷 著 진기환 譯 신국판

新完譯 **淮南子**(上,中,下) 劉安 編著 安吉煥 編譯 신국판

論語新講義 金星元 譯著 신국판 양장

自然의 흐름에 거역하지 말라 **莊子** 安吉煥 編譯 신국판

신간 改訂增補版 新完譯 **論語** 張基槿 譯著 신국판

신간 中國古典漢詩人選❶ 改訂增補版 新譯 **李太白** 張基槿 譯著 신국판

신간 개정증보판 **中國 古代의 歌舞戲** 金學主 著 신국판 양장

신간 중국고전희곡선 **元雜劇選** (사)한국출판인회의 이달의 책 선정도서(2002. 1 · 2월호) 金學主 編譯 신국판 양장

신간 修訂增補 **樂府詩選** 金學主 著 신국판 양장

신간 修訂新版 **漢代의 文人과 詩** 金學主 著 신국판 양장

신간 改訂增補 **陶淵明** 金學主 譯 신국판 양장

仁과 中庸이 멀리에만 있는 것이드냐 **孔子傳** 김전원 編著

백성을 섬기기가 그토록 어렵더냐 **孟子傳** 安吉煥 編著

영원한 신선들의 이야기 **神仙傳** 葛洪稚川 著 李民樹 譯

戰國策 김전원 編著 신국판

宋名臣言行錄 鄭鉉祐 編著

人間孔子 李長之 著 김전원 譯

基礎漢文讀解法 제33회 문화관광부 추천도서(2000. 11. 17.) 최수도 엮음 4 · 6배판

漢文讀解法 崔完植 · 金榮九 · 李永朱 共著 신국판

基本生活漢字 제34회 문화관광부 추천도서(2001. 11. 6.) 崔完植 · 金榮九 · 李永朱 · 閔正基 共著

東洋古典41選 安吉煥 編著 신국판

東洋古典解說 李民樹 著 신국판 양장